長編戦記シミュレーション・ノベル

鋼鉄の航空要塞

強撃の群龍②

横山信義

コスミック文庫

本書は二〇一三年二月に学研パブリッシングより刊行された『群龍の海（2）航空要塞トラック』を改題・改装したものです。

なお本書はフィクションであり、登場する人物、団体等は、現実の個人、団体、国家等とは一切関係のないことをここに明記します。

目　　次

トラック環礁全体図

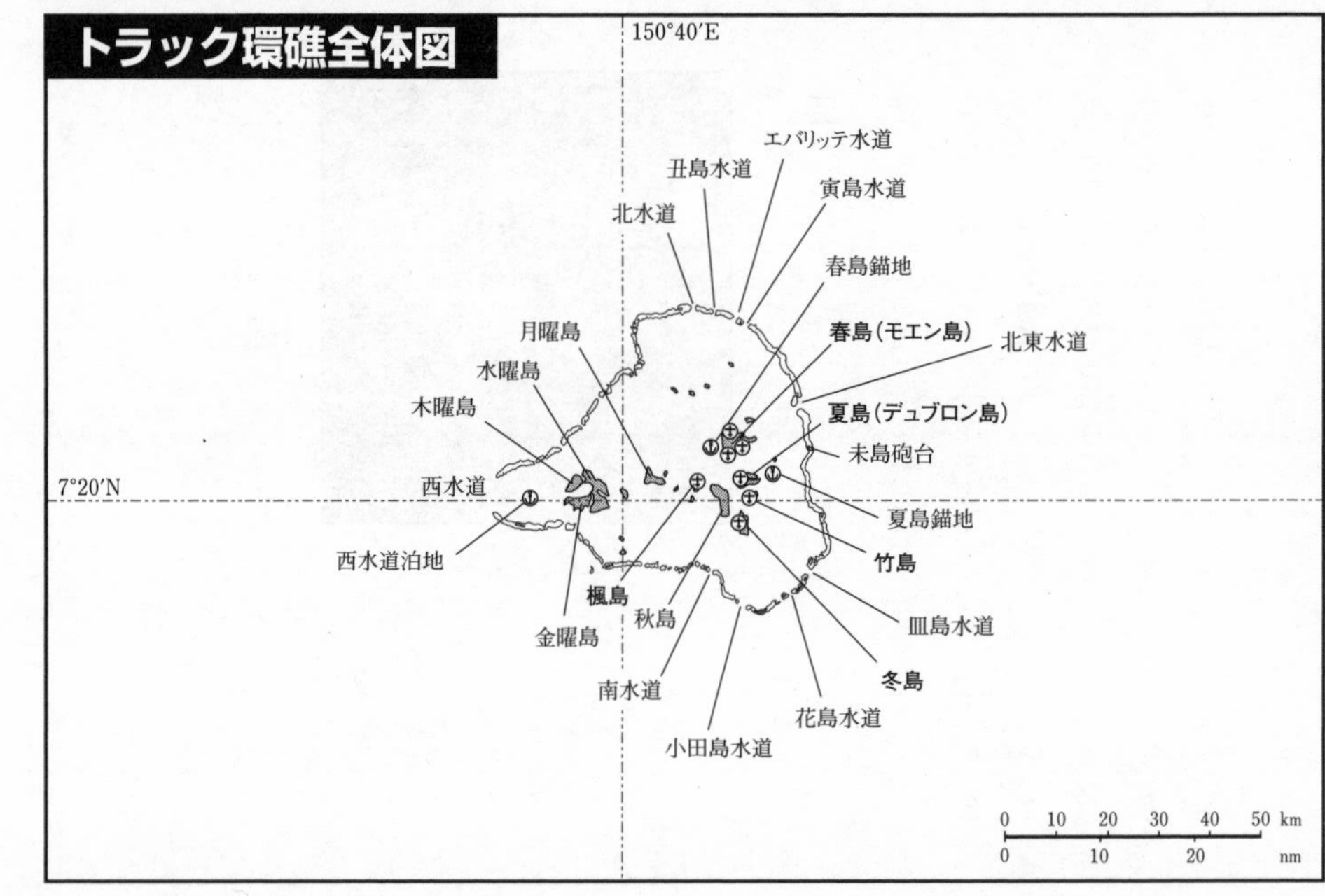

150°40′E
7°20′N
エバリッテ水道
丑島水道
寅島水道
北水道
春島錨地
月曜島
春島（モエン島）
北東水道
水曜島
木曜島
夏島（デュブロン島）
未島砲台
西水道
夏島錨地
西水道泊地
竹島
楓島
秋島
金曜島
皿島水道
冬島
南水道
花島水道
小田島水道
0 10 20 30 40 50 km
0 10 20 nm

アメリカ海軍 コネチカット級戦艦「コネチカット」

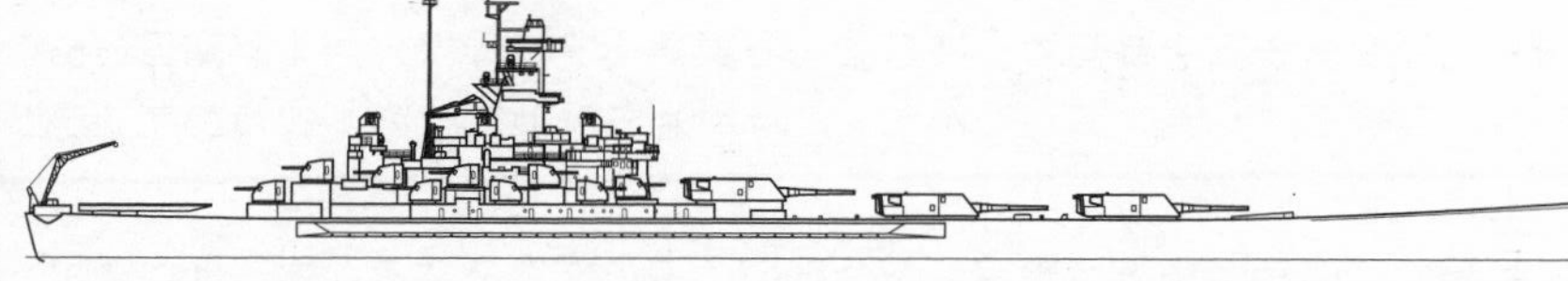

全長	260.0m
艦体幅	38.5m
基準排水量	60,000トン
主機	蒸気タービン 4基／4軸
出力	188,000馬力
速力	27.0ノット
兵装	40cm50口径 4連装砲 3基 12門 12.7cm38口径 連装両用砲 16基 32門 40mm 4連装機銃 8基 20mm 単装機銃 24丁
航空兵装	水上偵察機 3機／射出機 2基
乗員数	2,680名
同型艦	ワイオミング

米海軍が1941年後半に相次いで竣工させた新鋭戦艦。竣工時期はデラウェア級に続くが、設計思想は大きく異なり、実験艦的性格が強い。

外見上の特徴として、長砲身50口径砲を納めた巨大な4連装砲塔がある。さらに本級はそれをすべて艦橋の前方に配置した。

これは英戦艦ネルソン級にも採用された砲塔配置で、主要防御区画をコンパクトにし、防御性能をさらに高める効果を期待している。大型砲塔を搭載するため艦の横幅が拡大、速力低下が危惧されたが、大出力機関の搭載で最大速力27ノットを達成した。

思い切った砲塔配置で前方への火力集中を計った本艦は、とくに反航戦での艦隊決戦に有利とされ、対日本海軍への切り札として注目を集めている。

第一章　海峡より出しもの

1

「照射始め！」

の号令がかかった。

断崖の上に設けられた複数の探照灯台から、何条もの光芒が延び、海面を舐め回した。

沿岸砲台では、長い砲身が仰角をかけている。

砲の口径は一五・二センチ。戦艦の主砲に比べれば遙かに小さいが、この海域に侵入が予想される敵の艦艇――潜水艦が相手なら、一発で撃沈が可能だ。

探照灯の光が届かない遠方の海面には、多数の駆潜艇が展開している。

アメリカ合衆国大統領の乗艦が通峡するときであっても、これほどではあるまいと思わされるほど、厳重な警戒態勢だった。

「海峡出口に艦影！」

アメリカ合衆国海軍ミラ・フローレス基地の沿岸砲台で、照準手を担当するバック・アーチャー一等兵曹が叫んだ。

パマナ海峡の太平洋側出口の警備を目的として設置された基地だ。名前は、かつてこの地にあった運河の、太平洋に最も近い閘門に由来している。

探照灯の光芒が乱舞する中、小振りな艦が四隻、陸地の陰から姿を現した。型までは見分けられないが、駆逐艦であることだけは分かった。

「出て来たぞ！」

射手を担当するフランク・バナー兵曹長が、興奮した声で叫んだ。

光芒の中、海峡の内側から外に向けて、巨大な波がうねった。

砲台長のアラン・マクレディ大尉は、思わず目を見張った。

束の間、太平洋側から大西洋側に向かっている海峡の流れが、逆流したように感じられたのだ。

（……！）

マクレディの喉元まで、叫び声が出かかった。

二〇年近く前、この地で起きた惨劇が、脳裏に甦ったのだ。

沸騰するガトゥン湖、崩落するパナマ運河、太平洋と大西洋に奔入する濁流、阿鼻叫喚の中に姿を消してゆくパナマ市とコロン市……。

「どうか、されましたか？」

「……いや、何でもない」

バナーの問いに、マクレディはかぶりを振った。

パナマ海峡には、何も起きていない。そもそもマクレディ自身、パナマの惨劇を自分の目で見たわけではない。

ただ、異変に関わりを持ったことはある。

合衆国海軍の装甲巡洋艦「ヒューロン」が、パナマ地峡で生じた「異変」の調査に向かったとき、マクレディは一等兵曹として、同艦に乗り組んでいた。

「ヒューロン」がパナマの水路に進入したときには、他の下士官や水兵と共に艦首に貼り付き、暗礁の有無を肉眼で確認する役を務めた。

崩落した運河の跡に、パナマ湾から海水が流れ込み、川のような流れをつくっていた光景は、今でもよく覚えている。

あのときは、自分たちが地獄の門をくぐろうとしているような錯覚を覚えたものだ。

あれから長い時が流れ、マクレディ自身も五〇代半ばに達したが、「ヒューロン」の艦首で見た光景は、今でもときどき夢に見る。

海峡の出口に生じた大波は、マクレディに、二〇年近く前の経験を思い出させたのだった。

――海峡からは、巨大な艦が姿を現しつつある。

以前にマクレディが見たデラウェア級に比べると、全長はやや短い。

その代わり、横幅が恐ろしく広い。

デラウェア級は、最大幅が三六・九メートルと、かつてのパナマ運河の通行可能な大きさを上回っていたが、この巨艦はそれ以上だ。

艦の顔とも言うべき艦橋には、さほど特徴的なところはない。

デラウェア級の後期建造型から採用が始まった、尖塔のような形状の艦橋が、がっしりした箱型の構造物の上に載っている。

煙突や後檣は、艦橋の近くにまとめられ、ほとんど一体化しているように見える。

主砲は、四連装砲三基。

砲塔のサイズは、砲門数が多いためだろう、デラウェア級のそれより一回り大きい。

特筆すべきは、三基の主砲塔全てが、艦の前部に集中していることだ。第一、第二砲塔は同じ高さに取り付けられており、第三砲塔のみが第二砲塔と背負い式に配置されている。

一二・七センチ連装両用砲や対空機銃は、艦橋や煙突の陰に隠れて見えないが、艦尾には、射出機らしき細長い影が見える。

合衆国海軍は、軍艦の兵装については保守的な面があり、戦艦であれ、巡洋艦であれ、極力後部にも主砲を配置しようとする。

主砲塔を前部に集中した戦艦は、マクレディが知る限り、この艦が初めてだ。

イギリスが建造したネルソン級戦艦や、フランス海軍のダンケルク級戦艦、リシュリュー級戦艦に刺激されて、このような特異な配置を採ったのかもしれない。

そのような艦が二隻、単縦陣を組み、駆逐艦四隻に続いて、パナマ海峡から外海へと移動してゆく。

コネチカット級戦艦のネームシップ「コネチカット」と二番艦「ワイオミング」――合衆国海軍が、デラウェア級に続く主力として、新たに竣工(しゅんこう)させた二隻の新鋭戦艦に違いなかった。

「ジャップの潜水艦が近くにいるなら、かえって重大な情報を報せるようなものですね。太平洋に、強力な増援が送り込まれますって」

「お偉方には、部隊の移動を隠すつもりなどないだろう。正面からの堂々たる決戦で、ジャップの海軍を叩き潰すつもりだ」

　苦笑しながら言ったバナーに、マクレディは皮肉っぽい口調で答えた。

「海軍にしてみりゃ、アジア艦隊だけで日本海軍を一掃できるはずだった。そのために、最新鋭の戦艦を四隻も、本国から遠く離れたフィリピンに配置した。ところが、そのアジア艦隊が、合衆国の海軍史の中でもこれ以上はないってほど、惨めに負けたんだ。作戦本部も、太平洋艦隊司令部も、このままで収まるわけがない。ジャップの海軍を、ぐうの音も出なくなるまで叩きのめさない限り、この屈辱が晴れることはないのさ」

　三〇年以上も海軍に奉職した古狸であれば、上層部が考えそうなことぐらいは、概ね察しがつく。

　合衆国海軍がアジア艦隊に配属した戦艦は、合衆国、いや世界最強のデラウェア級戦艦四隻だ。

　日本には、このクラスに対抗できる戦艦はない。日本が保有する四〇センチ砲戦艦は二隻だけ、それも二〇年前に竣工した旧式艦に過ぎないのだ。

アジア艦隊は、デラウェア級が装備する長砲身四〇センチ砲の猛射によって、日本艦隊を一蹴(いっしゅう)するはずだった。

だが、そのアジア艦隊は、昨年一二月一八日に生起した「宮古島沖海戦(バトル・オブ・ミヤコ・アイランド)」(東シナ海海戦の米側公称)で、見るも無惨(むざん)な敗北を喫した。

アジア艦隊はデラウェア級四隻のうち、二隻を失い、生還した二隻も自力航行が困難になるほどの大損傷を被(こうむ)った。

アジア艦隊司令部は、司令長官以下全員が未帰還となり、戦艦以外の艦艇——空母、巡洋艦、駆逐艦も大きな被害を受けた。

この屈辱を晴らし、名誉を回復するには、日本海軍に再戦を挑み、勝利を握る以外にない。

その要(かなめ)となるのが「コネチカット」と「ワイオミング」——たった今、太平洋に躍り出した合衆国の最新鋭戦艦二隻だった。

(地獄の門だと思っていた海峡から、あんなものが出て来ようとはな)

二隻の巨艦を眺めながら、マクレディは呟(つぶや)いた。

パナマ海峡は、合衆国の軍備、特に海軍のそれに大きな影響を及ぼした。

合衆国海軍は、かつてのパナマ運河であれば、絶対に通行が不可能だった巨大な戦艦を続々と就役させ、太平洋に覇を唱えんとしている。

パナマで生じた異変が、合衆国に覇者への道を開いたとも言えるし、為政者の内に潜んでいた野心を呼び起こしたとも言える。

それが正義にかなうことなのかどうかは、マクレディには分からない。

はっきりしていることは、ただ一つ。

合衆国には、その野心を現実のものとする力があり、覇者への道を着実に歩みつつあるということだ。

――二隻のコネチカット級戦艦と、四隻の駆逐艦は、次第に速力を上げ、パナマ湾の海面をざわめかせている。

探照灯の光芒は、その光景をくっきりと照らし出し、沿岸砲台や多数の駆潜艇は、太平洋艦隊への増援部隊を守るべく、海面に睨みを利かせている。

風が強さを増しているのか、海面では波頭が白く砕かれ、各艦のマストや艦尾旗竿に掲げられた星条旗や軍艦旗も、音を立ててはためいていた。

2

同じ頃、ハワイ・オアフ島の真珠湾は、三〇隻余りの合衆国海軍艦艇を迎えていた。

戦艦は一隻もなく、航空母艦も含まれていない。

巡洋艦は、重巡と軽巡を合わせて六隻あるが、うち四隻は艦体や上部構造物に被弾の跡を留めている。

駆逐艦にも、爆炎に撫でられたり、火災煙の中をくぐり抜けたりしたことがはっきり分かる艦が、何隻も含まれている。

損傷箇所の一つ一つが、この部隊が激しい砲火や空襲の中をくぐり抜け、生還を果たしたことを、何よりも雄弁に物語っている。

アジア艦隊――フィリピンのキャビテ軍港に展開し、この部隊だけで日本海軍を壊滅させ得るとまで評価された合衆国の力の象徴が、太平洋艦隊の母港である真珠湾に入港したのだった。

「よくぞ……！」

アメリカ太平洋艦隊司令長官ハズバンド・Ｅ・キンメル大将は、一言発した後、しばし絶句した。

よくぞ、生き延びてくれた。遙か遠いフィリピンから、このハワイまで、これだけの艦艇を持ち帰ってくれた。

それらの言葉が口の中に溢れたものの、どの一言も口にできない。ただ、生還した艦艇を見つめ、口ごもるばかりだった。

「昨年六月、フィリピンに送り込まれた増援部隊は、戦艦四隻、空母三隻、重巡八隻、軽巡四隻、駆逐艦四六隻でした。元からアジア艦隊にいた艦艇を合わせれば、戦艦四隻、空母三隻、重巡一〇隻、軽巡四隻、駆逐艦五八隻です」

太平洋艦隊参謀長ウィリアム・スミス少将が、呻くような声で言った。

「それが今はこれだけです。戦艦、空母は文字通り全滅。巡洋艦、駆逐艦は半減。生き延びた艦も、多くが傷ついている有様です。三七年前、ツシマ沖で、ロシア・バルチック艦隊が被ったものに匹敵する損害です。我が合衆国海軍の歴史が始まって以来、ここまでの大敗を喫した戦いを、小官は他に知りません」

「まず、アジア艦隊の指揮官の報告を聞こう。全ては、それからだ」

キンメルは、押し被せるように言った。

——二時間後、太平洋艦隊司令部の長官公室に、アジア艦隊の主だった指揮官が参集した。

第一七任務部隊（TF17）司令官ジョン・ヘンリー・ニュートン少将と同参謀長のビル・エモンズ中佐、第七、第八両巡洋艦戦隊の司令官ジャック・フィールズ少将とマーチン・ケイン少将だ。

四人とも、疲労の色が濃いものの、顔に汚れはない。真新しい純白の軍装に、身を包んでいる。

キンメルは報告を受けるに先立ち、四人にシャワーを使わせるとともに、新しい軍服を支給するよう、スミス参謀長に命じたのだ。

「御苦労だった。アジア艦隊を掌握し、残存艦艇をハワイまで連れて帰ってくれたことには、心から感謝している」

「敗軍の将に過分なお言葉をいただき、感謝の他はありません」

キンメルが最初にかけたねぎらいの言葉に、四人を代表して、ニュートンが礼を述べた。

声ははっきりしているが、態度は控えめだ。アジア艦隊の壊滅に、責任を感じているためであろう。

スミスが早速、本題に斬り込んだ。

「宮古島沖海戦の結果につきましては、昨年一二月一八日に報告電を受け取っていますます。太平洋艦隊司令部としましては、海戦の終了後から現在までのことを知りたいのです。――アジア艦隊に四隻が配属されたデラウェア級が、何故全て失われるに至ったのか。アジア艦隊がキャビテに帰還した後、何が起こったのかを」

「小官が、御説明申し上げます」

ニュートンの傍らに控えていたエモンズ中佐が威儀を正し、口を開いた。

――アジア艦隊は宮古島沖海戦の終了後、フィリピン・ルソン島のキャビテ軍港で、ルソン島死守の構えを取った。

世界最強のデラウェア級戦艦二隻を含む一二隻もの艦艇を失ったものの、重巡六隻、軽巡一隻、駆逐艦三七隻はなお健在だ。

日本海軍の主力と正面から戦える戦力ではないが、ルソン島に上陸を目論む敵の輸送船団を叩くことはできる。

台湾の日本軍航空基地は、アジア艦隊が艦砲射撃によって叩き潰したから、空襲の心配もない。

万一、敵機が来襲した場合には、クラークフィールド、ニコルス、イバ等の飛行場に展開する極東航空軍が対処する。

旗艦「ジョージア」と共に未帰還となったアジア艦隊司令長官ジェフリー・キース大将の代行として、アジア艦隊の指揮を執ることになったニュートンは、太平洋艦隊の来援まで粘り通すつもりだった。

だが日本軍は、新たな空母部隊を繰り出すとともに、基地航空部隊を台湾に再進出させて、ルソン島の航空基地に対する攻撃を開始した。

日本軍は、艦砲射撃による被害を受けなかった内陸の航空基地を新たな拠点として、航空撃滅戦を展開したのだ。

ルソン島の飛行場は、今年――一九四二年一月半ばまでに、ほとんどが使用不能となり、極東航空軍も保有機の過半を失った。

ルソン島の制空権は日本軍に奪われ、空襲の鉾先(ほこさき)は、キャビテの在泊艦艇にも向けられた。

宮古島沖海戦から辛(から)くも生還した二隻のデラウェア級戦艦「デラウェア」「ミネソタ」は、爆撃によって損傷が拡大し、無傷で生還した巡洋艦、駆逐艦にも被弾が相次いだ。

事ここに至りニュートンは、

「このままでは、アジア艦隊はキャビテ軍港内で全艦沈没の憂き目を見る」

と判断し、フィリピンからの脱出を決意した。

問題は、自力航行が不可能な艦——特に、二隻のデラウェア級をどうするかだ。キャビテのドックは、二隻が自力で航行可能となるよう、修理を急いだが、日本軍の爆撃に妨害され、作業は遅々として進まない。

もともとキャビテは、真珠湾や西海岸のサン・ディエゴに比べると設置が貧弱であり、最新鋭の戦艦の修理は手に余ったのだ。

かといって、二隻を残していけば、フィリピンが日本軍の手に落ちたとき、拿捕されることになる。世界最強の戦艦二隻を、むざむざ敵に渡すことはできない。

ニュートンは、各戦隊の司令官や「デラウェア」「ミネソタ」艦長の意見も聞き、止むなく両艦の処分を決定した。

二隻の戦艦は、一月二六日——アジア艦隊がフィリピンから脱出するその日に、マニラ湾口にあるコレヒドール島の西方海上に曳いてゆかれ、そこで魚雷を撃ち込まれて沈められた。

合衆国最強、いや世界最強の戦艦として君臨すべく、この世に生を受けたデラウエア級戦艦六隻のうち、二隻は敵の砲弾や魚雷ではなく、自軍の魚雷を撃ち込まれて、虚（むな）しく海に消えていったのだ。

最強の戦艦二隻の処分を終えたアジア艦隊は、その足でルソン島から脱出し、ニューギニア北岸沖の航路を通ってハワイを目指した。

恐れていたパラオやトラックからの空襲はなかったものの、途中で敵潜水艦の襲撃を受け、駆逐艦四隻が犠牲になった。

だが残存するアジア艦隊は、ニュートンの指揮の下、ひたすらハワイを目指し、今日――二月二一日、ようやく真珠湾にたどり着いたのだ。

――エモンズが一通り話し終わったところで、ニュートンが言葉を添（そ）えた。

「敗軍の将が兵を語るべきではないと承知してはいますが、我が軍は日本軍の実力、特に航空戦力について、過小評価していました。彼らの実力は、空母はおろか、デラウェア級戦艦すら沈められる域にまで達しています。我が軍も、早急に航空兵力を拡充し、対抗する必要があると考えます」

「その件については、後で話そう。その前に、諸官に伝えねばならないことがある」

キンメルの言葉を受け、スミスが言った。

「太平洋全般の戦況について、お伝えしておきます。まず一二月二二日、グアム島が陥落し、マリアナ諸島の全域が日本軍の占領下に入りました。フィリピンでは二月一日、日本の陸軍部隊がルソン島のリンガエン湾に上陸し、マニラに向けて進撃を開始しました。マッカーサー大将の極東軍はマニラを放棄し、ルソン島西部のバターン半島とコレヒドール島に籠城していますが、同地は連日、激しい砲爆撃にさらされているとのことです。参謀本部は、遅くとも四月末までにはフィリピン全土が日本軍の手中に帰すと見ております」

スミスは指示棒を延ばし、キンメルの執務机の上に広げられている戦況図を軽く叩いた。

既にグアムとルソン島は、日本軍の占領下に入ったことが示されている。

ニュートンの表情が、僅かに曇った。

アジア艦隊が当初の方針通り、ルソン島死守の構えを取っていれば、このような状況になるのを避けられたのではないか、と考えているようだった。

「残念ですが、太平洋艦隊には、フィリピンの陥落を阻止する手だてはありません」

スミスが言葉を続けた。「四隻のデラウェア級を含む多数の艦艇をアジア艦隊に割いたため、太平洋艦隊の戦力は著しく弱体化しました。中途半端な戦力でフィリピン救援に向かっても、作戦は失敗に終わり、いたずらに犠牲を出すだけです。既に統合幕僚会議は、フィリピンの放棄を決定し、大統領閣下の承認も得ております」

「フィリピン放棄……ですか」

苦い薬を飲み下そうとするような表情で、ニュートンは言った。

自身のフィリピンにおける経験や、これまでの話から、ある程度は察していたに違いない。それでも、太平洋艦隊の参謀長からはっきりそのことを告げられると、動揺を隠せないようだ。

「我が軍が、やられっ放しでいることはない」

ここからが本題だ——その意を込めて、キンメルは言った。

指示棒の先でハワイを示し、次いで中部太平洋上の島々をなぞる。

「現在、太平洋艦隊では、対日進攻作戦の準備を進めている。作戦の第一段階では、ハワイより進発して、中部太平洋をマーシャル、トラック、パラオと進み、フィリピンを奪回する」

対日戦において、フィリピンが持つ意味は極めて大きい。

同地は、ヨーロッパ諸国がアジア南東部に持つ植民地——仏印、蘭印、マレー等と日本の間に位置している。日本が南方から石油、鉄鉱石、ボーキサイト、生ゴム等の資源を輸入する航路を遮断し、日本を干上(ひあ)がらせることができる場所にあるのだ。

単に、合衆国の領土を取り戻す、というだけではない。戦略上、極めて重要な地なのだ。

「進攻部隊には、アジア艦隊の残存艦艇も加える。諸官には、新たに編成される任務部隊の指揮官や参謀を務めて貰う。宮古島沖海戦での経験を、新たな戦場で生かして貰いたい」

あらたまった口調で、キンメルは言った。

ニュートンの目が、光ったように見えた。

対日進攻作戦に参加すると聞いて、復讐戦を挑むチャンスだと考えたのかもしれない。

「対日進攻の先鋒(せんぽう)は、四個任務部隊が務めます」

作戦参謀のスティーヴ・ロメロ中佐が、艦隊の編成図を机上に広げた。

戦艦を中心とした水上砲戦部隊と、空母を中心とした機動部隊が二隊ずつだ。

空母機動部隊は、第一五、一六任務部隊(TF15・16)と呼称される。

「ミスター・ニュートンには、TF16を率いて貰う。中核となる戦力は、空母三隻だ。宮古島沖海戦での経験を、同部隊の指揮で生かして貰いたい」

「見慣れない艦名がありますな。新鋭艦ですか?」

ニュートンは、編成表を見つめた。

TF16に含まれる「インデペンデンス」と「プリンストン」の艦名が気になるようだ。

「『インデペンデンス』と『プリンストン』は、新鋭の軽空母です。巡洋艦と共通の艦体を持ち、建造コストの低減を図った艦で、四五機を運用可能です」

スミスの答えを聞き、ニュートンは眼を剝いた。

「たったの四五機ですか?」

「二隻を合わせれば、正規空母一隻分になります」

「TF15を合わせても、正規空母四隻分にしかなりません」

「不足かね?」

キンメルの問いに、ニュートンは「不足です」と言い切った。

「日本軍の空母機動部隊は、正規空母と軽空母各二隻ずつで編成されており、三隊の機動部隊を編成することが可能と考えられますから、正規空母換算で、九隻分の兵力を持つことになります。また、こちらから進攻するとなれば、敵には基地航空隊の兵力が加わりますから、航空戦力の差は更に開きます。日本軍との航空戦を経験した身としては、我が方が不利であると判断せざるを得ません」

「戦艦では、我が方が圧倒している」

編成表を軽く叩きながら、キンメルは言った。

「我が方にはデラウェア級二隻に加えて、より強力なコネチカット級二隻がある。デラウェア級以前に竣工した戦艦も、五隻が加わる。日本軍には、到底真似ができない編成だ。これは、航空戦力の差を補って余りあると考えるが」

「戦艦といえども、航空機には歯が立ちません。それは、アジア艦隊隷下のデラウェア級の運命が示しています」

スミスが反論した。

「デラウェア級を最終的に沈めたのは、水上艦艇です。しかも、二隻は味方による雷撃処分です。航空機は、戦艦を損傷させた実績はあっても、撃沈に至らしめた実績はありません」

「その損傷が問題なのです。被弾箇所によっては、デラウェア級戦艦といえども砲撃が不能になる、射撃精度が著しく低下する等の被害を受けるのです。現に宮古島沖海戦では――」

「残念だが、ミスター・ニュートン。本作戦は、既に決定されたことなのだ。我々太平洋艦隊には、この兵力で最善を尽くし、日本艦隊に勝利を収めることが求められている」

穏やかだが、有無を言わせない口調で、キンメルが言った。

「ですが――」

「航空兵力の面で、我が方が不利にあることは、私も否定しない。しかし、戦艦を含む水上艦艇では、我が方が圧倒的に優勢だ。この優位を生かせるよう、戦術を工夫すれば、必ず我が軍が勝利し得るものと、私は信じている」

3

潜望鏡の視界の中に、光が飛び込んで来た。

光源は遠く、おぼろげだ。ホノルル――ハワイ準州の行政の中心地にして、最大の都市から来る光なのだ。

戦時中であるにも関わらず、灯火管制などは全く敷かれていない。

日本軍が、ハワイまでやって来るはずがないと、たかをくくっているのだろう。

「航海、本艦の現在位置は？」

「真珠湾口よりの方位一七〇度、七浬(カイリ)です」

伊号第五潜水艦長宇都木秀次郎(うつぎしゅうじろう)少佐の問いに、航海長星谷渉(ほしやわたる)中尉は即答した。

伊五は、大正一五年（一九二六）から昭和七年（一九三二）にかけて五隻が建造された巡潜一型の五番艦だ。一〇ノットで、二万四四〇〇浬という長大な航続距離を持ち、敵中深くに進入しての攻撃や偵察に適している。

潜水艦部隊を統括する第六艦隊は、対米戦争が始まってから、大型潜水艦の伊号を米軍根拠地の偵察に充(あ)て、各根拠地における艦船の出入港を調べさせている。数ある米軍の泊地の中でも、真珠湾は最重要の目標であり、伊五の他に五隻の潜水艦が、オアフ島の周辺に潜んでいた。

「現在の時刻は？」

「一八五七(ヒトハチゴナナ)（日本時間。ハワイ時間前日午後一一時二七分）」

「夜明けは？」

「〇一一九(マルヒトヒトキユウ)（日本時間。ハワイ時間前日午前五時四九分）」

「夜明けまで六時間強……か」

宇都木は、脳裏にオアフ島の地図と自艦の現在位置を思い描いた。

伊五が潜んでいるのは、真珠湾口よりの方位一七〇度、七浬の海面下だ。

もう少し接近した方が、出入港の状況を把握しやすいが、それは危険と背中合わせだ。

「水測、周囲に敵艦は？」

「推進機音は探知されていません」

宇都木の問いに、水測長の永江房太（ながえふさた）一等兵曹が返答した。

「もう少し、近づいてみるか」

宇都木は、星谷航海長と顔を見合わせ、頷（うなず）き合った。

今より五日前――四月九日、ハワイよりも更に敵中深く、米本土西岸のサン・ディエゴ沖で敵情を探っている友軍の潜水艦から、

「敵艦隊、『サン・ディエゴ』ヨリ出港セリ。敵ハ戦艦、空母各二隻ヲ伴ウ」

との情報が届けられた。

それ以前より、真珠湾に在泊している米太平洋艦隊の主力艦艇は、戦艦が七隻ないし八隻、空母が三隻ないし四隻。

ここに戦艦、空母各二隻が加われば、戦艦は九隻ないし一〇隻、空母は五隻ない

し六隻となる。

サン・ディエゴから出港した戦艦と空母が真珠湾に到着後、直ちに太平洋艦隊が行動を起こす可能性は、充分考えられる。

何としても増援部隊の真珠湾入港を突き止め、第六艦隊司令部と連合艦隊司令部に、重要な情報を送ると宇都木は決めていた。

「前進微速！」

「取舵（とりかじ）。針路三五〇度！」

凜とした声で、宇都木は命じた。

艦の後部から機関音が響き、伊五がゆっくりと前進を開始する。

「取舵。針路三五〇度」

「取舵。針路三五〇度！」

宇都木の指示を、星谷が操舵（そうだ）長の原三平（はらさんぺい）一等兵曹に伝え、原が命令を復唱して舵輪を回す。

伊五が、ゆっくりと前進しながら艦首を左に振り、潜望鏡を通して見えるホノルル市街地の灯火が右に流れる。

伊五は、身を海面下に潜め、潜望鏡のみを夜の海面に突き出した状態で、真珠湾の入り口へと前進してゆく。

宇都木は、潜望鏡を左右に旋回させて、哨戒艦の発見に努め、永江水測長はレシーバーを被り、全神経を耳に集中している。

推進機音が聞こえないとはいっても、ここは敵地――それも、米太平洋艦隊の母港である真珠湾の入り口付近なのだ。

哨戒艇や駆潜艇が、二四時間態勢で哨戒行動を行っているのは確実だし、ひょっとすると伊五の推進機音が、既に敵の水測員に聞きつけられているかもしれない。

慎重の上にも慎重に行動する必要があった。

――一九時二一分、

「推進機音、右六〇度！」

永江水測長が、緊張した声で報告を上げた。宇都木は、迅速に反応した。

「機関停止。無音潜航！」

「潜望鏡下ろせ！」

二つの命令を、続けざまに発する。

モーター音とともに、潜望鏡が下ろされる。

機関音が消え、艦尾のスクリューが停止する。伊五は、惰性(だせい)で前進を続けたが、数メートル動いたところで停止する。

すぐには、何も起こらない。

伊五は深度を一〇メートルに保ったまま、懸吊（けんちょう）状態で静止している。

五分、一〇分と、時間が経過する。

伊五の乗員六一名は、息を潜めて、艦に身を委（ゆだ）ねている。

陸地が近いため、水深は非常に浅い。敵に発見されたら、ほぼ一〇〇パーセントの確率で撃沈される。

それを思うと気が気ではないが、今はただ沈黙を保ち、物音を立てぬようにして、時間の経過を待つ以外にない。

やがて——。

「伝令！」

水測員の一人である古田直人（ふるたなおと）一等水兵が、宇都木の下に走り寄った。

無音潜航中は、高声令達器が使用できないため、艦内各部署との連絡は伝令が頼りになる。

「推進機音は、右六〇度から本艦正面に向けて移動中。敵の針路、速度とも変化はありません」

「了解」

安堵を覚えつつ、宇都木はごく短く返答した。

敵艦は、伊五の右舷側を素通りしつつあるようだ。その動きを見る限りでは、伊五の存在に気づいた様子はない。定められた哨戒航路に、たまたま伊五が接近しただけのようだ。

（本艦の真正面を通過か。雷撃を仕掛けるには、絶好なんだがな）

胸中で、宇都木は呟いた。

敵艦は無警戒に、伊五の面前を横切ろうとしている。これほど雷撃を仕掛けやすく、かつ確実に仕留められる目標はない。

これが洋上であれば、躊躇なく「魚雷発射」を命じているところだ。

だが、伊五には重大な任務がある。

哨戒艇や駆潜艇のような小物を仕留めるために、ハワイくんだりまでやって来たわけではない。

身を潜めつつ、敵艦が目の前を通過してゆくのを見送る以外になかった。

「推進機音、消えました！」

と古田一水が報告しても、宇都木はすぐには移動を命じなかった。

三〇分ほど待ち、推進機音が聞こえないことを確認した上で、ようやく、

「前進微速！」

を命じた。

潜望鏡を上げ、艦の現在位置を確認する。

この直前まで、右前方に見えていたホノルルの街の灯が、ほぼ真正面に見えている。

海中に停止している間に、潮流によって艦が動いたようだ。

「取舵一〇度！」

を、宇都木は命じる。

艦が左舷側に回頭し、伊五の艦首が真珠湾口に向けられる。

全長九七・五メートル、最大幅九・二メートルの大型潜水艦は、潜望鏡のみを海面に突き出し、米太平洋艦隊の拠点にゆっくりと接近する。

敵艦の推進機音が感知されるたび、宇都木は「機関停止。無音潜航」を命じる。

「敵艦近づきます」

の報告が届いたときには、背筋に冷たいものが流れる。

敵が伊五の真上を通過した直後に爆雷の炸裂が始まるのでは——そう思うと、気

が気ではない。

ただ、本艦に気づかないでくれ、このまま頭上を素通りしてくれ、と祈るばかりだ。

幸い、「海面に着水音！」の報告が届くことも、艦の周囲で続けざまに爆発が起こり、伊五の艦体が衝撃に振り回されることもなかった。

敵艦は、海面下に潜む伊五に気づいた様子はなく、一定の速度を保ったまま、伊五の近くを素通りし、そのまま遠ざかっていった。

合計二隻の敵艦をやり過ごした直後、

「推進機音、右七五度。大型艦複数の模様！」

永江が、また新たな報告を上げた。

宇都木は、星谷と顔を見合わせた。

「大型艦複数」との報告は、サン・ディエゴ沖の伊号からもたらされた情報に近い。

宇都木は、時計を見た。

二一時二五分。夜明けまで、約四時間だ。

「停止。無音潜航」

「潜望鏡上げろ」

宇都木は、二つの命令を下した。

現地時間は、午前一時五五分。この時刻であれば、潜望鏡が肉眼で発見される可能性は極めて小さい。

いちかばちか、敵艦を目視確認すると決めた。

宇都木はせり上がって来たアイピースを摑み、両眼を押し当てた。

視界内に、ホノルル市街の灯火が飛び込んだ。

灯火の数は、ごく少ない。歓楽街でもあるのか、ところどころに光の強い場所があるものの、全体としては、闇の中に蛍(ほたる)が点在しているように見える。

おそらくホノルル市街地全体が、深い眠りの中にあるのだろう。

古田一水が、水測室と発令所の間を足繁(あししげ)く往復し、

「推進機音、右六〇度」

「推進機音、右四五度」

と、敵艦の相対位置を伝える。

視界内には、まだ敵の艦影は入って来ない。ただでさえ潜望鏡の視界は狭く、しかも夜だ。

戦艦や空母のような大型艦であっても、視認は容易ではなかった。

真珠湾に向かっているのだ。

やがて——。

「あいつか」

宇都木は、小さく叫んだ。

黒々とした艦影が、ホノルル市街地の灯火を遮ったのだ。

一度だけではなく、二度、三度と繰り返される。相当に大きな艦が複数、真珠湾に向かっているのだ。

艦影だけではない。

聴音機を通さなくとも、スクリューが海水を攪拌する音が、伊五の艦内にまで届いている。

「はっきりしたな」

宇都木は、星谷と頷き合った。

発見された敵艦が、五日前にサン・ディエゴから出港した戦艦と空母であることは、ほぼ間違いない。

米太平洋艦隊に、新たな戦力が加わったのだ。

「潜望鏡下ろせ」

「前進微速。取舵一杯、針路一八〇度」

宇都木は、二つの命令を発した。

今なら、敵艦の推進機音に紛れて真珠湾口から離れられる。

安全圏に脱出し、たった今摑んだ重大情報を、第六艦隊司令部に打電するのだ。

4

「ちと、情報が乏しいな」

瀬戸内海の柱島泊地に停泊している戦艦「長門」の作戦室で、司令長官住山徳太郎大将はしばし首を傾げた。

連合艦隊司令部は、先ほどトラック環礁の第六艦隊司令部から、真珠湾の偵察情報を受け取った。

報告電には、

「大型艦四、真珠湾ニ入港セリ。大型艦二隻ハ戦艦、二隻ハ空母ト認ム。入港ヲ確認セル時刻、四月一四日、二一二五」

と記されている。

現在の時刻は、四月一六日の午前九時四〇分だから、報告電は、入港の確認後、一日半が経過してから送られて来たことになる。

戦艦、空母各二隻の真珠湾入港は重要な情報だが、最も知りたいのは、戦艦の型だ。

新鋭艦二隻が入港したのであれば、米軍出撃の兆候と判断できるが、その情報は、報告電には含まれていない。

「現地の状況を考えれば、止むを得ぬかと考えます。真珠湾口の近くとなれば、多数の敵艦が哨戒に当たっていますから、目視確認は容易ではありません。大型艦四隻を、戦艦、空母各二隻と突き止められただけでも上出来でしょう」

水雷参謀有馬高泰中佐の発言を受け、参謀長の竹中龍造少将が、誰にともなしに疑問を提起した。

「仮に、これが太平洋艦隊出撃の前兆と考えた場合、敵の出港はいつ頃になるだろうか？」

航海参謀の永田茂中佐が答えた。

「最低でも、出港までに二週間程度はかけると考えます。新たに太平洋艦隊に配属された艦であれば、それだけの時間は必要でしょう」

「二週間か……」

住山は、机上の戦況図に視線を向けた。

一見すると、日本軍が優勢に戦いを進めているように見える。

グアムは既に陥落し、在比米軍も、バターン半島とコレヒドール島に立てこもったままだ。ルソン島以外のフィリピンの島々も、順次日本軍の制圧下に入っている。

問題は、ハワイから来襲するであろう巨大な兵力――米太平洋艦隊の主力だ。

戦力的には、既に戦ったアジア艦隊を上回ることは間違いない。

これを撃退しない限り、南洋諸島に対する米国の野心を挫くことはできない。

次の戦いこそが、正念場となる。

日露戦役における海戦に喩えるなら、先の東シナ海海戦は、旅順艦隊を相手取った黄海海戦、来るべき米太平洋艦隊との戦いは、バルチック艦隊を迎え撃った日本海海戦に匹敵すると言えた。

「仮に米太平洋艦隊主力が、四月一四日より二週間後、すなわち四月二八日に出撃した場合、最短四日でマーシャル諸島に到達します」

永田航海参謀が、指示棒でハワイからマーシャルまでを指した。

「つまり米軍のマーシャル来襲は、五月二日以降ということだな？」

「その通りです」

首席参謀藤吉直四郎大佐の問いに、永田は頷いた。

「五月二日まで余裕があれば、ＧＦの主力をマーシャルに展開させることが可能です」

藤吉の言葉に、一同の目が、作戦室の壁に貼られている艦隊編成表を向いた。

――先の東シナ海海戦を、連合艦隊は、空母機動部隊二隊、水上砲戦部隊一隊、基地航空隊一隊で戦っている。

すなわち、第一、第二の両航空艦隊、第二艦隊、そして第一一航空艦隊だ。
一、二両航艦と二艦隊は、東シナ海海戦終了後、戦力の補充と艦隊の再編を済ませている。来るべき米太平洋艦隊との決戦でも、主役を務めることになる。
他にもう一隊、正規空母と小型空母各二隻を中核兵力とする第三の機動部隊、第三航空艦隊が加わる。

同艦隊は日米開戦時、既に編成されていたが、空母四隻の慣熟訓練が終わっていなかったため、東シナ海海戦には参陣できなかったのだ。

連合艦隊では、一、二、三航艦を合わせて「連合航空艦隊」、略して「連航艦」と呼称し、第一航空艦隊司令長官塚原二四三中将に指揮権を委ねている。

東シナ海海戦で武勲を立てた第一一航空艦隊は、内地で戦力の再編中だが、トラックには、内南洋の航空作戦を担当する第一二航空艦隊が展開している。

同部隊は、第二四、二五、二六の三個航空戦隊を指揮下に収め、戦力では一一航艦を上回る。

トラック環礁にある飛行場は六箇所。

春島第一、第二飛行場、夏島飛行場、竹島飛行場、冬島飛行場、楓島飛行場だ。他に水上機用の基地が、春島、夏島に一箇所ずつ設けられている。

一昨年の春までは、トラックの飛行場は四箇所のみだった。

だが、米国が新鋭戦艦の竣工とともに、南洋諸島に対する領土的野心を露わにし始めたため、海軍もトラックの防備を強化する必要に迫られ、既存の飛行場を拡張するとともに、夏島、冬島の両飛行場を新規に建設し、航空隊を常駐させるようになったのだ。

連航艦と一二航艦を合わせた航空兵力は、東シナ海海戦時の五割増しと考えてよい。

これだけの戦力を投入すれば、米軍を撃退できそうに思えるが――。

「第一艦隊は、出さなくてよろしいですか？」

砲術参謀の新沢靖晴中佐が聞いた。

第一艦隊は、連合艦隊旗艦「長門」とその姉妹艦「陸奥」、三六センチ砲搭載戦艦の「伊勢」「日向」「扶桑」「山城」の六隻を中心とした部隊だ。

戦艦六隻の他に、青葉型重巡、古鷹型重巡各二隻で編成された第六戦隊、軽巡洋艦「名取」と駆逐艦一〇隻から成る第一水雷戦隊を擁している。

こと砲火力では、連合艦隊麾下の各部隊中、最強と言える。

かつての帝国海軍――航空主兵への大転換を行う以前であれば、間違いなく主力に位置づけられたであろう部隊だ。

現在の帝国海軍において、空母と航空機が主力となっているとはいえ、予想される米太平洋艦隊との決戦は、連合艦隊が総力を振るっての戦いになる。

この際、第一艦隊も出撃させるべきではないか――と、新沢は言いたいようだった。

「一艦隊に出番はあるまい」

竹中がかぶりを振った。「四〇センチ砲戦艦二隻、三六センチ砲戦艦四隻といえば、それなりの戦力ではあるが、如何せん足が遅い。空母機動部隊と行動を共にすれば、かえって足を引っ張る」

「先に戦ったアジア艦隊のデラウェア級は、米海軍全体から見れば、尖兵でしかありません。また、中立国の大使館より、デラウェア級よりも更に強力な戦艦が竣工したとの情報が届いています。四月一四日に真珠湾に入港した二隻の戦艦は、この新鋭艦である可能性も考えられます。我が軍の長門型や伊勢型が対抗できる艦ではないと考えます」

政務参謀藤井茂(ふじいしげる)中佐の発言に、新沢は反論した。

「ですが、決戦を迎えんとしている今、戦艦六隻を擁する艦隊を内地で待機させておくというのは、納得できません」

「第一艦隊には、前線に出るよりも、後方でやって貰うことがある」

住山が重々しい声で言った。「内地に留まり、国民を安心させることだ。一艦隊の戦艦群、特に『長門』と『陸奥』がその勇姿を浮かべている限り、国民は安心するだろう。戦況は我が方に有利だ、まだ『長門』『陸奥』を投入する必要はないのだ、と」

「国民の戦意の維持……でありますか」

新沢が、両眼をしばたたいた。住山の答えは、予想外だったようだ。

「海軍は長年、『長門』『陸奥』をはじめとする戦艦群を主力と位置づけ、宣伝に努めてきた。『長門』『陸奥』は日本の誇り、といろは歌留多(がるた)にまで謳(うた)われるほどだ。

帝国海軍が戦術思想を大きく転換し、空母と航空機が主力になったといっても、国民にとっての帝国海軍の象徴は、やはり『長門』と『陸奥』なのだ。一艦隊隷下の六戦隊や一水戦であれば、出撃を検討する余地はあるが、象徴たる『長門』や『陸奥』は、極力温存しておきたいのだ。この両艦に夢を託してくれた、国民のためにも」

住山は、ことさらゆっくりと言った。教育畑での勤務が長かったためか、江田島の生徒に教え諭すような口調だった。

「……分かりました」

新沢は、完全に納得した様子ではなかったが、そう言って引き下がった。第一艦隊の投入については、それで終わった。

「敵艦隊の来寇場所だが、マーシャルと決めつけるのはどうだろうか？　米太平洋艦隊が我が軍の意表を衝いて、トラックやマリアナを急襲して来る可能性は考えられるぞ」

竹中が議題を変え、連合艦隊の主力を示す駒を、地図上のマーシャルに移動した。

次いで、ハワイからトラックまで、指示棒でなぞった。

マーシャルに展開した連合艦隊は、背後に回り込まれた形だ。

「といって、トラック、マーシャル、マリアナの全てに、兵力を分散配置するわけにはいきません。そのようなことをすれば、敵に各個撃破の機会を与えることになります」

作戦参謀三和義勇中佐の発言を受け、竹中は言った。

「私が考えているのは、トラックに戦力を集中してはどうか、ということだ。トラックは、内南洋の要とも呼ぶべき位置にある。ここからであれば、敵がマーシャルやマリアナに来寇しても急行できる」

「トラックからマーシャルまでは、GFの主力が急行しても、二日はかかります。その間にマーシャルの要地、例えばクェゼリンやウォッゼが陥落する可能性も考えられます」

永田の反論に、竹中は事もなげに答えた。

「陥落したら、また取り戻せばよい。敵艦隊を撃滅すれば、奪回は容易だ」

「マーシャルが占領されても構わぬと言うのかね？」

住山が目を剝いた。

参謀長の口から、重要な根拠地の陥落を肯定する台詞が出て来るとは、考えてもいなかった様子だ。

「一時的に、敵の手にマーシャルが落ちても、戦争が終わった時点で我が方が確保していればよいと考えます。どのみち、全ての根拠地に充分な兵力を配置する余裕がない以上、どこかに兵力を集中しなければなりません。そのために最適な場所は、トラックです」

「参謀長のお考えに賛成します」

航空参謀の増田正吾中佐が言った。「仮に、マーシャルに兵力を集中する場合、一二航艦の航空基地が問題になります。マーシャル諸島の中で、最も充実した基地施設を持つ場所はクェゼリンですが、同地は開戦以来、ウェーキ島の敵重爆による爆撃を繰り返し受け、大きな損害を被っています。かといいまして、マーシャルの他の航空基地では、設備や燃料の備蓄が充分とは言えません。最悪の場合、一二航艦がみすみす地上で撃破されてしまう危険すら考えられます。ならば、主力をトラックに展開させ、一二航艦と共に敵の来寇を待つべきです」

続いて、藤吉が言った。

「私も、参謀長や航空参謀に賛成です。米軍の大艦隊を迎え撃つにあたり、機動部隊が最も重要な戦力となることは言うまでもありませんが、基地航空隊も機動部隊に劣らず重要な戦力です。先の東シナ海海戦において、デラウェア級に雷撃を見舞ったのは、一一航艦の陸攻隊だったことをお考え下さい」

「そうだったな」

住山は頷いた。トラックへの戦力集中に、心が傾きかけている。

もう一押しだ――その気持ちを露わにして、増田が強い語調で言った。

「一二航艦隷下の陸攻隊であれば、敵がマーシャルに来寇した場合でも、トラックから長距離攻撃をかけることが可能です。機動部隊と組み合わせれば、大きな威力を発揮することは確実です」

住山の顔に赤みが差し、表情から迷いが消えた。大きく頷き、重々しい声で言った。

「諸官の意見は、よく分かった。トラックへの兵力集中案に賭けてみよう」

5

「目標まで二〇浬」

明瞭な声がレシーバーに響いた。主偵察員を務める木下俊（きのしたたかし）飛行兵曹長の声だ。

海軍鹿屋（かのや）航空隊第三中隊長と中隊一番機の機長、主操縦員を兼任する千草貞雄（ちぐささだお）大尉は、前方の海面を見やった。

目的地のトラック環礁は、まだ視界内に入って来ない。前方には、広漠たる海原が広がるばかりだ。

だが、鹿屋航空隊の飛行隊長を務める宮内七三少佐は、一切の迷いも、ためらいも見せることなく、鹿屋、高雄両航空隊の一式陸上攻撃機合計七二機を誘導してゆく。

「中隊各機、どうか？」

「全機、続行中です」

「了解」

副偵察員眉月栄治二等飛行兵曹の返答に、千草は簡潔に返答した。

多くの陸攻搭乗員にとり、初陣となった東シナ海海戦で、千草は同じ鹿屋空にあって、第四中隊の第二小隊長を務めていた。

当時の階級は中尉であり、指揮下にある機体も、自機を含めて三機だけだった。

あれから四ヶ月が経過した今、千草の権限と責任は、ぐんと重くなっている。

階級は大尉に上がり、ポジションも中隊長へと変わった。

今までは、自機を含めて三機だけを見ていればよかった立場が、一個中隊九機の

指揮を執らねばならなくなったのだ、

トラック環礁への飛行は、中隊長に任ぜられてから、初めての長距離洋上飛行だ。自機も含めた九機の一式陸攻を、内地からトラックまで、一機も欠けることなく移動させなければならない。

離陸して以来、緊張しっぱなしだったが、トラックまではあと二〇浬。ここまで来れば、落伍する機体はなさそうだ。

七二機の一式陸攻は、何一つ目印のない海原の上空を南下してゆく。

一機当たり二基を装備する三菱「火星」一一型エンジンは、単調ながらも力強い爆音を、高度四〇〇〇メートル上空に轟かせている。

「前方に環礁。トラックです！」

副操縦員を務める野々宮修一等飛行兵曹が、不意に叫んだ。

千草は、正面を見た。

海のど真ん中に、小さな指輪が浮かんでいるように見えるが、接近するにつれ、形が歪んでゆく。

全体に、三角おむすびを連想させる形状だ。

距離を詰めるに従い、環礁の外縁部が視界の左右に広がる。真っ青な海面の上に、薄い褐色の帯を横たえたかのようだ。帯の向こう側に、緑に覆われた大小の島々が見える。

一見、のどかな南海の珊瑚礁だ。外地最大の海軍基地には見えない。

だが、環礁内の島々に設けられた航空基地には、既に一二航艦の戦闘機隊や陸攻隊が展開し、米艦隊の来寇を待ち構えているはずだ。

(俺たちも、そこに一枚加わる)

胸中で、千草は呟いた。

鹿屋空が所属する第一一航空艦隊は、東シナ海海戦で勝利の一翼を担った後、フィリピンの航空撃滅戦にも参陣し、ルソン島の制空権確保に大いに貢献した。

反面、損害も多く、陸軍航空隊に後を委ねて内地に後退したとき、保有機数の約四割を失っていた。

一一航艦は、しばらく内地で戦力の再建に努めていたが、それが完了しないうちに、

「米太平洋艦隊の邀撃作戦に参加せよ」

との命令が下されたのだ。

司令部は「戦力の再建途上につき、その余裕なし」との理由で反対したが、命令

とあっては止むを得ず、一式陸攻装備の鹿屋空と高雄空、戦闘機隊である台南航空隊のトラック派遣を決定したのだった。

「左前方に艦隊」

野々宮の報告を受け、千草は左前方を見やった。

一群の艦船が、礁湖の静かな海面に白波を立てながら、南に向かっている。

春島の西側にある錨地を目指しているようだ。

「機動部隊ですね、あれは」

木下が、艦隊を見て言った。隊列の中に、複数の空母を見出したのかもしれない。

「総力戦だな、まさに」

千草は呟いた。

米太平洋艦隊との戦いは、先の東シナ海海戦同様、機動部隊と基地航空隊の総力を挙げての戦いになる。

参陣する空母は前回より多く、一二航艦の規模は、一一航艦のそれより大きい。

予想される作戦海面の広さといい、参加兵力といい、東シナ海海戦を大きく上回る激戦になることは確実だ。

それを思うと、身体が震えるような興奮を覚えた。

「宮内一番より全機へ。楓島飛行場に降りる」

レシーバーの中に、宮内飛行隊長の声が響いた。環礁の中央より、やや南寄りに位置する飛行場だ。

指揮官機が、左に旋回しつつ高度を下げる。

千草も指揮官機に倣い、麾下中隊の八機を誘導しつつ、高度を下げてゆく。

ほどなく、楓島飛行場の滑走路と、その周囲に設けられた地上施設が、視界に入り始めた。

鹿屋空、高雄空の陸攻搭乗員が上空から目撃したのは、塚原二四三中将が率いる第一航空艦隊だった。

先の東シナ海海戦で、手を携えて米アジア艦隊を撃滅した戦友——第二航空艦隊と第二艦隊は、この二日前——四月二二日に、トラックに到着している。

第三航空艦隊——新たに戦列に加わった、第三の機動部隊も、この前日、トラックに入泊したとのことだ。

巨大な戦力が、太平洋の要地に集結しつつある。

かつての日本海海戦——帝国海軍連合艦隊とロシア・バルチック艦隊が総力を挙

げて正面から激突した大海戦を上回る一大決戦が、間もなく始まろうとしている。

そのことを、誰もが実感していた。

「こいつは壮観だ」

一航艦の旗艦「飛龍」が、僚艦「蒼龍」や第三航空戦隊の「祥鳳」「瑞鳳」「千歳」と共に、春島の西側に設けられた錨地に近づいたとき、参謀長の大森仙太郎少将が、感嘆したような声を上げた。

航空甲参謀兵馬勝茂中佐も、他の幕僚たちと共に、春島錨地を見つめた。

春島錨地は、大型艦用と定められているため、戦艦、空母、重巡、一万トンクラスの大型軽巡といった艦は、全てここに停泊することになっている。

一航艦より一足先に入泊した第二、第三両航空艦隊の正規空母、小型空母、水上機母艦、軽巡洋艦、第二艦隊の戦艦、重巡、水上機母艦が、各艦隊や戦隊毎にまとまって、錨を下ろしている。

第二艦隊の金剛型戦艦や高雄型重巡、妙高型重巡は、その巨大な艦橋や主砲もあいまって、行進曲「軍艦」に謳われた「鋼鉄の浮かべる城」そのものの威容を誇っている。

米国のデラウェア級に匹敵する巨大な戦艦はないものの、金剛型の三六センチ主

砲や高雄型、妙高型の二〇センチ主砲が仰角をかけている様は、
「いざというときには、自分たちが米艦隊に戦いを挑む」
「相手がデラウェア級であろうと、一歩たりとも退かぬ」
との戦意を露わにしているようだ。

それら以上に壮観なのは、二、三航艦の空母であろう。

正規空母と小型空母、合計八隻が揃った様は、海軍航空隊の名だたる基地――横須賀、岩国、大分等が、海上に引っ越して来たかのようだ。

戦艦や重巡のような威厳には欠けるが、これらの艦が戦艦や重巡から戦闘力を奪い去り、海底に沈める力を秘めていることは、先の東シナ海海戦で実証されている。

それを思うと、兵馬は戦意が高ぶるのを感じないではいられなかった。

「あれが『紅龍』ですか」

空母の一隻を見て、首席参謀大石保中佐が感心したような声を上げた。

帝国海軍の空母の中で、最も新しい「紅龍」が、第三航空艦隊の僚艦「赤城」「白鳳」「天鳳」と並んで、錨を下ろしている。

艦体は、「白龍」や「雲龍」とほとんど変わらない。

全長二二七メートル、最大幅二二メートルのサイズは姉妹艦と同じであり、空母

の命と呼ぶべき搭載機数も、常用五七機、補用一六機と、「雲龍」のそれに等しい。兵装も「雲龍」と同じ、一二・七センチ連装高角砲六基、二五ミリ三連装機銃七基、同単装機銃六基だ。

　ただ、艦橋回りの外観は大きく変わっている。

「雲龍」や、その原型になった「飛龍」では、右舷側の海面に突き出していた煙突が艦橋と一体化し、上部が艦の外側に向かって傾斜しているのだ。

　その姿が、「飛龍」や「雲龍」とはまた異なった、独特の精悍さを醸し出している。

　煙突だけではない。

　飛行甲板には射出機が装備され、着艦制動装置も頑丈なものに換装されているという。

　このため、基準排水量は、「雲龍」の一万七一五〇トンから、一万九一〇〇トンに増加し、最高速度は三四ノットから三三ノットと、僅かに低下したとのことだった。

「運用実績は、『雲龍』やこの『飛龍』よりも良好だとのことです」

　兵馬は、「紅龍」の飛行隊長や三航戦の航空甲参謀から聞いた話を思い出しながら言った。

「煙突の排気口を艦外に向けたため、排煙が発着艦の妨げにならず、搭乗員にはすこぶる好評だとか。雲龍型の五番艦以降は、全て『紅龍』と同型になる、とのことです」

「現状では、最良の中型空母ということか」

司令長官塚原二四三中将がぼそりと言った。「山本さん（山本五十六大将。前連合艦隊司令長官）が提唱された中小型空母主力論の理想を、体現した艦なのかもしれぬな」

「一航艦としては、頼もしい限りです。我が一航艦や二航艦と同じ戦力を持つ機動部隊が、もう一隊増えるのですから」

大森参謀長が、笑いながら言った。

大森は本来、水雷戦の専門家であり、「水上部隊を運用した経験が乏しい塚原長官を補佐するため」との理由で、一航艦の参謀長に任ぜられた人物だ。航空戦に関する知識は少なく、兵馬に「空のことは、長官や貴官に任せるよ」と言ったこともある。

その大森も、東シナ海海戦以降、航空戦について熱心に勉強するようになっている。「飛龍」の格納庫で、大森が搭乗員と親しく言葉を交わしている姿を、兵馬も何度か見ている。

空母と航空機の実力を目の当たりにし、航空戦に関する認識を改めたためであろう。

「頼もしいという点には同感だが、厳密には、同じ戦力ではない。こと航空戦力に関しては、三航艦が一、二航艦を若干上回っている」

塚原が、ニヤリと笑った。

一航艦の陣容は、東シナ海海戦時とあまり変わっていない。

護衛の第一一戦隊では、駆逐艦に若干の入れ替えがあったが、第二、第三両航空戦隊の正規空母と小型空母、水上機母艦と、第七戦隊の軽巡四隻はそのままだ。

二航艦では、正規空母の一隻である「黒龍（こくりゅう）」が、東シナ海海戦で損傷した飛行甲板の修理を完了していないため、姉妹艦の「白龍」が編入され、「雲龍」と共に第四航空戦隊を編成することになった。

新たに戦列に加わった第三航空艦隊には、第一航空戦隊の隷下にあった「赤城」が異動し、「紅龍」と第六航空戦隊を編成する。

「赤城」は、基準排水量が三万トンを超える大艦であるため、搭載機数が雲龍型より多く、常用六六機、補用二五機を運用できる。

その檣頭（しょうとう）に掲げられているのは、第三航空艦隊司令長官小沢治三郎（おざわじさぶろう）中将の旗艦であることを示す中将旗だ。

こと艦上機数だけを見る限り、三航艦は、紛れもなく帝国海軍最強の機動部隊と言えた。

「できることなら、小沢に連航艦の指揮を委ねてみたいものだが」

塚原は、「赤城」に視線を移して言った。

小沢治三郎中将は、海軍兵学校第三七期。塚原より一期下になる。

駆逐隊の司令や大艦の艦長、航空戦隊の司令官といった現場での勤務と、海軍大学校教官、水雷学校長、海軍大学校長といった机上での研究職を交互に務めてきた経歴を持ち、作戦研究と現場での指揮の両方に熟達(じゅくたつ)した指揮官として声望(せいぼう)が高い。

先見性にも優れ、航空兵力の有効性に早くから着目した一人だ。

帝国海軍が、大艦巨砲主義の放棄、航空主兵主義の採用という思い切った戦略の転換を行ったときには、小沢自身も山本五十六、井上成美(いのうえしげよし)といった航空派の提督たちと共に、推進役を務めている。

塚原も、一期下の小沢を高く評価しており、

「連航艦の長官には、自分よりも小沢を」

と、海軍省に推薦したほどだ。

軍令承行令の制約があり、塚原の希望がかなうことはなかったが、各艦隊の参謀や軍令部では、いずれは小沢が連航艦の長官となり、複数の機動部隊を縦横に動かすことになるだろう――と噂されていた。

「航空参謀としましては、小沢長官には『赤城』よりも『紅龍』を旗艦に定めていただきたかったところですが」

「何故かね？」

兵馬の言葉に、大森が訝しげな視線を向けた。

「『赤城』は、通信機材を最新のものに換装したと聞く。元が巡洋戦艦だけあって、雲龍型より頑丈だ。機動部隊の旗艦に、相応しいのではないか？」

「『赤城』は『紅龍』より大きいため、上空から見ると目立ちます。航空戦の際、敵機の攻撃を受け易い艦なのです。万一の事態を考えますと、『紅龍』の方が旗艦に適していると考えます」

「小沢は、一航戦の司令官を務めていたことがあるからな。乗り慣れている『赤城』の方が『紅龍』よりも気が楽なんだろう」

塚原が、笑って言った。三航艦の旗艦に関する話は、それで終わった。

「それよりも、基地航空隊の運用が気になるところだ。東シナ海海戦では、一一航艦の陸攻隊が見事な戦果を挙げてくれたが、今度はどうなるか」

話題を変えた塚原に、大森が聞いた。

「失礼な物言いかもしれませんが、一二航艦長官のことを懸念しておいでですか?」

第一二航空艦隊の司令長官井上成美中将は、塚原や山本前連合艦隊司令長官、三航艦の小沢司令長官らと同じく、航空主兵主義の提唱者だ。

空母よりも基地航空隊を重視し、

「太平洋の島々を不沈空母とし、縦横に機動して米艦隊を迎え撃つべきだ」

との戦術思想を持っている。

ただ、井上は軍令よりも軍政系統の職歴が長く、現場の経験が少ない。そのことを、長官は危惧（きぐ）しておいでなのか、と思ったのだろう。

「そうではない。米軍がマーシャルに来寇した場合、一二航艦は、トラックから長駆マーシャルに飛行しての攻撃をかけることになる。陸攻はともかく、零戦には、トラックからマーシャルまでの往復はできん。護衛なしの、裸の攻撃隊では、犠牲ばかり大きく、戦果は僅少（きんしょう）になりかねん」

「母艦戦闘機隊を、陸攻の護衛に付けるという手は使えませんか?」

大石首席参謀の問いに、航空乙参謀の長宮晃（ながみやあきら）少佐が答えた。

「現実問題としては、かなり難しいと考えます。母艦戦闘機隊と陸攻隊は、共同訓練を行ったことがありませんし、母艦戦闘機隊にそれだけの余裕があるかどうかも分かりません」

「そのあたりは、今後の検討課題です」

兵馬が言った。「現行では、機動部隊は正規空母と小型空母各二隻を中心に編成していますが、小型空母をあと一隻増やせば、余裕が生じます。その上で、基地航空隊の護衛をも機動部隊が引き受ける、といった工夫が必要になるかもしれません」

「当面は、目の前の戦いに勝つことを考えよう」

塚原は苦笑した。

急場に間に合う話ではない、と言いたげだった。

「戦場がマーシャルになると、まだ決まったわけではないのだ。敵は案外、我が方の意表を衝き、このトラックに正面攻撃をかけて来るかもしれないし、マリアナ諸島を狙って来る可能性も考えられる。特に後者の場合、米国には、『自国領であるグアムを奪回する』という大義名分がある」

「現時点では、まだ米太平洋艦隊主力は、我が方の探知網にかかっておりません」

大石が言った。

真珠湾口には複数の潜水艦が貼り付き、米艦隊の動静を探っている。米太平洋艦隊の主力が出港すれば、可及的速やかに、報告を送ることになっている。

これらとは別に、トラックやマーシャルの基地から、九七式大型飛行艇が長距離の洋上哨戒を実施し、敵艦隊の早期発見に努めている。

それらにかからないところを見ると、米太平洋艦隊主力は、まだ真珠湾に留まっていると見て間違いない。

塚原は頷いた。

「敵の来寇までには、いま少し時間がある。二、三航艦や一一航艦の長官とも話して、もう少し作戦案を詰めておこう」

第二章　マーシャルの砲煙

1

五月五日早朝、朝の一泳ぎを楽しもうとワイキキ・ビーチに繰り出したホノルル市民は、沖合を見て仰天した。

多数の艦影が、海面を埋め尽くしている。

ワイキキ・ビーチの沖だけではない。

東はダイヤモンド・ヘッドの沖から、西はバーバース岬の沖まで、見渡す限りの海面に、軍艦の姿が見える。

戦艦や空母といった大型艦の姿はない。

大きいものでも駆逐艦クラス、大部分は駆潜艇、哨戒艇といった小型艦だ。

ただ、数だけは異様なまでに多い。

艦と艦の隙間に辛うじて海面が認められる、といった表現が、大げさに感じられないほどだ。

どの艦も、動きはゆっくりしている。何かを、捜索しているようだ。

変化は、全く唐突に生じた。

ダイヤモンド・ヘッドの沖で、慌ただしい動きが起きている。ゆっくりと移動している駆逐艦の周囲に哨戒艇や駆潜艇、合わせて四隻の小型艦が、白波を蹴立てて急行している。

仲間の遠吠えを聞いて獲物に殺到する、狼の動きを思わせた。

やがて、ダイヤモンド・ヘッド沖の海面が大きく盛り上がり、弾けた。

大量の飛沫が飛び散り、重々しい爆発音がワイキキ・ビーチにまで伝わった。

「ジャップの潜水艦だ！」

海岸に出ていた市民の何人かが、状況を察して叫んだ。

ここ一ヶ月ばかりの間、オアフ島の周囲で何度か敵潜水艦が発見され、小規模ながら戦闘も起こっている。貨物船、定期連絡船、漁船等、民間船の出港が、丸一日にわたって禁止されたこともある。

その記憶がまだ生々しいときに、またも日本軍の潜水艦が、オアフ島の沖に出現したのだ。

市民が固唾を呑んで見守る中、ダイヤモンド・ヘッド沖での爆雷攻撃が続行される。

海面が次々と盛り上がり、真っ白い飛沫が飛び散り、炸裂音が殷々と海面を伝わる。

よく見ると、飛沫には泥も混じっており、ところどころが黒く染まっている。水深の浅い場所で炸裂した爆雷が、海水と共に海底の泥をも噴き上げたのだろう。

最初から数えて、一五回目の爆発が起きたところで、爆雷攻撃が終わった。

各艦が、何かを確認しようとするように、今し方爆雷を叩き込んだ海面を、ゆっくりと往復する。

やがて求めるものを発見したのか、各艦がその場から離れ始める。

ワイキキ・ビーチからでは確認のしようがないが、潜水艦から吐き出された浮遊物――重油や備品を見出し、撃沈したと判断したのだろう。

敵潜水艦一隻を撃沈しただけでは、対潜戦闘は終わらない。

オアフ島の南方海上には、依然多数の駆逐艦や哨戒艇が遊弋し、敵潜水艦の捜索に当たっている。

やがて内陸から、航空機の爆音が聞こえ始めた。

バナナのような形状の胴体を持つ、高翼形式の双発機が、真珠湾口やエヴァ・ビーチの上空を通過し、続々と海上に進出した。

コンソリデーテッドPBY〝カタリナ〟。合衆国海軍の基地がある場所なら、どこでも当たり前のように見られる飛行艇だ。艦艇だけでは不足と見た太平洋艦隊司令部が、出撃を命じたのだろう。

ホノルル市民が見守る中、カタリナは大きく散開し、敵潜の捜索を開始した。

アメリカ太平洋艦隊司令長官ハズバンド・E・キンメル大将は、旗艦に定めた新鋭戦艦「コネチカット」の戦闘情報室(CIC)で、オアフ島南方海上の戦況を見守っていた。

対潜掃討を開始してから、二時間余りが経過している。

その間に、発見・撃沈した敵潜水艦は一隻。

ダイヤモンド・ヘッドの沖で、駆逐艦「マクドノー」と、哨戒艇一隻、駆潜艇三隻が共同で挙げた戦果だ。

司令部が睨んだ通り、日本軍は真珠湾口の周辺に潜水艦を貼り付かせ、太平洋艦隊の動静を探っていたのだ。

太平洋艦隊の出港前に、その全てを撃沈すると、キンメルは決めている。潜水艦の攻撃による喪失艦を緒戦で出さないこと、および太平洋艦隊の出撃を、敵に知られないようにすることの二つが狙いだった。

「カタリナより報告。『敵潜水艦一隻撃沈。位置、バーバース岬よりの方位一九〇度、一〇浬』」

「これで二隻目ですな」

新たな報告に、首席参謀チャールズ・マックモリス大佐が微笑すると、参謀長ウィリアム・スミス少将が言った。

「日本軍も、神経を尖（とが）らせているのだろう。デラウェア級以上に強力な戦艦がハワイに回航されたことは、彼らも把握しているだろうから。太平洋艦隊の主力がいつ動き出すのかと、戦々恐々としているはずだ」

新たに太平洋艦隊に編入された二隻のコネチカット級戦艦は、従来の合衆国戦艦とは一線を画した、独創的な艦となっている。

全長二六〇メートル、最大幅三八・五メートル、基準排水量六万トン丁度。デラウェア級よりも短いが、横幅は大きい。

主砲は、五〇口径四〇センチ四連装砲三基。

合衆国のみならず、世界の戦艦でも初めて、長砲身の四〇センチ四連装砲塔を採用したのだ。

主砲塔を、イギリスのネルソン級やフランスのダンケルク級同様、全て前部に配置したところも、従来の合衆国戦艦とは大きく異なるところだ。

艦橋、煙突、後檣は、相互の間隔を狭め、ごく狭いエリアに集中配置している。

副兵装は、一二・七センチ連装両用砲一六基。

左右両舷に七基ずつを配置し、二基を後檣の後ろに、背負い式に配置している。

片舷には、九基を指向できる形だ。

近接防御用の対空火器は、四連装四〇ミリ機銃八基、二〇ミリ単装機銃二四基。

最後尾には、射出機二基を配置し、水偵三機を搭載する。

機関出力は一八万八〇〇〇馬力と、デラウェア級より大きいが、横幅が大きく、水中の抵抗が増大したため、最高速度は二七ノットと、デラウェア級より僅かに低下した。

このような型式の戦艦は、一九三三年（昭和八）、合衆国が軍縮条約を破棄し、海軍の大規模な軍拡に踏み切ったときに、一度検討されたことがある。

そのときは、三六センチ三連装砲塔三基を前部に集中する案が候補に挙げられたが、これは検討段階で放棄され、新戦艦には、四〇センチ三連装砲塔を前部と後部に同数ずつ配置するというオーソドックスな型式が採用された。

一旦は廃案となったものが、主砲を遙かに強力な四〇センチ四連装砲に変更し、ポスト・デラウェア級の最初の戦艦として、この世に生を受けたのだ。

キンメルは、この艦が太平洋艦隊に配属された後、サン・ディエゴと真珠湾で入念に訓練を施した。

コネチカット級戦艦が、その実力を存分に発揮するためには、他艦との連携が不可欠だ。コネチカット級の乗員に、艦に習熟させるとともに、僚艦となるデラウェア級戦艦や、護衛の巡洋艦、駆逐艦との共同行動を円滑に行えるようにするまでには、相応の手間と時間を必要としたのだ。

太平洋艦隊が、コネチカット級二隻の戦力化を急いでいる間に、太平洋の戦局は大きく動いている。

まず、バターン半島とコレヒドール島に籠城していた極東軍が降伏し、フィリピンにおけるアメリカ軍、フィリピン軍の組織的抵抗が終了した。

合衆国はグアムに続いてフィリピンを失い、西部太平洋における拠点を喪失したのだ。

一方日本海軍は、フィリピンの攻略をもっぱら陸軍に委ね、自らはトラック環礁に主だった艦隊と基地航空隊を集結させている。

トラックは、中部太平洋の制海権を握るのに不可欠だ。

開戦前の外交交渉時、合衆国は日本に対し、一度ならずトラックの委任統治権返上や非武装化を要求している。

合衆国が日本を屈服させるためにも、フィリピンを取り戻すためにも、是が非でも押さえねばならない拠点なのだ。

日本海軍が、この地を兵力の集結地点に選んだのは、当然であったろう。

戦場がどこになるにせよ、日本海軍連合艦隊（コンバインド・フリート）との全面対決は避けられない。避けるつもりもない。

ただ、いつの時点で仕掛けるかは、太平洋艦隊の側に主導権がある。その主導権を、キンメルは最大限に活かすつもりだ。

オアフ島の周辺海域に展開する敵潜水艦の一掃も、その一環だった。

「長官の意図は理解しておりますが、艦隊の規模を考えますと、行動を完全に秘匿するのは困難でしょうな」

「私も、太平洋艦隊の行動を完全に秘匿できるとは考えていない」

スミスの言葉に、キンメルは頷いた。

「しかし、日本軍の指揮官を戸惑わせ、意表を衝くことは可能なはずだ。アジア艦隊は、デラウェア級四隻の戦力を過信し、正面から堂々と日本軍に挑んで敗北する結果を招いた。我が太平洋艦隊が、同じ失敗を繰り返すわけにはいかぬ」

——対日進攻作戦には「キューブ」の呼称が与えられ、水上砲戦部隊の第一、第二両任務部隊、空母機動部隊の第一五、一六両任務部隊が参加する。

ＴＦ１は、合衆国の戦艦の中で最も強力な四隻——コネチカット級戦艦、デラウェア級戦艦各二隻を中心とする部隊で、キンメルが直率する。護衛は、重巡三隻、軽巡四隻、駆逐艦二四隻だ。

ＴＦ２は、ワシントン軍縮条約以前に建造された旧式戦艦を中心とした部隊で、コロラド級戦艦二隻、ニューメキシコ級戦艦三隻、重巡四隻、駆逐艦二〇隻を擁する。

指揮官はウィリアム・パイ中将。太平洋艦隊次席指揮官の地位にある人物だ。

同部隊は速力が遅いため、上陸部隊を運ぶ輸送船団の護衛を担当する。

ＴＦ15は、レキシントン級空母の「レキシントン」「サラトガ」、ＴＦ16は、中型空母「ワスプ」、軽空母「インデペンデンス」「プリンストン」を、それぞれ中心とする部隊だ。両部隊は、主にTF1、2の上空直衛や敵の空母、航空基地に対する航空攻撃を担当する。

航空戦に際しては、TF16司令官ジョン・ヘンリー・ニュートン少将が、TF15、16の統一指揮を執ることになっている。

他に、拠点の攻略を担当する第一〇任務部隊（TF10）——海兵隊二個師団を乗せた輸送船団がある。

総兵力は、アジア艦隊を遥かに上回るが、艦隊の規模がこれだけ膨れ上がると、敵に発見されることなく重要拠点に接近するのは、極めて困難だ。

実際の戦闘は、強襲となる可能性が高いが、工夫次第で、敵の虚を衝くことは可能だろうと、キンメルは考えていた。

——真珠湾内での待機は、更に四時間余り続いた。

その間に、対潜掃討に当たっている駆逐艦やカタリナから、「敵潜水艦撃沈」の報告が二回届いた。

午前一〇時三六分、

「オアフ島沖の敵潜は、全て捕捉・撃沈したものと判断します」

との報告が、対潜部隊の指揮官より届いた。

「出そう」

キンメルは、簡潔に命じた。

太平洋艦隊主力の出港を告げるラッパの音が、喨々（りょうりょう）と真珠湾に鳴り渡った。

2

五月一〇日午前九時（日本時間。現地時間午後〇時）、マーシャル諸島のマロエラップ環礁より発進した海軍横浜航空隊の九七式大型飛行艇は、針路を一二〇度に取り、巡航速度の二四〇キロで、定期哨戒飛行に当たっていた。

開戦前、日本海軍はクェゼリン環礁に基地を建設し、マーシャルの警備に当たってきたが、同基地は日米開戦と同時にウェーキ島の米軍基地から空襲を受け、大損害を被った。

クェゼリンは、その後も頻々（ひんぴん）と空襲を受け、航空基地も、港湾施設も使用不能となったため、海軍は一時クェゼリンを放棄し、基地航空隊も、在泊艦船も引き揚げざるを得なかった。

現在は、クェゼリンの南東に位置するマロエラップ環礁に、横浜航空隊、略称

「浜空」の九七式大艇二四機が展開し、マーシャル周辺の哨戒に当たっていた。

「現在位置、マロエラップよりの方位一二〇度、四〇〇浬」

午前九時二一分、主偵察員を務める前川六郎一等飛行兵曹が報告を上げた。

「四〇〇浬か」

機長と主操縦員を兼任する吉川隆一特務少尉は、海面を見渡しながら呟いた。

浜空はマロエラップを基点に、方位三三〇度から時計回りに一八〇度まで、三〇度ずつ区切った哨戒線を設定している。

吉川機が担当しているのは、マロエラップよりの方位一二〇度から一五〇度までのラインだ。

マロエラップから四〇〇浬の地点で、二二五度に変針する。その後、二一浬を飛行した後に三三〇度に変針し、マロエラップに帰投する。

規定に従うなら、変針しなければならないが――。

「あと一〇〇浬、直進を続ける」

吉川は、部下の乗員に宣言するように言った。

直進を続ければ、敵艦隊を発見できる、という確信があったわけではない。

このまま規定のコースを辿って帰投するよりは、よい結果が出るかもしれない、という直感だけだ。気まぐれと言った方がよいかもしれない。

部下たちの中に、反対する者はいない。

吉川は、兵からの叩き上げで士官の階級を得たベテランであり、下士官、兵からの人望を集めている。

その吉川の直感であれば、間違いはないだろう、と誰もが思ったのだろう。

九七式大艇は、針路、速度とも変えることなく直進を続ける。

現空域の雲量は三。ところどころに、まとまった雲がかかっている程度だ。

吉川は操縦桿を握りつつ、海面と周囲の空に目を配る。

副操縦員席の又野（またの）三郎（さぶろう）二等飛行兵曹や、他の七名の搭乗員も、海面や空を凝視する。

前後にも、左右にも、見えるものは広漠たる海原だけだ。敵艦隊どころか、漁船すら見えない。

単調極まりない任務であり、ともすれば眠気を催してくる。

だからといって、気は抜けないが——。

「敵は、本当にマーシャルに来るんですかね？」

「俺も、そのことを考えていた」

ぼそりと言った又野に、吉川は頷いて見せた。

「米太平洋艦隊が真珠湾から出港した」

との情報は、五月一〇日の時点では、マロエラップに届いていない。

楽観的に考えるなら、米艦隊は真珠湾に留まり続け、未(いま)だに出港していないと判断できるが、一点気がかりなことがある。

潜水艦部隊である第六艦隊は、米軍の動向監視のため、常時オアフ島沖に複数の潜水艦を貼り付かせているが、その潜水艦が五月三日の定時連絡を最後に、一切の報告を送って来なくなったのだ。

第六艦隊は、新たな潜水艦をオアフ島に向かわせたが、こちらはまだ目的地に到達していない。

索敵の目が切れたところで、米太平洋艦隊が出港した可能性は、充分考えられる。

ハワイからマーシャルまでは、約一七〇〇浬。米海軍の巡航速度である一六ノットで航行すれば、四日余りで到達可能な距離だ。

だが米艦隊は、六日が経過したにも関わらず、浜空の哨戒網にかかって来ない。

米艦隊が、日本軍の意表を衝こうと考え、マーシャルの東方や南方に回り込んだとしても、哨戒線のどれかにはかかるはずだ。

にも関わらず、敵艦隊出現の兆候はない。

「考えられる可能性は二つある。第一に、敵がマーシャル以外の場所を目指している場合。第二に、敵がまだハワイから出港していないか、出港したとしても、まだマーシャルに到達していない場合だ」

はっきり口に出して、吉川は言った。

「では、我々は……？」

「このまま、索敵を続けるだけだ。俺たちには、俺たちの任務を果たす以外のことはできんよ」

又野の問いに、吉川は肩を竦めた。

そこで一旦、会話が途切れた。

九七式大艇は、なおも黙々と飛行を続けた。

午前一〇時七分、

「マロエラップより五〇〇浬地点です」

前川が報告を上げた。

吉川は、周囲の海面を見渡した。

敵の艦影らしきものは発見できない。

左右を見張っている又野や二名の通信員からも、敵艦隊発見の報告はない。

一〇〇七(ヒトマルマルナナ)現在、マロエラップよりの方位一二〇度の哨戒線上に敵艦隊はいない。

吉川は、そう判断した。

「変針する」

各員にそう告げて、吉川は操縦桿を右に倒した。

全長二五・六メートル、全幅四〇メートルの巨体が右に傾き、空や雲が左に流れる。

大きな旋回半径を描いて、九七式大艇が二三五度に変針する。

変針しても、目に映る光景はほとんど変わらない。

ところどころに雲がかかった空と、広漠たる海原が広がるだけだ。唯一異なるのは、頭上に輝く太陽の位置だけだ。

次の変針は、およそ九分後か——そう思い、吉川が正面に向き直ったとき、唐突にブザーが鳴った。

「後方に敵機」

を報せる警報だ。尾部旋回機銃座に詰めている副通信員の高橋章(たかはしあきら)二等飛行兵曹が鳴らしたのだ。

咄嗟に吉川は、操縦桿を右に倒した。

一拍置いて、九七式大艇の巨体が右に傾き、緩やかな角度で旋回した。

直後、衝撃が続けざまに襲いかかり、機体が激しく振動した。

青白い曳痕が幾つも、コクピットの左側を通過し、次いで黒い影が二つ、続けざまに頭上をよぎった。

樽を思わせる太い胴。中翼配置の角張った主翼。

グラマンF4F〝ワイルドキャット〟。米海軍の、主力艦上戦闘機だ。

「堂島、緊急信！『敵艦上機見ユ。位置、〝マロエラップ〟ヨリノ方位一二〇度、五〇〇浬』だ！」

エンジン・スロットルをフルに開きながら、吉川は主通信員の堂島弘一等飛行兵曹に叫んだ。

このあたりの海域には、米軍の基地はない。

「敵艦上機見ユ」の一文だけで、浜空の司令も、上位部隊である第二五航空戦隊の司令部も、空母を含む敵艦隊がマロエラップの東南東沖にいると悟るはずだ。

だが――。

「無線機損傷！　先の銃撃で、アンテナをやられたようです！」

絶望的な声に、吉川は思わず罵声を漏らした。

せめて情報だけは送らねば、と思ったが、通信機をやられたのでは如何ともし難い。こうなった以上、何としても生き延びて、敵の艦上機が出現した旨を報告しなければならない。

九七式大艇は、速力を増している。

回転計の針はぐんぐんと右に回り、四基のエンジンは猛々しく咆哮し、風切り音が轟々とコクピットを包んでいる。

九七式大艇の最大時速は三四〇キロ。

戦闘機から逃げ切るには、これでも不足であることは分かっている。

だが今は、あらゆることを試みる以外にない。

「敵機、左前方！」

又野が切迫した声で叫ぶ。

吉川は操縦桿を倒し、左の水平旋回を試みる。敵機に自ら接近する格好だが、敢えて内懐に飛び込むことで、射弾をかわそうと考えたのだ。

二機のＦ４Ｆが、両翼に続けざまに発射炎を閃かせる。

火箭が左前方から殺到し、コクピットをかすめて後方に流れる。

九七式大艇の機首からも、細い火箭が噴き延びる。

このことあるを予期して、機首の旋回機銃座に詰めていた副偵察員の青山修一（あおやましゅういち）三等飛行兵曹が、反撃の銃火を放ったのだ。

これがＦ４Ｆを捉（とら）えることはない。

七・七ミリ弾の細い火箭は空振りに終わり、敵機は九七式大艇の右脇を通過する。

そのＦ４Ｆの面前に、細い火箭が突き出される。側方機銃座からも、敵機を絡（から）め取るべく、射弾が放たれたのだ。

命中を確認する余裕はない。Ｆ４Ｆの機影は、すぐに後方へと吹っ飛んで見えなくなる。

「左前方に密雲！」

又野が叫んだ。

吉川は躊躇なく、操縦桿を左に倒した。正面に来た雲が、救いの神に見えた。

敵弾を浴びる前に、あそこに逃げ込めれば勝ちだ——と確信した。

だがＦ４Ｆは、予想以上の速さで追いすがって来た。

「後方に敵機」を報せるブザーが、再び鳴り響く。

吉川は、左旋回をかける。正面の雲が右に流れ、束の間機体から遠ざかる。

直後、二度目の衝撃が機体を襲った。

九七式大艇の巨体は、悲鳴じみた叫喚を発し、苦悶するように激しく震えた。

「一番エンジンに被弾。火災発生！」

搭乗整備員の宮本光治整備兵曹長が、切迫した声で叫ぶ。

吉川は唸り声を上げながら、操縦桿を前方に押し込む。

急降下で、火災を消そうと考えたのだ。うまくすればＦ４Ｆの搭乗員に、墜落したと錯覚させられるかもしれない。

空や雲が上方に吹っ飛び、海が正面に来る。

機首を大きく前方に傾けた九七式大艇は、ぐんぐんと高度を下げ、海面が大きくせり上がって来る。

みたび、敵機の接近を報せるブザーが鳴った。

操縦桿を傾け、回避行動を取るより早く、三度目の衝撃が襲って来た。

これまでにも増して強烈な衝撃が襲い、九七式大艇の巨体が大地震のように激しく揺れた。

「三番エンジンに被弾！　火災発生！」

宮本が悲痛な声で、新たな報告を送る。

吉川は、操縦桿に力を込めた。

エンジンを二基もやられたのでは、急降下による消火も、マロエラップへの帰還も不可能だ。

せめて胴体が無事なうちに、海面に着水し、搭乗員だけでも救おうと考えたのだ。脱出に成功しさえすれば、浜空の僚機が救助に来てくれるかもしれない。吉川は、希望を捨てていなかった。

だが――。

「……！」

吉川は、声にならない叫びを上げた。

操縦桿を手前に引きつけはしたが、機首が上向かない。機体は、急降下の姿勢を保ったままだ。先の被弾で、昇降舵（しょうこうだ）のワイヤーが切断されたようだ。

「全員、脱出しろ！」

伝声管に向かって、吉川は大音声（だいおんじょう）で叫んだ。

操縦席から離れ、急坂と化したコクピットの床を、出口に向けて這（は）い上がろうと試みた。

だが、墜落しつつある飛行艇のコクピットは、垂直の壁に等しい。腕にあらん限りの力を込めても、一メートルも進めない。

（駄目だ……！）

絶望の呻きを漏らしたとき、生涯で最後に感じる凄まじい衝撃が襲い、吉川の意識は消失した。

3

「爆音探知。方位六〇度より接近！」

五月一二日一八時九分（日本時間。現地時間二一時九分）、マロエラップ環礁に展開している横浜航空隊の指揮所に、沿岸監視所からの報告が飛び込んだ。

「B17ではないな」

司令を務める横井俊之大佐は、飛行長の米倉民雄中佐と顔を見合わせて呟いた。

――一昨日、吉川隆一特務少尉を機長とする九七式大艇が定刻になっても帰還せず、基地からの呼びかけにも応答しなかった。

横井は、吉川機が担当していた哨戒線に二機の九七式大艇を派遣し、捜索に当たらせたが、吉川機の破片も、漂流している乗員も発見できなかった。

これをきっかけとしたかのように、マロエラップに対する米軍の攻撃が始まった。ウェーキ島に展開する重爆撃機ボーイングB17〝フライングフォートレス〟の鉾先が、マロエラップにも向けられたのだ。

五月一一日と一二日の二回にわたる空襲で、浜空の基地は地上施設の七割を破壊され、泊地に繋留（けいりゅう）されていた九七式大艇も、二三機中一四機を爆砕された。

このため横井は、内陸に建設された半地下式の防空壕に指揮所を移し、生き残った浜空の全隊員を収容した。

最初の空襲で燃料庫を破壊され、航空燃料の過半を消失したため、避退（ひたい）もかなわない。

浜空にできるのは、このままマロエラップに留まり、トラックに敵情を報告することだけだ。

そのマロエラップに、また新たな敵機が飛来した。

B17であれば、北西からの侵入を図るはずだが、監視所の兵は方位六〇度、すなわち東北東からの接近を報告している。

「監視所、敵の機数分かるか？」

「三、四機と思われます」

副官を務める刈谷次男中尉の問いに、監視所の兵は即答した。

「はっきりしましたね」

裸電球のおぼろげな光の下、米倉が陰気な表情で言った。

「接近中の機体は、弾着観測用の水上機です。艦砲射撃が間もなく始まるということでしょう」

「同感だな」

ぼそりと、横井は言った。

昨日と今日の空襲で、米軍はマロエラップの基地が航空偵察と洋上監視を主任務とする小規模なものであり、守備兵力もごく少ないと知ったはずだ。

上陸作戦を敢行すれば、短時間で占領できると判断したのだろう。

（来るべきものが来た）

横井はしばし両眼を閉ざし、天を振り仰いだ。

こうなった以上は致し方がない。洋上監視の任務を、最後まで果たすまでだ。

追いつめられた、という焦燥感を感じつつも、横井は腹を決めた。

「監視所に命令。艦影ないし発射炎を確認次第、報告せよ」

横井は、新たな指示を送った。

　敵機の爆音は、指揮所にも届いている。

　報告にあった通り、機数は少ないようだ。米軍の戦艦や巡洋艦が搭載している水上機ヴォートOS2U〝キングフィッシャー〟であろう。

　爆音は一旦指揮所の上空を通り過ぎ、再び接近して来る。それが二度、三度と繰り返される。

　やがて指揮所の入り口から、おぼろげな光が差し込み始めた。

「敵機、吊光弾(ちょうこうだん)投下！」

「沖合に艦影。方位六〇度、距離一二〇(ヒトフタマル)（一万二〇〇〇メートル）。中型艦四、小型艦多数！」

　二つの報告が、前後して飛び込んだ。

「中型艦四……巡洋艦か」

　監視所からの報告を、横井は口中で反芻(はんすう)した。

　米アジア艦隊が台湾の飛行場を砲撃したときには、戦艦の大口径砲弾を用いたが、マロエラップの基地は、台湾のそれほど大きくない。

　米軍は、マロエラップに対する艦砲射撃は巡洋艦だけで充分と判断したようだ。

「舐められたものですな」

切迫した状況にも関わらず、米倉が苦笑した。

軍艦が対地射撃を行う際は、二万メートル前後の距離を取るのが普通だ。接近しすぎては、沿岸砲台や陸軍の砲兵部隊の反撃を受けるからだ。

だが米軍の巡洋艦は、一万二〇〇〇メートルまで踏み込んでいる。

こちらに長射程の火砲がないことを、承知しているためであろう。

「監視所に命令。全員、内陸に避退！」

「トラックの司令部宛、打電。『敵艦隊見ユ。巡洋艦四、駆逐艦多数。一八三六』」

横井は、二つの命令を発した。

少し考え、第二の命令を修正する。

「電文に、こう付け加えろ。『敵上陸ノ兆シ有リ』」

通信長の土井正夫大尉が命令を復唱し、通信室に走ったとき、

「監視所より報告。『敵艦発砲』！」

刈谷が、ほとんど絶叫と化した声で報告した。

すぐには、何も起こらなかった。

二〇秒近くが経過したとき、敵弾の飛翔音が聞こえ始めた。

戦艦の主砲弾のそれは、特急列車が通過するときの轟音に喩えられるが、巡洋艦

のそれは違う。甲高く、鋭さを伴った音だった。

それが急速に接近し、やがて途切れた。

直後、遠方から地響きのような音が届いた。

指揮所を襲う衝撃は、さほどでもない。弾着位置は、かなり離れている。

安堵する間もなく、新たな敵弾の飛翔音が迫った。

今度は指揮所の頭上を、東から西に通過したかと思うと、激しい水音と炸裂音が同時に響いた。

敵弾は、環礁の内側に設けられている、九七式大艇用の泊地を狙ったようだった。

——浜空の指揮所が、二度目の弾着を確認したときには、マロエラップ本島の北東海上に展開する敵巡洋艦は、次々と発射炎を閃かせ、連続して射弾を放っている。

敵艦の一隻は、主として本島の東岸を狙い、主砲弾のみならず、一二・七センチ両用砲弾をも叩き込んだ。

弾着のたび、爆発光が閃き、大量の砂や引きちぎられた草が爆風に乗って舞い上がる。時折、直撃弾や至近弾を受けた地雷が誘爆を起こし、ひときわ強烈な閃光を発する。

爆発エネルギーの大部分は砂に吸収されるため、さほど大きな穴は開かない。

それでも海岸には火焔がのたうち、巻き上げられた大量の砂と砲弾の弾片、地雷の破片が一緒くたになり、爆風に乗って舞い狂う。

海岸より内陸に入った場所——既に爆撃を受けた地上施設にも、敵巡洋艦の射弾が容赦なく降り注いでいる。

マロエラップに進出を予定していた航空隊のための滑走路も、既にこの地で作戦を展開していた浜空の施設も、直撃弾、至近弾によって、片端から破孔を穿たれ、爆砕され、鋭い弾片に切り刻まれて、廃墟と化してゆく。

敵巡洋艦のうち二隻は、もっぱら九七式大艇の泊地を標的に砲撃している。

飛行艇は、航空機としては大きいものの、艦船に比べれば遙かに小さいため、滅多に当たらない。

それでも礁湖の中や波打ち際に落下した敵弾は、波を立てて艇体を揺さぶり、巻き上げた海水や砂を、主翼や胴体の上から浴びせる。

至近弾落下の衝撃は、コクピットの風防ガラスに亀裂を生じさせ、長さ四〇メートルの主翼や全長二五・六メートルの、ゴンドラのような胴体を激しく振動させる。

やがて、B17の空襲でも被弾を免れ、無傷を保っていた九七式大艇の一機に敵弾一発が直撃した。

主翼のほぼ中央に、強烈な閃光が走り、火焔が湧き出した直後、九七式大艇の主翼は真っ二つにちぎれ、胴体も二つに分断された。

艇首と艇尾、左右の翼端が空中高く突き上がり、次の瞬間には炎に包まれて、海面に落下した。

少し離れた場所では、至近弾による横波を喰らった九七式大艇が、泊地の桟橋に激突する。

ひときわ大きな破壊音が響き、高翼式に取り付けられた主翼と胴が引きちぎられ、桟橋の残骸と共に、浅瀬に横たわる。

敵駆逐艦は砲撃に加わろうとせず、砲身に仰角をかけたまま、巡洋艦の側を遊弋している。

日本軍水上部隊の襲撃や、地上部隊の火砲による反撃に備えているのかもしれない。

だが、砲撃中の米艦隊を背後から襲う水上部隊はなく、内陸に反撃の砲火が閃くこともなかった。

四隻の米軍巡洋艦は何物にも妨げられることなく、全く一方的に砲撃を繰り返していた。

4

五月一三日の夜が明けたとき、連合航空艦隊は、マロエラップ環礁の西方一〇〇浬の海域にいた。

麾下の各艦隊に所属する巡洋艦と水上機母艦からは、既に索敵機が発進し、敵艦隊の捜索に当たっている。

正規空母の飛行甲板には九九艦爆、九七艦攻が、小型空母の飛行甲板には零戦が、それぞれ敷き並べられ、時を待っている。

既に暖機運転は終わっており、命令あり次第、出撃可能な態勢だ。

だが「発艦始め！」が下令されることはない。

機動部隊の総指揮を委ねられている連合航空艦隊司令長官塚原二四三中将は、旗艦「飛龍」の艦橋で、長官席に腰を下ろしている。

表情は険しいが、唇を固く引き結び、一言も発しようとしない。どこか近寄り難く、声をかけ難い雰囲気が漂っていた。

「分からぬ……」

塚原の薄い唇の間から、呻くような声が漏れた。

「敵艦隊は、本当にマーシャルにいるのか？」

「昨日までの敵の動きを見る限りでは、そうとしか考えられません。米軍はアジア艦隊の壊滅後、正攻法に立ち戻ったと考えられます。マーシャル攻略を皮切りに、中部太平洋を島伝いに進撃して来るつもりだ、と。五月一〇日から一二日にかけての敵の動きは、それを裏付けています」

首席参謀大石保中佐が答えた。

――五月一〇日、マロエラップの浜空より、

「索敵機一機未帰還。敵機ト遭遇セル可能性有リ」

との報告を受けた連合航空艦隊司令部は、

「敵艦隊はマーシャルに来寇した」

と判断し、同日二一時一八分、麾下の各航空艦隊に出撃を命じた。

トラックからマロエラップまでは、約八二〇浬。巡航速度の一八ノットで、二日弱の航程だ。

敵の進撃が速ければ、移動中に戦闘になる可能性もある。

第一、第二、第三の各航空艦隊は、互いに三〇浬の距離を置き、警戒しつつ進撃

した。

その間、浜空の基地となっているマロエラップは、容赦のない攻撃にさらされた。B17による空襲と、敵巡洋艦部隊による艦砲射撃により、全飛行艇が破壊され、マロエラップは航空基地の機能を完全に喪失した。

浜空の横井俊之司令は、

「敵上陸ノ兆シ有リ」

との緊急信を送り、マロエラップを含むマーシャル諸島の全域が陥落の危機にさらされていることを報せてきた。

幸い、連航艦がマーシャルに到達する以前に敵の攻撃を受けることはなく、各隊は五月一三日未明、マロエラップの西方海上に到達した。

「一秒でも早く敵を発見し、叩く」

塚原は宣言するように言って、未明より東西南北の全方向に向け、索敵機を出撃させるよう命じた。

マロエラップは東方にあるが、敵艦隊――特に空母機動部隊が東方にいるとは限らない。

日本軍の動きを察知して、後方に回り込み、意表を衝こうとする可能性も考えられる。

決戦にあたり、塚原はあらゆる可能性について、考えを巡らせていたのだ。

ところが予想に反し、敵艦隊は発見されなかった。

航空甲参謀兵馬勝茂中佐は、索敵の開始に先立ち、「索敵線一本につき、索敵機が一機だけでは、見落としが生じたり、索敵機が敵機に撃墜されたりして、敵の発見が遅れる可能性があります。万全を期すため、索敵線一本につき二機を、時間差を置いて出撃させるべきです」

と具申し、塚原はそれを容れている。

にも関わらず、どの機体からも、

「敵艦隊見ユ」

の報告はない。

現在の時刻は、午前五時五一分（日本時間。現地時間午前八時五一分）。索敵機が飛び立ってから、二時間半が経過している。

敵艦隊がいるなら、索敵線のどれかにかかっても不思議はないはずだが――。

「航空が専門ではない私が申し上げるのは僭越ですが、もう少し、様子を見てはいかがでしょうか？」

参謀長の大森仙太郎少将が言った。「水上戦でも、敵を発見できるかどうかは、天候に大きく左右されます。航空戦でも、それは同じはずです。たまたま敵艦隊の上空に雲が多く、発見が遅れている可能性もあるのでは？」

「その可能性は私も考えたが、それでは敵の索敵機が出現しない理由に説明がつかぬ」

と、塚原は答えた。

米艦隊が決戦を目論んでいるなら、夜明け前より索敵機を繰り出し、日本艦隊の発見に努めるのが常識だ。

だが、夜が明けてから二時間が経過した今になっても、敵の索敵機は姿を見せない。

塚原が直率する一航艦だけではなく、二航艦、三航艦からも、「敵索敵機見ユ」との報告電は送られて来ない。

米艦隊には、本当に我が軍と雌雄を決するつもりがあるのか。いや——そもそも米艦隊は、マーシャルにいるのか。

そのような疑念を塚原が抱くのも、無理からぬことであったろう。

兵馬が疑問を提起した。

「米軍が、マロエラップへの攻撃にＢ17を用いたのは何故でしょうか？　Ｂ17は搭載量の大きな機体ですが、攻撃法は水平爆撃であるため、命中率に難があります。マロエラップの我が軍航空兵力を確実に潰したいのであれば、空母の艦上機を使う方が確実です」

航空乙参謀の長宮晃少佐が意見を述べた。

「米軍は我が軍との決戦に備えて、空母の艦上機や爆弾、魚雷を温存しようと考えたのではないでしょうか？　米軍は、戦艦の戦力で我が軍を圧倒していますが、空母や艦上機では劣勢です。航空兵力に限りがあるため、決戦前の消耗を避けたいのでは？」

「乙参謀の主張には一理ありますが、どうも私には、米軍が本気でマロエラップの攻略を目論んでいるようには見えないのです」

兵馬の答えを受け、大石が聞いた。

「米軍には、マロエラップを攻略する意図はないと主張したいのか？」

「はい。米軍がマーシャルを占領し、前線基地を建設するのであれば、クェゼリン、メジュロ等、マロエラップ以上の適地が多数あります。米軍の立場で考えた場合、マロエラップは基地を潰し、九七式大艇を全て撃破すれば無力化できます。敢えてマロエラップを攻略する意義を見出せません」

「米軍は、マロエラップを、ではなく、マーシャルを攻略する意図を持たぬのかもしれぬ」

塚原が、思慮深げな表情で言った。「彼らにその意図があるなら、とっくに仕掛けて来ているはずだ。しかし米軍は、攻撃はおろか、索敵機を飛ばすことさえしていない」

「単に、索敵機が我が艦隊を発見できていないだけ、とは考えられないでしょうか？　たまたま我が軍が、運よく敵の索敵線をすり抜けた、とは？」

大石の問いに、塚原は答えた。

「米軍に限っては、それはないと考える。駐米大使館付武官の経験者から聞いた話だが、米軍は情報をことさら重視する傾向がある。敵機動部隊がマーシャル近海にいるなら、敵の索敵機は、必ず我が軍の上空に飛来するはずだ」

兵馬が、意見具申の許可を求めた。

「昨夜、マロエラップに艦砲射撃をかけた部隊は、まだ同島からあまり離れていないと考えられます。この際、マロエラップ近海を重点的に索敵してはいかがでしょうか？　艦砲射撃をかけた敵艦隊を発見できれば、米軍の意図が分かるかもしれません」

「それだ」

塚原が、右手の拳で左の掌を叩いた。何故、そのことに思い至らなかったのか、と言いたげだった。

――二〇分後、第三航空戦隊の水上機母艦「千歳」から、六機の零式水上偵察機が発艦した。

射出機によって、艦の側方に打ち出された機体が、三菱「金星」四三型の爆音を高らかに轟かせながら上昇し、東へと向かってゆく。

浜空の基地は、マロエラップ環礁の東端に位置する本島に設けられており、米艦隊は東方海上から同島に接近したとの情報が伝えられている。

このため連航艦司令部は、新たに出撃した六機に、マロエラップの北東から南東にかけての扇状の海面を偵察するよう命じていた。

――一時間、二時間と、洋上での待機が続く。

その間、未明に発進した索敵機が順次帰還する。

索敵機搭乗員の報告は、全て同じだ。

「敵艦隊、発見デキズ」

との報告が、「千歳」や第七戦隊の巡洋艦から、信号によって届けられる。

敵の索敵機が艦隊の上空に飛来することも、水上部隊が襲いかかって来ることもない。

米軍自慢の巨大戦艦――デラウェア級や、デラウェア級に続く新鋭戦艦も、連航艦が最優先で叩かねばならない敵の空母も、出現の兆候は全くなかった。

午前九時四八分（現地時間一二時四八分）、待ち望んだ水偵からの報告がもたらされた。

「『敵艦隊見ユ。位置、〝マロエラップ〟ヨリノ方位九〇度、二二〇浬、敵ハ巡洋艦四、駆逐艦一〇。敵針路九〇度。〇九二二（マルキユウフタフタ）』。『千歳』一四号機の報告です！」

「飛龍」の艦橋に駆け込んで来た通信参謀真木英敏（まきひでとし）少佐は、興奮した口調で、電文を読み上げた。

「空母はいないのか？」

聞き返した塚原に、真木は返答した。

「空母を伴うとの報告はありません」

「決戦兵力としては、いかにも中途半端ですな。敵が決戦を目論んでいるなら、空母か戦艦のどちらかを伴っているはずです」

大森の言葉に塚原は頷き、真木に命じた。

「『千歳』一四号機に『触接続行』を命じよ。付近に、空母がいるかもしれぬ」

「『千歳』一四号機に『触接続行』を命じます」

真木が命令を復唱し、足早に立ち去るのと入れ替わりに、

「『瑞鳳』より信号。第三航空戦隊司令部より意見具申。『直チニ攻撃隊発進ノ要有リト認ム』」

束の間、幕僚たちがざわめいた。

第三航空戦隊の司令官は酒巻宗孝少将。大森参謀長の江田島同期であり、塚原と同じく航空の専門家だ。

索敵機の報告を聞いて、「見敵必戦。艦種を問わず、叩くべきだ」と考えたのかもしれない。

「いかがいたしますか、長官？」

大森の問いに、塚原はすぐには答えなかった。ただ唇を横に引き結んだまま、宙の一点を凝視した。

「私は、三航戦司令部の意見に賛成します」

大石首席参謀が、力のこもった声で具申した。

「発見された敵艦隊に向けて、攻撃隊を出すべきです。巡洋艦と駆逐艦だけの小規模な艦隊が、マーシャル近海で行動するというのは、考え難いことです。敵の空母か戦艦が、必ず近くにいるはずです」

「もう少し、待つべきです。空母がいるなら、とうに我が艦隊に攻撃をかけて来ているはずです。ですが我が軍は、敵の攻撃どころか、索敵機の触接すら受けていません」

反対意見を述べた兵馬に、大石が聞いた。

「発見された敵艦隊を何と見る？　あの程度の戦力しか持たぬ艦隊がマーシャルにいるというのは、いかにも不自然だ。しかも敵は、マロエラップに艦砲射撃までかけている。米軍は、マロエラップへの上陸を目論んでおり、その支援のため、空母や戦艦を繰り出しているはずだ、と見るべきではないか？」

兵馬は、索敵機の報告が届いた時点から考えていた仮説を口にした。

「あの艦隊は、囮(おとり)ではないでしょうか？」

「囮だと？」

「マロエラップに来襲したのは、Ｂ17と巡洋艦、駆逐艦だけです。空母や戦艦は、今に至るも発見されておりませんし、艦上機がマロエラップに来襲したとの報告もありません。敵はマロエラップに上陸すると見せかけて、別の場所を狙っているとは考えられないでしょうか？」

艦橋にいる幕僚全員が、兵馬の顔を注視した。

兵馬の言葉通りなら、帝国海軍の主力たる三つの機動部隊は、巡洋艦と駆逐艦だけの小部隊によって、マーシャルまで誘き出されたことになる。

「マロエラップ攻撃は、陽動だと言うのかね？」

「その可能性がある、と考えます」

「根拠はあるのか？」

「今のところは、仮説に過ぎません。しかし、そのように考えれば、敵の空母が発見されないことも、我が艦隊が敵機の触接を受けないことも、整合が取れるのです」

「三航戦司令部の具申は却下する。『千歳』一四号機の続報を待とう」

議論はそこまでだ――その意を込めた重々しい声で、塚原が言った。

「長官は、甲参謀の意見に賛成ですか？」

大石の問いに、塚原は答えた。

「必ずしも賛成ではないが、敵がマロエラップへの上陸を企図しているのであれば、発見された艦隊の近くに、輸送船団がいると考えられる。船団の有無によって、敵の意図が明確になるはずだ」

「現状ノママ待機セヨ」

との命令が、「瑞鳳」に送られたところで、

「小沢なら、どうするだろうか……」

塚原が、ぼそりと呟いた。

第二、第三両航空艦隊は、一航艦から三〇浬ほど離れた海面で待機している。

その指揮官――分けても、三航艦の小沢治三郎司令長官が今の状況をどう考えているのかが、塚原は気になっている様子だった。

だが小沢も、二航艦長官の清水光美（しみずみつみ）中将も、何も言ってくる様子はない。どちらの部隊も、無線封止を徹底しているためであろう。

午前一〇時五三分（現地時間一三時五三分）、「千歳」一四号機より、

「燃料欠乏。帰投ス。新タナ敵艦ハ発見デキズ。一〇三六（ヒトマルサンロク）」

との報告電が入った。

幕僚たちは、しばし顔を見合わせた。

大森や大石は、何かを言いたそうな表情で、兵馬の顔を見つめた。

未明に索敵を開始してから七時間余り。

発見できたのは、巡洋艦、駆逐艦を中心とした小規模な艦隊だけだ。敵の空母も、戦艦も、未だに索敵網にかかって来ない。

航空甲参謀の主張通り、マロエラップに対する攻撃は陽動だったのか。自分たちは、敵の囮にひっかかったのか――との疑念を抱いたようだった。

「新たな索敵機を出しますか？」

大森の問いに、塚原はすぐには答えなかった。その表情に懊悩が見えた。

「……引き返そう」

絞り出すような声で言った。

「トラックに帰還するということですか？」

「そうだ」

大森の再度の問いかけに、今度ははっきりした声で、塚原は答えた。

「甲参謀の意見を聞いてから、私はずっと考えていた。仮にマロエラップに対する攻撃が陽動なら、敵の真の狙いはどこにあるのだろう、と」

幕僚たちの何人かが、何か重大なことに気づいたような表情を浮かべた。

大森が聞いた。

「敵が、トラックに来るとお考えですか？」

「そうだ。仮にマーシャルを攻略されても、トラックに集結した基地航空隊と機動部隊があれば、奪回は可能だ。しかしトラックが陥落した場合、我が軍が受ける打撃は計り知れぬ。マーシャルは立ち枯れとなり、マリアナやパラオまでもが、敵の攻撃圏内に入る。そして今、連航艦はトラックから離れている。米軍にしてみれば、各個撃破の好機だ。今にして思えば、五月一〇日に九七式大艇が未帰還となったことが、米軍によるトラック攻略の予兆だったのかもしれぬ」

「ですが、それは仮説なのでは……？」

「仮説の域は出ていないが、現にこのマーシャルでは、敵の空母も戦艦も発見されていないのだ」

「万一、敵の目標がマーシャルであったら……」

「そのときは、改めてマーシャルを奪回すればよい。――マロエラップにいる将兵には、気の毒だが」

それ以上、反対意見は出なかった。

塚原は威儀を正し、命じた。

「連航艦、針路二七〇度。トラックに帰還する。未帰還の索敵機には、マロエラップに降りるよう命じろ。後で必ず迎えに来るから、とな」

連航艦の各艦が、旗艦「飛龍」より発せられた命令電に従い、西に向かって反転したとき、その姿を海中から見守る眼があった。

「うまいぞ。奴ら、こっちに変針しやがった」

アメリカ合衆国海軍の新S級潜水艦「スピアフィッシュ」の艦長アルバート・コリンズ少佐は、潜望鏡を覗き込みながらほくそ笑んだ。

太平洋艦隊は「キューブ」作戦に際し、二四隻の潜水艦をマーシャル諸島に展開させている。

「スピアフィッシュ」もその一隻であり、マロエラップ環礁の西方海上で、日本艦隊を待ち構えた。

最初に遭遇した敵艦隊は、雷撃の機会を得られず、取り逃してしまったが、その後方からやって来たもう一隊の艦隊は、「スピアフィッシュ」の近くで遊弋に入った。

コリンズはこの艦隊を攻撃すると決め、付かず離れずの位置を保った。

日本艦隊が不断に位置を変えることに加え、多数の駆逐艦が空母を囲んでいるため、なかなか機会を得られなかったが、敵は今、自ら「スピアフィッシュ」の射線を横切るように変針してくれたのだ。

敵艦隊が、なおマロエラップ西方海上に留まるのか、トラックに戻るのかは分からない。

ただコリンズには、この機を逃せば、雷撃の機会は二度と訪れまい、との直感があった。

潜望鏡の丸く狭い視界の中を、敵艦隊が通過してゆく。

先頭は、水雷戦隊の旗艦とおぼしき軽巡、その後方は駆逐艦だ。

絶好の射点だが、これらは見送る。

狙いは一万トン以上の大型艦、それも戦艦か空母だと決めていた。

駆逐艦の後方から、巡洋艦がやって来る。

艦橋の形状から見て、トネ・タイプの大型艦だ。合衆国の軍艦では、ブルックリン級軽巡洋艦のライヴァルに当たる。

(他にいないか?)

そう思い、コリンズは潜望鏡を右に回した。

「いた!」

はっきりと声に出して叫んだ。

平べったい甲板に、申し訳程度の小振りな艦橋を持つ艦。紛れもない、正規空母だ。

艦体は、前を行くトネ・タイプよりも一回り大きい。日本海軍が量産しているウンリュウ・タイプのようだ。

二万トン近い巨艦であり、現時点で望み得る最大の獲物だ。これを狙わないという法はない。

「雷撃目標、右六〇度の敵空母！」

コリンズは、水雷長のリッキー・コクラン大尉に指示を送った。

「目標速度一八ノット。針路二七〇度」

「発射雷数六。前部の四本を発射した後、一八〇度回頭し、後部の二本を発射する。前部、後部とも開口角一度。駛走深度二〇フィート」

コクランの報告を受け、コリンズが指示を送る。

目標が輸送船であれば、開口角を広めに取り、命中確率を高めるのだが、空母は水中防御力が高い。確実な撃沈を狙うには、複数の魚雷をまとめて命中させることだ。

「ヒットをちまちま稼ぐより、ホームランか三振か、だ」

と、コリンズは呟いた。

敵艦は、前進を続けている。スコープの丸く狭い視界の中を、右から左へと移動する。

「左に二度変針……更にもう一度変針」

敵艦の未来位置を狙いつつ、航海長のロニー・エティソン大尉に指示を送る。

獲物を狙うハンターというより、陸軍の狙撃兵(スナイパー)になった気分だ。彼らも、建物や樹木の陰に身を潜めて敵兵を狙うとき、自分と同じような気持ちを抱くのだろうかと思う。

「オーケー、ファイア！」

頃合いよしと見て、コリンズは命じた。

艦首から圧搾空気の音が響き、水中排水量二二一〇トンの艦体が僅かに震える。

直径五三・三センチ、長さ六・二五メートル、重量一四五五キロのＭｋ14魚雷が海中に躍り出し、四六ノットの雷速で、駛走を開始したのだ。

「面舵(おもかじ)一杯。一八〇度回頭！」

下令と同時に、「スピアフィッシュ」が大きく艦首を振る。

艦が停止したところで、再び「ファイア！」を下令する。今度は艦尾から、圧搾空気の音が響く。

「スピアフィッシュ」は時間差を置いて、合計六本の魚雷を放ったのだ。

「急速潜航！」

を、コリンズは命じた。

司令塔の両脇から激しく泡立つような音が響き、艦が前のめりに傾いた。できることなら戦果を見届けたいが、爆雷による報復は必至だ。その前に、海底深く逃れなければならない。

「スピアフィッシュ」に身を委ねながら、コリンズは、海面にいる敵艦隊に言葉を投げかけた。

「潜水艦ってのは、こうやって使うんだ、ジャップ。真珠湾を覗き見してくれた礼を、一〇倍にして返してやる」

5

五月一四日未明、アメリカ太平洋艦隊の主力部隊は、トラック環礁の南方一六〇浬の洋上にいた。

ＴＦ15の正規空母「レキシントン」「サラトガ」、ＴＦ16の正規空母「ワスプ」と軽空母「インデペンデンス」「プリンストン」の艦上には、既に敷き並べられた艦上機が、アイドリングを始めている。

暖機運転の音とはいっても、一〇〇〇馬力以上の出力を持つ機体が、空母一隻当たり数十機も、同時にエンジンを回すのだ。

それらが一つに響き合わさった音量は、半端なものではない。

一六〇浬遠方の基地にいる日本軍にまで、エンジン音を聞きつけられるのではないか、と要らぬ心配が浮かぶほどだった。

「何とか、ここまでは来られたな」

ＴＦ16旗艦「ワスプ」の艦橋で、司令官ジョン・ヘンリー・ニュートン少将は、傍らに控える参謀長ビル・エモンズ中佐に話しかけた。

第一七任務部隊(TF17)でも、ニュートンの参謀長を務めていた人物だ。アジア艦隊がフィリピンから脱出し、ハワイまでの帰還を果たしたときも、常にニュートンの傍らにあり、脱出行を補佐している。

ニュートンにとっては、共に難局を支えてくれた頼りがいのある幕僚であり、フィリピンからハワイまでの長い道を共にした戦友だった。

「司令官の具申は、お見事でした。南回りの航路を取ったおかげで、我が軍は敵に気づかれることなく、トラックに接近できたのですから」

微笑したエモンズに、ニュートンは軽くかぶりを振って見せた。

「私の功績ではなく、キンメル長官の度量のおかげさ。長官が私の具申を採用して下さらなかったら、我が艦隊はトラックより離れた海域で、敵に捕捉(ほそく)されていたはずだ」

――アジア艦隊の壊滅後、太平洋艦隊司令部では対日戦のオーソドックスな戦略に立ち戻り、「手始めに、マーシャル諸島を攻略する」と決めていた。

だが、日本軍がトラック環礁に兵力を集結している状況下では、マーシャル攻略は難しい。

空母機動部隊の威力もさることながら、日本海軍が保有する一式陸攻(ベティ)、九六式陸攻(ネル)は航続距離が長く、トラックから悠々とマーシャルを爆撃できる。

「マーシャルを攻略する前に、トラックを無力化しなければならない」

というのが、太平洋艦隊司令部の認識だった。

だがトラックは、中部太平洋の要にある場所だけに、警戒も厳重だ。正面から攻めれば、返り討ちに遭う公算が高い。

そこでニュートンは、南回りの航路でトラックに接近する策を立案した。

太平洋艦隊はハワイ出港後、マーシャル諸島の東方から南方へと大きく迂回する。しかる後に西進し、南方海上からトラックを攻撃するというものだ。

トラックの日本軍は、北方から東方には密度の高い哨戒網を敷いているが、南方は比較的手薄だ。

ニュートンはそのことを、アジア艦隊を率いてトラックの南方海上を通過したときに確認している。

南からであれば、敵に察知されることなくトラックに接近できると考えたのだ。

この策は、図に当たった。

太平洋艦隊は、日本艦隊に察知されることなく、警戒の手薄な南方海上からトラックに接近し、同地を攻撃圏内に捉えた。

途中、ＴＦ16に接近した敵の飛行艇を、空中戦闘哨戒に当たっていたＦ４Ｆが撃墜する事件があったが、これは思いがけない効果を生んだ。

日本軍はこれをマーシャル進攻の予兆と見たのだろう、主力の空母機動部隊を出撃させたのだ。

情報によれば、昨日午後の時点で、日本艦隊はマロエラップの西方一〇〇浬前後の海域にいる。

昨日のうちに引き返したとしても、マロエラップからトラックまでは、二日はかかる。

太平洋艦隊は、トラックの基地航空部隊と日本軍の機動部隊を、時間差を置いて各個に撃滅する好機を手に入れたのだ。

そして今、五隻の空母の甲板上では、トラックに第一撃を加えるべく、攻撃隊が発進準備を整えている。屈辱の宮古島沖海戦から四ヶ月、無念を晴らすときが来たのだ。

「問題は、我がTF16の三隻が、どれだけ力を発揮できるか、ですな」

エモンズが「ワスプ」の飛行甲板を見下ろし、次いで少し離れた海面に展開している二隻の軽空母を見やった。

TF15のレキシントン級空母に比べると、どうも頼りない——と言いたげだった。

「搭載機の数だけなら、TF15には負けません。艦上機クルーの技量も」

航空参謀のジャック・リーヴス少佐が言った。どこか、むきになっているような口調だ。

空母の生命は、艦それ自体ではなく艦上機であり、それを操るクルーだ、と言いたいようだった。

（リーヴスの言う通りかもしれぬ）

ニュートンは、胸中で呟いた。

ＴＦ16の司令官に任じられたとき、ニュートンは失望を覚えたものだ。

「ワスプ」は正規空母とはいえ、ヨークタウン級を若干サイズダウンしたような艦で、搭載機数もヨークタウン級より劣る。

「インデペンデンス」「プリンストン」に至っては、基準排水量一万一〇〇〇トンの軽空母に過ぎない。搭載機数は四五機と、ヨークタウン級の半分しかなく、個艦防御用の火器は、機銃しか搭載していない。

新鋭の軽巡洋艦クリーブランド級の艦体を空母に転用したもので、対日関係の悪化に伴って建造を急がせたというが、この程度の性能しか持たない艦で、日本軍の機動部隊と戦えるものだろうか、と思わないではいられなかった。

だが作戦研究を進めるうちに、考えが変わった。

インデペンデンス級は、個艦の搭載機数は少ないものの、二隻を合わせれば、正規空母一隻に相当する艦上機の運用能力を持つ。

射出機を持つため、大型化する新鋭艦上機の運用にも充分耐えられる。

また正規空母よりも身軽な運動性を持つため、敵の攻撃に対しても、回避を行い易い。敵にしてみれば、正規空母一隻を仕留める場合に比べ、倍の手間がかかることになる。

何よりもインデペンデンス級は、正規空母よりも低コストかつ短期間での建造が可能であり、戦時の量産に適している。

もともと合衆国海軍は、パナマ海峡の誕生以来、従来よりも一層大艦巨砲主義に傾倒しており、空母の建造には、あまり予算を回さないのだ。

戦艦全盛の時代における空母のあり方としては、むしろ理想的なのかもしれない。

いずれにせよ、インデペンデンス級の真価は、間もなく始まるトラックでの戦いで実証されるはずだった。

——暖機運転は、ほどなく終わった。

「ワスプ」飛行長ビル・ソレンセン中佐が、

「発艦準備よし」

の報告を上げ、「インデペンデンス」「プリンストン」からも、更にはTF15からも、「発艦準備よし」の報告が届いた。

時刻は、現地時間の午前六時丁度。夜明けまで、三〇分余りを残している。

周囲はまだ暗いが、攻撃隊がトラックに殺到する頃には、熱帯圏特有のぎらつく陽光が、海や泊地を照らし出しているはずだった。

「オーケー、発艦始め（レッツ・ゴー）！」

ニュートンは、力のこもった声で叫んだ。

五隻の空母の飛行甲板に猛々しい爆音が轟き、第一次攻撃隊が出撃を開始した。

第三章　航空攻防戦

1

　トラック環礁に空襲警報が鳴り響いたのは、午前五時三六分（日本時間。現地時間午前七時三六分）だった。

「敵らしき数目標を探知。位置、夏島よりの方位一八〇度、七〇浬」

　電探基地からの報告が、第一二航空艦隊司令部、一二航艦隷下の各航空戦隊、航空隊等に飛び込み、環礁全体が騒然となった。

　電波探信儀、略称「電探」は、日米開戦に先立ち、中立国である英国より導入し、トラック環礁の夏島と春島に設置したものだ。

　英仏連合、独伊同盟、そしてソ連の三陣営が睨み合う「欧州三国志」とでも呼ぶべき状況下にあって、ドイツ空軍による奇襲を防ぐため、英本土にくまなく設置されている電波の眼が、英本土から遠く離れた太平洋上の拠点でも威力を発揮し、洋上から接近する機影を捉えたのだ。

「方位一八〇度だと⁉」

竹島の航空基地に展開する第六航空隊の司令森田千里中佐は、飛び込んで来た報告に、思わず聞き返した。

一八〇度といえば、真南だ。思いがけない方向から、仕掛けて来たものだ。

「間違いないか？」

「間違いありません。電探には、南から接近する機影が映っているとの報告です」

通信長の細田修一大尉は、緊張した声で答えた。

（マーシャルからトラックまで、四日もかかったのは、迂回航路を取ったためか）

ここ数日間の状況を、森田は思い出した。

五月一〇日、マロエラップの横浜航空隊より、

「索敵機一機未帰還。敵機ト遭遇セル可能性有リ」

との報告が届いて以来、トラックの基地航空隊と在泊艦艇は、張り詰めた空気の中で過ごして来た。

機動部隊は、敵艦隊を迎え撃つべくマーシャルに向けて出撃し、第二艦隊は環礁

の外に出て、敵艦隊の来寇に備えた。

環礁内に設けられた六箇所の航空基地も、敵の来襲に即応できるよう、臨戦待機を続けて来た。

だが、米艦隊がトラックに出現することはなく、マーシャルに向かった連航艦も、敵を捕捉できなかった。

「浜空の見通しは、外れたのではないか」

「未帰還になった索敵機は、悪天候に巻き込まれて遭難したのではないか」

こんな噂が囁かれ、張り詰めていた空気が弛緩しかかったとき、敵がトラックに来襲したのだ。

トラックの警戒網は、北と東に重点が置かれており、南と西は手薄になっている。米軍はそれを見抜き、南に迂回しての攻撃をかけて来たに違いない。

「六空、全機発進。準備の整った機から上がれ。敵機が来る！」

森田は、慌ただしく下令した。

駐機場では、既に暖機運転が始まっている。

第六航空隊は、第二六航空戦隊隷下の部隊であり、零戦五四機を擁している。第二四航空戦隊隷下の第一航空隊、第二五航空戦隊の第五航空隊、一一航艦から派遣された台南航空隊と共に、トラックの防空を担う立場だ。

五月一四日朝の時点では、警備中の機体を除き、四二機が出撃可能だった。

中島「栄」一二型の爆音が轟々と唸り、土煙が舞い上がる。

敵機との距離は七〇浬。三〇分以内に来襲する。

それまでに、一機でも多くの機体を発進させねばならない。

「どうも、もたつくな」

指揮所脇の号令台に立ち、発進前の準備作業を見守りながら、森田は苛立ちを覚えた。

開戦劈頭（へきとう）、マーシャル諸島のクェゼリン環礁と、台湾の高雄、台南両飛行場が空襲を受けたときには、戦闘機隊は一〇分以内に全機が離陸を完了し、敵機が姿を見せたときには、高度三〇〇〇メートルから四〇〇〇メートルに展開していたと聞く。

それに比べると、一二航艦隷下の戦闘機隊は、いまひとつ動きが鈍い。

マーシャル、台湾のように、敵と直接向き合う位置にないからか。あるいは、敵がなかなか来寇しなかったため、緊張感が薄れたのか。

「早くしろ、まだか」

零戦と時計を交互に見つつ、森田は呟いた。

時折、南の空に視線を投げる。

敵機はまだ姿を見せないが、彼方（かなた）から脅威が迫りつつあることを、ひしひしと感じる。

「まだか」

いま一度呟いたとき、

「暖機運転終了！」

の声が上がった。

「かかれ！」

飛行隊長羽鳥学（はとりまなぶ）少佐が、右腕を大きく振った。搭乗員たちが、一斉に駆け出した。

各員が慌ただしく乗り込み、輪止めが払われる。羽鳥少佐の一番機から順に、駐機場から滑走路へと移動する。

爆音が、ひときわ高まった。一、二、三番機が横一線に並び、翼一杯に風をはらませ、土煙を巻き上げながら、滑走を開始した。

この直前まで、駐機場で暖機運転を行っていた零戦が、フル・スロットルのエンジン音を上げながら、次々と舞い上がってゆく。

最後の一機が飛行場を蹴り、上昇を開始したところで、森田は安堵の息を漏らした。

発進は間に合った。駐機中のところに攻撃を受け、為(な)す術(すべ)もなく地上で撃破される屈辱は免れた。

「各員、防空壕に避退！」

森田は、爆音に負けぬほどの大声で叫び、右腕を大きく振った。

対空砲の砲員を除く全員が駆け出した。

竹島飛行場は、夏島の南に浮かぶ小さな島全体を、航空基地に造り替えたものだ。一二航艦の司令部幕僚には「不沈空母」と呼ぶ者もいる。

威容を誇る反面、遮蔽物には乏しい。空襲を受けても、身を隠す場所が少ないのだ。

差し当たり、半地下式の防空壕にこもらせる以外、部下を守る手段はない。

「司令」

戦況を見届けるべく、号令台に立ち続ける森田の背後から、声をかけた者がいる。飛行長の秋津康夫(あきつやすお)少佐だ。電測員からの報告が入った後、指揮所で情報の収集に当たっていたのだ。

「夏島と楓島から、五空と台南空の零戦がそれぞれ上がりました。また、索敵機が冬島と夏島より発進し、南に向かったとのことです。一一航艦司令部は、敵艦隊は夏島より二〇〇浬以内の海域にいると睨んでいます」

「索敵機か」

森田は、しばし天を振り仰いだ。

トラックの航空基地は、間もなく空襲に晒されようとしている。

零戦が、どこまで阻止できるか。空襲終了後、敵艦隊を攻撃できるだけの航空兵力がどれだけ残るか。

「伝令！」

傍らで響いた大声に、森田は振り返った。

一人の兵が直立不動の姿勢を取り、緊張した声で報告した。

「小田島水道と南水道の上空で、空戦が始まった模様。冬島基地からの報告です」

「いよいよ来るな」

森田は秋津と顔を見合わせ、頷き合った。

小田島水道、南水道と竹島の距離は、約一一浬。航空機の速力なら、指呼の間だ。

森田は、南の空に双眼鏡を向けた。

幾筋もの飛行機雲が、視界に飛び込んで来た。

友軍の戦闘機隊と、敵の攻撃隊は、早くも乱戦に突入したようだ。

零戦と米軍の攻撃隊――グラマンF４F〝ワイルドキャット〟やダグラスSBD〝ドーントレス〟が、激しく渡り合っているのだろう。

時折、線香花火を思わせる小さな炎が上がり、白煙や黒煙が、海面に向かって延びてゆく。

被弾炎上した機体が、トラック環礁南部の海面に墜落したのだ。

どちらの機体が墜落したのかは、目を凝らしても分からない。戦況も不明だ。

はっきりしていることは二つ。敵編隊が攻撃を断念して反転する様子はないこと、そして空中戦の戦場が、次第に竹島に近づいていることだけだ。

不意に乱戦の巷から、複数の機影が抜け出し、急速に降下し始めた。

一度に多数を堕としたか――と期待したが、降下に転じた機影は、火を噴いている様子はない。

降下角をほぼ一定に保ち、真一文字に駆け下りてゆく。

それが冬島の島陰に消えた――と思った直後、島の向こう側から大量の黒煙が奔騰した。二〇秒近くの間を置いて、鈍い爆発音が聞こえて来た。

「やられたか……」

森田は思わず呻き声を漏らした。

何が起きたのかは、報告を受けるまでもない。

トラックの南から侵入して来た米軍機が、冬島の航空基地に急降下爆撃を敢行したのだ。

冬島基地には、六空と同じ二六航戦の隷下に属する三沢航空隊と木更津航空隊の一式陸攻合計七二機が展開している。

そのうちの相当数が、地上で撃破されたであろうし、滑走路にも破孔が穿たれたであろう。

同様の運命が、間もなく竹島の飛行場にも襲って来ると思われた。

絡み合う飛行機雲が、更に近づいた。飛び交う羽虫のような機影を拡大し、機体形状がはっきりし始めた。

研ぎ上げられた刀を思わせるほっそりした機体と、樽のようにずんぐりした機体が互いに猛速で飛び交い、射弾を叩き込み合っている。前者は零戦、後者はＦ４Ｆだ。

零戦は燕(つばめ)のように、ひらりひらりと機体を翻(ひるがえ)し、猛速で突っ込むＦ４Ｆの射弾をかわしている。

敵弾をかわした零戦は、小兵力士が素早く体を入れ替えるようにＦ４Ｆの背後に回り込み、両翼の二〇ミリ機銃を発射する。

Ｆ４Ｆのごつい胴に、ピンと延びた主翼に、エンジン・カウリングやコクピットに、太い火箭が突き刺さる。

主翼に被弾したＦ４Ｆは、一撃で片方の翼をもぎ取られ、胴体に被弾したＦ４Ｆは、猛獣の鉤爪で一撃されたかのように、側面や上面を掻き裂かれる。

エンジンを直撃されたＦ４Ｆは、炎と黒煙を噴き出しながら高度を落とし、コクピットを撃たれたＦ４Ｆは、機体の原形を留めたまま、真っ逆さまに墜落する。

零戦に背後を取られたＦ４Ｆの何機かは、機体を横転させ、回避に移る。

ずんぐりした鈍重そうな機体だが、横転に要する時間は短い。下腹が陽光を反射し、銀色に輝いた直後には、急降下に転じている。

零戦がＦ４Ｆを追っても、距離がすぐに縮まることはない。むしろ、距離が開いてゆく。

追撃を断念し、上昇に転じた零戦に、別のＦ４Ｆが正面から仕掛ける。

零戦が素早く垂直旋回をかけて射弾をかわし、Ｆ４Ｆの背後に回り込む。

高度一〇〇〇メートル前後の空域で旋回格闘戦が始まり、零戦とＦ４Ｆが互いに背後を取ろうと旋回を繰り返す。

零戦が背後を取った、と見るや、Ｆ４Ｆは先の機体同様、機体を左に横転させ、急降下による離脱を図る。

旋回性能では明らかに零戦が上だが、急降下性能はＦ４Ｆが勝るようだ。

「敵降爆、滑走路の直上！」

不意に、兵の一人が甲高い声で叫んだ。

森田は、双眼鏡を上空に向けた。

一〇機前後の敵機が斜め単横陣を作っている。

Ｆ４Ｆとは異なる形状だ。胴体は前部が太く、後部が細い。どこか、トンボを思わせる形状だ。

ダグラスＳＢＤ〝ドーントレス〟――先の東シナ海海戦で、雲龍型空母の「黒龍」に急降下爆撃を見舞い、飛行甲板を中破させた機体であろう。

ドーントレス群の正面から、零戦二機が仕掛けた。

両翼から噴き延びた火箭が、一番機と二番機に突き刺さり、続けざまに火を噴かせた。

ドーントレス群は、僚機の墜落に臆した様子もない。次々に機体を翻し、急降下に転じる。

各機が見えない糸で繋(つな)がれているかのような動きだ。樹上から獲物を狙って飛びかかる、豹の動きを思わせる。

急角度で降下するドーントレスの横合いから、三機の零戦が突っ込む。両翼には発射炎を閃かせ、ドーントレスの右を、あるいは左を、次々とよぎる。

三機のドーントレスが、次々と炎を噴き出し、投弾コースから大きく逸れた。

零戦が阻止できたのは、その三機だけだ。残りは臆せず、突っ込んで来る。

滑走路の周囲に配置された対空砲が火を噴く。口径二五ミリの連装機銃が、腹に堪えるような連射音とともに、太い火箭を打ち上げる。

だが、対空砲の火箭に絡め取られるドーントレスはなかった。

ダイヴ・ブレーキの甲高い音が、飛行場一杯に響き渡り、米軍機に特有のごつい機体が、振り下ろされるハンマーの勢いで、滑走路へと肉迫した。

「伏せろ！」

森田が叫び、頭を抱えて、その場に突っ伏した。秋津飛行長や他の兵員も、森田に倣った。

やがて、敵弾炸裂の衝撃が連続して襲いかかり、地響きが竹島全体を揺るがした。

2

『トラック』空襲サル」

の第一報は、日本時間の午前六時二三分、連合航空艦隊旗艦「飛龍」の艦橋に届けられた。

「しまった……！」

通信参謀真木英敏少佐が報告電を読み上げると、塚原二四三司令長官の口から呻き声が漏れた。

兵馬勝茂航空甲参謀は、長官席を見やった。

敵は、トラックに来た。最悪の予想が現実になってしまった――そんな後悔が、厳しく引き締められた塚原の表情から見て取れた。

「航海参謀、当隊の現在位置は？」

「トラックよりの方位九〇度、四二〇浬です」

参謀長大森仙太郎少将の問いに、航海参謀滝村修(たきむらおさむ)中佐が答えた。

――昨日、塚原がトラックへの帰投を命じた直後、第二航空艦隊司令部より、

「『白龍』雷撃サル。被電二。出シ得ル速力一二ノット。一一三六（ヒトヒトサンロク）」

との緊急信が飛び込んだ。

連航艦司令部が騒然となる中、塚原は、

「『白龍』には一個駆逐隊を護衛に就け、後から来させる。他の二航艦全艦は、一、三航艦と共に、トラックに引き返させる」

と決定した。

一二ノットしか出せない「白龍」は、足手まといにしかならない。一隻のために、トラックへの帰還を遅らせるわけにはいかない、と塚原は判断したのだ。

この時点で、連航艦隷下の各艦隊は、トラックの東方八〇〇浬の距離にあった。

巡航速度の一八ノットで進めば、トラックまでの距離は約五〇〇浬となるところだが、

「帰りを急ごう。どうも、嫌な予感がする」

という塚原の指示に従ったため、四二〇浬まで距離を詰めたのだ。

とはいえ、現海域からトラックまではまだ遠い。当面、一二航艦にトラックの守りを託す以外にない。

「しかし、敵はどうやってトラックに……？　一二航艦の警戒態勢が、それほど甘

いものだったとは思えないが……」

首席参謀大石保中佐が、腑に落ちぬ――と言いたげに首を捻った。

「目の前の現実を見よう。大事なことは、今、米太平洋艦隊の主力がトラック近海におり、攻撃をかけている、という事実だ」

塚原が厳しい口調で言った。

トラック空襲の第一報を聞いて衝撃を受けはしたものの、すぐに自分を取り戻したようだ。

もともと航空の専門家には、迅速果敢を旨とする人物が多い。航空戦は分どころか秒単位で状況が変わり、瞬時に勝敗が決することを、自身の身体で理解しているためだ。

塚原は搭乗員の出身ではなく、少佐に進級した後で航空畑に身を投じた人物だが、横須賀航空隊での勤務や、小型空母「鳳翔」の副長、正規空母「赤城」の艦長などを歴任するうちに、航空戦の特性を理解していたのだ。

「まず、敵艦隊の位置を掌握する必要があります」

兵馬が具申した。「二航艦では索敵機を出し、敵艦隊の位置をつきとめようとしているはずです。索敵機の報告電を直接受信できればよいのですが、受信できなかった場合に備えて、一二航艦に情報の提供を要請すべきです」

「敵艦隊が、我が艦隊から攻撃可能な位置にいるとは限りません」

滝村が渋い表情で言った。「仮に、敵がトラックの東方二〇〇浬前後の海域にいるのであれば、一航艦との距離は二二〇浬ですから、航空攻撃が可能です。しかし、たとえば敵がトラックの真北にいる場合、一航艦との距離は四二〇浬以上となり、艦上機の攻撃圏外になります」

「距離四二〇浬であっても、攻撃は可能です」

兵馬の言葉に、幕僚たちの多くが眼を剝いた。航空乙参謀の長宮晃少佐だけは、兵馬が何を言わんとしているのか理解したようであり、驚いたような表情は見せなかったが、何人かの幕僚たちは、非難するような視線を兵馬に向けていた。

「まさかと思うが……艦上機に、片道攻撃を命じるつもりではないだろうな？」

「違います」

大石首席参謀の問いに、兵馬はかぶりを振った。

「零戦と九七艦攻だけなら、往復八四〇浬の攻撃は、不可能ではないだろう。しかし、それはあくまで数字の上だけでの話だ。敵艦隊の上空で激しい戦闘を行えば、燃料の消費は急激に増える。その後、四二〇浬の長距離を帰還させるというのは、搭乗員たちには過酷に過ぎる任務だ」

批難する口調で、大石はなおも言いつのった。

兵馬は江田島卒業後、迷わず航空の道に進み、もっぱら操縦桿を握って海軍生活を送って来た身だ。

航空機の航続距離が、戦闘を想定せず、平穏無事な飛行によって確認されたものであることも、長距離の飛行が搭乗員に著しい心身の負担を強いることも知っている。

その兵馬の口から、このような作戦案が出て来るのは理解し難い——と言いたげだった。

「攻撃終了後、母艦に帰還させる必要はありません。トラックに降ろせばよいのです」

兵馬が事もなげに言い放ったとき、幕僚たちの反応は、三つに分かれた。

仰天したような表情を浮かべた者、その手があったか、と得心したような顔の者、そして、予想通りの答えだ、と言いたげな者だ。

兵馬は構わずに続けた。

「仮に敵艦隊が、トラックよりの方位〇度、二〇〇浬の海面に展開していた場合、一般艦からの距離は四六五浬となります。攻撃終了後、トラックに向かった場合の総飛行距離は六六五浬。少し長めではありますが、空中戦による燃料の消費を考慮しても、到達は可能です」

「米機動部隊が距離二〇〇浬からの攻撃をかけることは、まずないと考えます」

長宮が発言した。「情報によれば、米軍の艦上機の航続距離は六〇〇浬から七〇〇浬前後です。距離二〇〇浬からの攻撃は、理論上は可能ですが、戦闘時の燃料消費を考えますとぎりぎりになります。実際の米軍の攻撃距離は、一五〇浬から一〇〇浬程度になるものと推定されます」

「だとすれば、我が軍攻撃隊の移動距離は、更に小さくなるわけだ。帰還率も、それだけ上がる」

大森が得心したように頷いた。

いかがですか——と問うように、塚原の顔を見つめた。

「艦上機は攻撃終了後、トラックに降ろすというが、トラックは現在、敵機の攻撃を受けている。着陸できる飛行場が残っているだろうか？」

塚原はそう言って、兵馬と長宮の顔を交互に見た。

零戦や九七艦攻がトラックに到達したときには、飛行場の滑走路が孔だらけになっていることを心配しているのかもしれない。

「トラックには、合計六箇所の航空基地があることに加え、英国より輸入した電探が設置されており、敵機の早期探知が可能です。一二航艦が一方的に敗れることはないと考えます」

「ふむ……」

塚原はしばし両腕を組み、沈思（ちんし）した。

兵馬や長宮の主張は楽観的に過ぎる、と思っているようでもあり、うまく運ぶかもしれぬ、と考えているようでもあった。

「攻撃隊の準備だけでも、進めてはいかがでしょうか？　発進準備が整うまでに一時間程度はかかりますし、その間にもう少し詳しい戦況が判明すると考えられます。攻撃隊をいつでも発進できるよう、飛行甲板に上げておくべきです」

兵馬の具申に、塚原はなおも数秒間思考を巡らした後、重々しく頷いた。

「全艦隊に命令。攻撃隊発進準備。第一次攻撃は艦戦と艦攻、第二次攻撃は艦戦と艦爆にて実施する。攻撃終了後は、トラックの航空基地に着陸するものとする」

一語一語の意味を確認するように、塚原はゆっくりと言った。

（足の長い艦攻を、先に出すということか）

胸中で、兵馬は呟いた。

通常、敵艦隊への攻撃は、艦爆と艦攻の両方を用いる。雷爆同時の攻撃を回避するのは、操艦の名人であっても困難であり、高確率で直撃弾を得られるためだ。

それを敢えて止め、第一次攻撃に艦攻、第二次攻撃に艦爆のみを用いるのは、九七艦攻の方が九九艦爆より航続距離が長いことを考慮したためだろう。

足の長い九七艦攻が攻撃している間に敵艦隊との距離を詰め、敵を九九艦爆の攻撃圏内に捉えようと、塚原は考えているのだ。

機動部隊ならではの攻撃法と言えた。

真木通信参謀が、命令を「飛龍」の通信室に伝えようとしたとき、塚原は第二の命令を発した。

「連航艦、速力二五ノット。発進準備を行っている間に、敵艦隊との距離を少しでも詰めよう。四〇〇浬以上の長距離攻撃を、搭乗員に強いるのだ。少しでも、負担を減らしてやりたい」

3

同じ頃、トラック環礁では、この日二度目の空襲警報が鳴り響いていた。

「今度は、こっちから来たか」

環礁の東側に位置する未島砲台の上空で、接近して来る敵編隊を見据えながら、第一航空隊の第三中隊長を務める桐原貢中尉は呟いた。

一時間前の第一次空襲では、米軍機は南方から環礁内部に侵入して来た。

ところが第二次攻撃では、敵編隊は大きく二手に分かれ、南部と東部から侵入を図って来たのだ。

南部の敵に対しては、竹島の第六航空隊と楓島の台南航空隊が当たっている。

環礁東部からの侵入を図る敵機には、春島第二飛行場の第一航空隊と、夏島飛行場の第五航空隊に迎撃が命じられていた。

五空の装備機数は、零戦五四機。うち五月一四日時点での稼働機は三九機。

その全機が、先の第一次空襲で迎撃に上がり、五機が未帰還、七機が被弾損傷により再出撃不可と判定された。

第二次空襲では、残存全機――二七機が迎撃に上がっている。

一方、未島砲台上空から侵入を図る敵機は、ざっと四〇機だ。

約一・五倍の敵機と、どう戦い、どう叩くか。

零戦の姿を認めたのだろう、敵編隊が大きく散開した。

一〇機前後は緊密な編隊を組んだままだが、三〇機前後が左右に大きく分かれ、五空の零戦隊を包み込むように接近して来る。前者はドーントレス、後者はＦ４Ｆであろうと察しを付ける。

五空飛行隊長板橋徹（いたばしとおる）少佐の零戦がバンクし、後続機に合図を送る。

帝国海軍では、英国から輸入した航空機用無線電話機の装備を進めているが、五空の零戦にはまだ未装備なのだ。友軍機への合図や指示は、バンクや手信号で行わねばならない。

板橋が直率する第一中隊と、梨田文次郎（なしだぶんじろう）大尉が率いる第二中隊が左右に分かれ、Ｆ４Ｆ群に突進する。

桐原もバンクし、中隊各機に合図を送った。

出撃前の打ち合わせに従い、ドーントレスの編隊に機首を向け、エンジン・スロットルを開いた。

戦闘機中隊は、三個小隊九機が定数だが、桐原の第三中隊は、稼働機数の不足や第一次空襲時の消耗により、二個小隊六機となっている。後続する第四中隊に至っては、四機だけだ。

だが、戦意は決して低くない。

第三、第四中隊合計一〇機の零戦は、中島「栄」一二型の爆音を猛々しく轟かせ、薄い主翼で高空の大気を切り裂きながら、ドーントレス群に突進する。

Ｆ４Ｆが割り込んだ。右前方上空より、二機が降下して来る。

桐原は右旋回をかけ、Ｆ４Ｆに機首を向けた。ちらと後方を振り返ると、戸倉太郎（とくらたろう）一等飛行兵曹の二番機と鈴木春海（すずきはるみ）二等飛行兵曹の三番機が後続するのが見えた。

Ｆ４Ｆが正面に占位する。

スマートとは、お世辞にも言えない機体だ。ずんぐりむっくりという言葉そのものであり、ユーモラスにさえ見える。

だが、この機体が速度性能では零戦に引けを取らないこと、機体の頑丈さでは零戦より遙かに上であり、七・七ミリ機銃程度では容易に墜とせないことを、桐原は先の第一次空襲時に学んでいた。

彼我の距離が、急速に詰まった。照準器の白い環（わ）の中で、丸っこい機首や中翼配置の直線翼が膨れ上がった。

Ｆ４Ｆの両翼に発射炎が閃く寸前、桐原は操縦桿を目一杯手前に引きつけ、次いで左に倒した。同時に、左フットバーを踏み込んだ。

零戦の右主翼が跳ね上がり、機体が渦（うず）を巻くように旋回する。

桐原の肉体は、遠心力によってコクピットの右に押しつけられ、海が頭上に、空が足の下に来る。

天地逆向きになった頭の下を、青白い曳痕が流れ去り、Ｆ４Ｆの太い機体が、自身の射弾を追うように通過する。

走り高跳びの要領で、突進して来るＦ４Ｆの頭上を飛び越したかのようだ。桐原は左の緩横転(スロー・ロール)によって敵弾をかわし、後方へと抜けたのだ。

機体が水平に戻るや、操縦桿を左に倒す。零戦がほぼ垂直に近い角度にまで倒れ、急角度で旋回する。

Ｆ４Ｆではなく、ドーントレス群に機首を向ける。

ドーントレス群は、既に未島砲台の上空を抜け、環礁内部に侵入している。機体同士の間隔を詰め、一団となって西進している。

米国製の西部劇映画に登場する、幌(ほろ)馬車隊の円陣さながらだ。

三中隊の第二小隊や四中隊が、左右や後方から猛速で突進し、二〇ミリ弾、七・七ミリ弾の火箭を浴びせかけるが、ドーントレス群も負けてはいない。

複数の機体が、胴体背面の旋回機銃を同時に発射し、何条もの火箭が乱れ飛ぶ。青白い曳痕の連なりが、二重三重に交錯し、射弾の網を織り上げる。迂闊に突っ込めば、たちまち絡め取られそうだ。

桐原は、左後方の一機に狙いを定めた。左に旋回しつつ降下し、目標を照準器の環に捉えた。

ドーントレスの偵察員が、接近して来る零戦に気づいたのだろう、いかにも慌てた様子で、旋回機銃の銃口を向けて来る。

ドーントレスのコクピット後部に発射炎が閃き、青白い火箭がほとばしる。F4Fのそれに比べ、さほどの太さはない。口径はおそらく七・七ミリだ。

小口径弾だからといって、甘く見るつもりはない。

桐原は左右に、不規則に操縦桿を倒す。

零戦は、右旋回と左旋回を繰り返しつつ、ドーントレスに接近する。桐原が狙った機体だけではなく、その周囲のドーントレスも射弾を放って来るが、細い火箭は大気を貫くだけだ。

照準器の白い環が、ドーントレスを捉えた。前部が太く後部が細い胴体が、環の中で大きく膨れ上がり、はみ出した。

絶対当たる——と呟き、桐原は発射把柄（ほへい）を握った。

機首からほとばしった七・七ミリ弾の細い火箭が、ドーントレスのコクピットから胴体後部にかけて薙いだ。

機銃を素早く二〇ミリに切り替え、再び発射把柄を握る。

今度は両翼に発射炎が閃き、七・七ミリ弾のそれより遙かに太い火箭が噴き延びた。

射弾はコクピット脇の外鈑に突き刺さり、小さな爆発光が続けざまに閃いた。おびただしい破片が宙に舞い、ドーントレスの胴体から黒煙が噴出した。

ほどなくそのドーントレスは、力が尽きたように機首を下げ、黒煙の尾を引きながら墜落し始めた。

このときには、第二小隊や第四中隊の零戦も、ドーントレス群に喰らいついている。

ドーントレスの旋回機銃が織り上げる火網を突破した零戦が、右後方の一機に二〇ミリ弾を叩き込む。

二〇ミリ弾炸裂の火焔が躍ったと見るや、そのドーントレスの右主翼は、三分の一ほどを残してちぎれ飛ぶ。

搭乗員が咄嗟に判断したのだろう、胴体下の爆弾が切り離され、礁湖に向かって落ちてゆく。爆弾を切り離して身軽になったドーントレスがもがくように、二度、三度と旋回する。

だが、片方の主翼を三分の二も失った機体が生き延びる術はない。手負いの獣のように空中をのたうったドーントレスは真っ逆さまになり、先ほど投棄した爆弾の後を追うように墜落する。

ドーントレス群の前方から、仕掛ける零戦もある。

右前方から突っ込んだ零戦の小隊が、両翼から発射炎を閃かせ、ドーントレスの面前を次々とよぎる。

小隊の三番機が降下したときには、ドーントレス一機がエンジン・カウリングを引き裂かれて炎を噴き出し、別の一機がコクピットを粉砕されて、無数のガラス片を撒(ま)き散らしながら墜落する。

かと思えば、新たな零戦一機がドーントレス群の左前方から突進する。

狙われたドーントレスは機首を上げ、コクピットの正面に発射炎を閃かせる。

零戦が両翼から放った二〇ミリ弾と、ドーントレスが発射した一二・七ミリ弾の火箭が斬り結ぶ。

零戦とドーントレスの機体が交叉した直後、ドーントレスがよろめく。

この直前まで、高速で回転していたプロペラは動きを止め、機首からは炎が噴出し、胴体やコクピットを舐めている。

高空の強風に煽られ、みるみる燃え広がった炎は、ドーントレスを包み込んでゆく。

ドーントレスを仕留めた零戦にも、痛烈な報復が加えられる。

離脱を図ったところに、複数のドーントレスが旋回機銃の射弾を集中したのだ。

多数の火箭が同時に突き込まれ、青白い曳痕が蛍の群れのように、零戦の機体にまつわりついた。

直後、空中に巨大な炎の雲が湧き出し、零戦の姿は一瞬で消失した。

無数の小口径弾が、零戦の主翼といわず、胴といわず命中し、弾倉内の二〇ミリ弾や燃料タンクに誘爆を起こさせたのだ。

ドーントレス群は、なおも緊密な編隊を組んだまま、進撃を続ける。

左前方に、夏島錨地が見えている。

駆逐艦以下の小型艦艇や、輸送艦、給油艦、給糧艦等の支援用艦艇の泊地だ。

トラックの警備を担当する第四艦隊司令部は、米軍のトラック来襲に備えて、在泊艦船のほとんどに出港を命じていたが、泊地にはまだ海防艦、駆潜艇、掃海艇等の小型艦艇や、給油艦、給糧艦等が二〇隻ほど残っている。

――だがドーントレス群は、夏島錨地には見向きもしなかった。

針路、速度とも一切変えることのないまま、ひたすら西へと向かってゆく。

「春島か夏島を狙ってやがるな」

桐原は、敵機の動きを見ながら呟いた。

トラック環礁にある六箇所の飛行場のうち、竹島、冬島の二箇所が、第一次空襲で被害を受けている。

米軍の攻撃隊が、環礁の南部と東部、二正面から攻撃をかけて来たのは、残る四箇所の飛行場を一気に叩き、トラック周辺の制空権を奪取しようと考えてのことであろう。

「させるか！」

吐き捨てるように呟き、エンジン・スロットルを開いたときだった。

Ｆ４Ｆが二機、ドーントレス群の頭上をよぎり、桐原機の正面上方から向かって来た。

桐原は罵声を漏らしながらも、Ｆ４Ｆに機首を向けた。

後方から、戸倉一飛曹の二番機、鈴木二飛曹の三番機が追随して来る。

敵機は二機、こちらは三機。数の上では優勢だが、機銃の射程は敵機の方が長く、防御力も優れている。正面からの撃ち合いでは、零戦が不利だ。

桐原は、操縦桿を目一杯前方に押し込んだ。

零戦がお辞儀をするように機首を下げるのと、Ｆ４Ｆ一番機の両翼に発射炎が閃くのが、ほとんど同時だった。

降下に転じた桐原機の頭上を火箭が流れ、次いでＦ４Ｆのずんぐりした機影が頭上をよぎる。

Ｆ４Ｆの二番機が、慌てたように降下に転じる。

両翼に一二・七ミリ機銃の発射炎が閃くが、青白い火箭は桐原機の尾部をかすめ、大気だけを貫いて消える。

（二番機は任せるぞ、戸倉、鈴木）

後続する二、三番機に、桐原はその言葉を投げかける。合図を送らなくとも、戸倉と鈴木は、自分の為すべきことが分かっているはずだ。

敵二番機が後方に抜けたところで、桐原は操縦桿を目一杯手前に引いた。

零戦が機首を大きく上向け、強烈な遠心力が、桐原の全身を締め上げた。

頭の天辺から足先までが、何倍もの重さになったように感じられる。操縦桿を握る両腕は、鉛と化したように重い。

零戦は、なおも上昇を続ける。機首がほとんど真上を向いた、と感じた直後、機体が大きく後方に傾き、空が下に、礁湖の海面が上に来る。

機体が背面状態になったところで、操縦桿を右に倒し、右フットバーを添える。

零戦は宙返りの頂点で一回転し、水平飛行に戻ると同時に、F４F一番機の背後に付けている。

先にF４Fが向かって来たときには、スロー・ロールでやり過ごしたが、今度は撃墜して後顧（こうこ）の憂（うれ）いを断つと決めた。

背後から迫る零戦に気づいたのだろう、F４Fの機体が、右に大きく傾いた。

「馬鹿め」

桐原は、思わず唇の端を吊り上げた。

水平旋回は、墓穴を掘るようなものだ。旋回格闘戦で、零戦に勝てる機体はない。

桐原も、操縦桿を右に傾ける。一旦右に流れたF４Fが、照準器の白い環の中に入る。

桐原は、操縦桿を更に右に倒す。

零戦は急角度で旋回し、F４Fの機影が大きく膨れ上がる。

頃合いよし、と見て、桐原が発射把柄を握ったとき、F４Fが機体を左に傾けた。

機首からほとばしった七・七ミリ弾は、大部分が消えた。

「こなくそ！」

一声叫び、桐原は操縦桿を大きく左に倒す。

零戦が左に大きく傾斜し、急角度での旋回に入る。一旦距離が離れたＦ４Ｆが、再び接近する。

今度こそ——その思いを込め、桐原は発射把柄を握った。弾道確認用の七・七ミリ弾ではなく、二〇ミリ弾を発射した。

零戦の両翼に発射炎がほとばしるのと、Ｆ４Ｆが左旋回から右旋回に切り替えるのが、ほとんど同時だった。

Ｆ４Ｆの機体が右に流れた、と見えた直後、敵機の尾部に閃光が走り、右の水平尾翼と垂直尾翼が付け根からちぎれ飛んだ。Ｆ４Ｆの搭乗員は、零戦の追撃をかわそうとして、自ら火箭の前に飛び出したのだ。

Ｆ４Ｆが、大きく傾いた。ずんぐりした機体が錐揉み状に回転し、真っ逆さまに墜落し始めた。

水平尾翼と垂直尾翼を同時に失ったのだ。どう考えても、助かる道理がなかった。

桐原は左の水平旋回をかけ、春島に機首を向けた。

Ｆ４Ｆを手早く墜とし、ドーントレスにかかるはずが、思いの外手こずってしまった。

本来の任務に戻り、ドーントレスを墜として、飛行場を守らねばならない。

だが――。

「いかん」

桐原の口から、呻き声が漏れた。

ドーントレスは、既に春島の上空に達している。次々と身を躍らせ、急降下に転じている。

もはや、投弾の阻止は不可能だった。

やがて地上に次々と爆発光が走り、何条もの爆煙が立ち上り始めた。

4

「さすがに頑強だな」

ＴＦ16旗艦「ワスプ」の戦闘情報室(CIC)で、司令官ジョン・ヘンリー・ニュートン少将は、感嘆と忌々しさの混じった声で呟いた。

司令部はたった今、トラックに対する第二次攻撃隊からの報告を受け取ったばかりだ。

報告電は、

「『ブラヴォー』『チャーリー』ヲ爆撃ス。効果不充分。再攻撃ノ要有リト認ム」

と伝えている。「ブラヴォー」は春島南部の飛行場、「チャーリー」は夏島の飛行場に冠したコードだ。

この前に行った第一次攻撃では、「デルタ」こと竹島飛行場と「エコー」こと冬島飛行場を叩いた。

このときは、

「攻撃効果大。『デルタ』『エコー』トモ使用不能」

との報告電が送られており、TF16司令部は、トラックに六箇所ある飛行場のうち二箇所を撃破したと確信した。

手薄な南方からの攻撃という奇策が奏功し、敵の隙を衝くことができたのだ。

だが続く第二次攻撃は、不満足な結果しか得られなかった。

攻撃隊指揮官は「効果不充分」としか報告していないが、状況については察しがつく。

敵の迎撃が激しく、思うような戦果を挙げられなかったのだろう。

「あと二、三回は、攻撃を反復する必要がありますな」

参謀長のビル・エモンズ中佐が、情報ボードを見やった。

ボードには、二回の航空攻撃の成果が反映されている。「デルタ」「エコー」は壊滅、「ブラヴォー」「チャーリー」には損害を与えたが健在だ。

コード名「アルファ」と「フォックストロット」、すなわち春島北西部の飛行場と楓島（パレム）の飛行場には、まだ手が付けられていない。

トラックの制空権を奪取するには、四箇所の飛行場を叩かねばならないが……。

「航空攻撃のみで残る四箇所の敵飛行場を使用不能に追い込むのは、厳しいと判断せざるを得ません。これまでの損耗に加え、第三次以降の攻撃で、一次、二次以上の激しい迎撃が予想されるためです」

「うむ……」

航空参謀ジャック・リーヴス少佐の意見に、ニュートンは渋い表情を浮かべた。

トラックへの第一次、第二次攻撃では、艦隊の直衛を担当するＦ４Ｆ以外の全機を投入している。

それでも、敵飛行場六箇所のうち、二箇所を使用不能に追い込み、二箇所に若干の損害を与えただけだ。

攻撃隊が帰還しなければ、確たることは言えないが、残存兵力でトラックの制空権を奪取するのは容易ではない。

正規空母三隻、軽空母二隻では、航空兵力が不足していたのか。太平洋艦隊は、アジア艦隊の復讐を果たそうとして、無理な作戦を強行してしまったのではないか

——そんな思いが、胸中にこみ上げた。

「司令官、キンメル長官からお電話が入っております」

艦内電話が鳴り、受話器を取った副官のハリー・モーリス大尉がニュートンに告げた。

「手こずっているようだな」

受話器を取ったニュートンの耳に、太平洋艦隊司令長官ハズバンド・E・キンメル大将の太い声が届いた。

「おっしゃる通りです」

ニュートンは額の汗を拭いながら、恐縮した声で答えた。

宮古島沖海戦の敗北にも関わらず、自分をTF16の司令官に推挙し、航空戦の指揮権を委ねてくれたキンメルには、感謝の言葉もないが、自分はその信頼に充分応

えているとは言えない。

それを思うと、恐縮しないではいられなかった。

「TF15、16だけでは、制空権の奪取が困難というのであれば、戦艦部隊がその役を担ってもよいと私は考えている」

キンメルは、落ち着いた声で言った。航空攻撃の成果が思わしくないことを、咎める様子はなかった。

「コネチカット級、デラウェア級の主砲であれば、環礁の外から飛行場を叩ける。二五ノットで進撃すれば、五、六時間でトラックの飛行場を射程内に捉えられる。巡洋艦以下の艦艇を環礁内に突入させ、近距離から徹底的に飛行場を砲撃する手もある」

ニュートンは、ちらと情報ボードを見やった。

太平洋艦隊の隷下にある三つの任務部隊は、トラック環礁の南東から真南にかけて展開している。

トラック環礁南部のフェファン島を基点にすると、ニュートンのTF16は、方位一八〇度、一六〇浬、フレッチャー少将のTF15は、方位一五〇度、一六〇浬、キンメルが直率するTF1は、方位一六五度、一六〇浬だ。

二つの空母機動部隊が、東と西から、水上砲戦部隊を掩護する格好だ。

戦艦部隊が空襲を受け、宮古島沖海戦の二の舞になる危険性を危惧しての配置だが、キンメルは航空攻撃など恐れる様子もなく、自身が先頭に立って、トラックに肉迫すると主張している。

新鋭戦艦コネチカット級の防御力や対空火力に、相当な自信があるのかもしれないが——。

「日があるうちの突入は危険です」

ニュートンは答えた。「攻撃隊の報告電を傍受されたのでしたら御存知と思いますが、トラックの飛行場は、まだ四箇所が健在です。日本軍の航空部隊は、なお相当な兵力を残しており、迂闊に接近すれば激しい攻撃にさらされる危険があります」

「艦上機ならともかく、陸上機の攻撃が、それほどの脅威になるとは思えないが……」

「宮古島沖海戦で、四隻のデラウェア級に大きな損害を負わせたのは、その陸上機だったのです。日本軍の双発爆撃機は、低空での運動性能が非常に高く、水平爆撃だけではなく、雷撃を行う力も持っています。その雷撃によって、四隻のデラウェア級は射撃精度を大きく狂わされ、追撃して来た日本軍の水上部隊に有効な反撃を行えなかったのです」

デラウェア級が一式陸攻（ベティ）や九六式陸攻（ネル）に攻撃される場を、ニュートンは直接見ていない。

だが、ベティやネルが恐るべき戦闘能力を持つことは、辛くもフィリピンに帰還した戦艦や、護衛の巡洋艦、駆逐艦の乗員から聞いている。

戦艦部隊による昼間のトラック強襲は、危険が大きすぎると判断せざるを得ない。

「空母の艦上機だけで、トラックの敵飛行場を制圧できるかね？　空母の艦上機にあまり余裕がないことは、私も承知している。トラックへの航空攻撃を反復するとなれば、生還したクルーに再出撃を強いることになる。一部の者だけに大きな負担をかけるのは、私の本意ではない」

「……もう少し、時間をいただけますか？」

ニュートンは、少し考えて返答した。「一次、二次とも、攻撃隊がまだ帰還していません。攻撃隊の帰還後、使用可能な機数を調べた上で、改めて方針を決めたいと考えます」

「いいだろう。一時間後に、また連絡する」

キンメルはごくあっさりと承諾し、電話を切った。

それと入れ替わるように、

「第一次攻撃隊が帰還しました。収容作業にかかります」

艦橋に詰めている「ワスプ」艦長フォレスト・シャーマン大佐が報告を上げた。

「艦橋に上がってみる。攻撃隊の状態を、自分の目で確認したい」

ニュートンはそう言い置いて、CICの外に出た。

――五分後、ニュートンはシャーマン艦長と共に艦橋に立ち、「ワスプ」攻撃隊の帰還を見守っていた。

第一次攻撃では、「ワスプ」からF4F二四機、新鋭の艦上攻撃機グラマンTBF〝アベンジャー〟一六機が参加している。

後者は、現用の主力艦上攻撃機ダグラスTBD〝デヴァステーター〟に代わって、配備が始まった機体だ。最新鋭機であるため、太平洋艦隊には、まだ「ワスプ」にしか搭載されていない。

ニュートンは、その新鋭機の実力を実戦で確認したいとの考えから、「ワスプ」に搭載しているアベンジャー全機を、第一次攻撃隊に参加させたのだ。

風上に向かって突進する「ワスプ」の飛行甲板に、アベンジャーがエンジン音を力強く轟かせながら降りて来た。

最初の一機は、敵の迎撃を受けたためだろう、胴体や主翼に弾痕(だんこん)が目立った。

二機目、三機目と、アベンジャーが次々に、飛行甲板に降り立つ。

帰還機数は、一六機を数える。

損傷している機体はあるものの、エンジンに被弾して気息奄々(きそくえんえん)となっていたり、クルーが負傷したりしている機体は見当たらない。

新鋭艦攻のアベンジャーは、全機が生還を果たしたのだ。

「流石(さすが)はグラマン鉄工所(ワークス)の機体ですな。打たれ強さは、半端ではない」

シャーマン艦長が、アベンジャーの製造メーカーであるグラマン社のあだ名を、感嘆したように口にした。

グラマン社の航空機は、頑丈なことで定評がある。艦上攻撃機のアベンジャーにも、その特質が、しっかりと表れているようだ。

アベンジャーに続いて、F４Fが着艦を始める。

こちらはアベンジャーよりも、損傷の大きい機体が目立つようだ。

二〇ミリクラスの弾丸を喰らったのか、翼端(よくたん)が欠けている機体や、胴体側面に掻き裂いたような傷を受けている機体もある。

第一次攻撃では、敵の飛行場二箇所を使用不能に追い込んだとの報告だったが、迎撃もまた激しかったことを、F4Fの機体が物語っていた。

突然、上空で着艦の順番を待つF4Fの動きに乱れが生じた。

何機かが反転し、上昇してゆく。

明らかに、敵機を発見した戦闘機の動きだった。

「まさか……?」

シャーマンと顔を見合わせたニュートンの耳に、艦橋見張員と通信長の報告が、連続して飛び込んだ。

「左上空に敵機！　ジャップの偵察機です！」

「敵信らしき電波を探知！　上空より発せられた模様！」

5

「風に立て！」

連合航空艦隊旗艦「飛龍」の艦橋に、艦長加来止男（かくとめお）大佐の力強い声が響いた。

「取舵一五度」

が下令され、「飛龍」が左舷側に艦首を振った。

「飛龍」だけではない。

第二航空戦隊の僚艦「蒼龍」も、第三航空戦隊の小型空母「瑞鳳」「祥鳳」も、次々に転舵し、艦首を風上に向けている。

艦首から噴出する風向確認用の水蒸気が艦の軸線に沿って流れ、風切り音が艦橋を満たす。

飛行甲板の後部に敷き並べられた攻撃隊各機のコクピットでは、搭乗員が発艦命令を待ち、機体の両脇には整備員が、輪止めを払うべく待機している。

一航艦だけではない。

一航艦の北西と南西に、三〇浬の距離を隔てて航進している第二航空艦隊では、正規空母「雲龍」と小型空母「白鳳」「丹鳳」が、第三航空艦隊では連航艦の各空母中随一の大きさを誇る「赤城」と雲龍型の四番艦「紅龍」、小型空母の「龍鳳」「天鳳」が、艦首を風に立てている。

雲龍型の一隻を戦列から失ったとはいえ、帝国海軍の主力である三つの機動部隊には、なお一一隻の空母が健在だ。

今、その全艦から、トラック南方海上の米太平洋艦隊主力を叩くべく、攻撃隊が出撃せんとしていた。

「往路が四〇〇浬、復路が一六〇浬か」

大石保首席参謀が、「飛龍」の艦橋で飛行甲板を見下ろしながら呟いた。

「往路が難点になるな。搭乗員の技量が粒揃(つぶぞろ)いだといっても、これだけの長距離を飛行して、敵艦隊に到達できるかどうか」

トラックより発進した索敵機の報告電が、連航艦の司令部に届けられたのは、午前七時四六分だ。

「敵艦隊見ユ。位置、『冬島』ヨリノ方位一六五度、一六〇浬。敵ハ空母三、巡洋艦四、駆逐艦多数。〇七三八(マルナナサンハチ)」

と、電文は伝えており、連航艦は初めて米艦隊がトラックの南方に回り込んでいたことを悟った。

この時点における連航艦の位置は、トラックよりの方位九〇度、三九〇浬。

発見された米艦隊との距離は、約四〇〇浬になる。

過去に例がない長距離攻撃だ。

母艦航空隊、特に塚原長官が直率する一航艦には、精鋭が集まっているとはいえ、航法の失敗によって敵を取り逃がす可能性は小さなものではない。

加えて、搭乗員の疲労という問題もある。片道四〇〇浬は、九七艦攻の巡航速度で約三時間を要するためだ。

攻撃終了後はトラックに降りればよいが、そのトラックにしたところで、無事な飛行場が残っているかどうかは分からない。

だが塚原は、

「トラックは、中部太平洋における我が軍の要だ。見殺しにはできぬ。同地の飛行場については、一一航艦の奮戦を信じる以外にあるまい」

として、麾下の全機動部隊に攻撃隊の出撃を命じたのだった。

「攻撃隊指揮官には、友軍の報告電に注意を払うよう伝えてあります」

兵馬は、大石に言った。「敵艦隊が位置を変更した場合には、適宜針路を修正するように、と。厳しい任務を強いることにはなりますが、必ず敵艦隊を捕捉し、空母を仕留めてくれると信じております」

「うむ……」

大石は、浮かぬ顔で頷いた。

先に攻撃隊の出撃が決定されたとき、大石は、

「空母よりも、戦艦を優先して叩くべきです」

と主張したのだ。

「敵の空母艦上機は、一二航艦との戦闘で、かなりの消耗を余儀なくされると考えられます。攻撃隊が敵艦隊上空に到達する頃には、敵の艦上機は大幅に弱体化しており、脅威とはならなくなっている可能性が考えられます。その場合、空母よりも戦艦の方が、我が軍にとり、大きな脅威となります。トラックを守るには、空母よりも戦艦を叩く方が得策と考えます」

というのが、その理由だった。

だが塚原は、

「優先攻撃目標は空母。戦艦は、第二次攻撃か一二航艦の陸攻隊に叩かせればよい」

として、大石の主張を退けたのだ。

大石としては、その決定に一抹の不安を覚えているのだろう。

だが、空母を配置しておけば、攻撃隊は敵戦闘機の脅威にさらされ続ける。

空母を最初に潰し、戦場海域の制空権を確保することは、敵戦艦を撃沈するための大前提なのだ。

何も、迷うことはないはずだった。

「発艦始め！」

の号令が、ほどなくかかった。

「飛龍」の飛行甲板に、フル・スロットルのエンジン音が轟き、一番機が発艦を開始した。

「飛龍」飛行隊長と艦攻隊長を兼任する楠美正（くすみただし）少佐の九七艦攻だ。胴体下には、九一式航空魚雷を抱いている。

飛行甲板の前縁を蹴った機体が、一旦自重によって大きく沈み込むが、すぐに機首を上向け、上昇してゆく。

楠美少佐の一番機に続いて、二番機が、三番機が、次々と発艦する。

付近の海面では、二航戦の僚艦「蒼龍」から、やはり胴体下に航空魚雷を抱いた九七艦攻が発艦を開始しており、三航戦の「祥鳳」「瑞鳳」からは、護衛の零戦が一機、また一機と飛び立ってゆく。

三〇浬離れた海面にいる二航艦、三航艦の空母からも、攻撃隊が続々と出撃を開始しているはずだ。

五隻の正規空母のうち、「赤城」から九七艦攻が三三機、他の四隻からは二七機ずつ、合計一四一機。六隻の小型空母から、零戦が一五機ずつ、合計九〇機。

以上が、第一次攻撃隊の編成だった。

——攻撃隊全機が発進した後、一、二、三航艦の上空には、しばらく爆音が轟き続けていたが、それは次第に小さくなり、東の空に吸い込まれるように消えていった。

6

同じ頃、トラック環礁の南方海上に、零戦の中島「栄」一二型エンジンと、一式陸攻の三菱「火星」一一型エンジンの爆音が、轟々と鳴り響いていた。

楓島の飛行場より出撃した、台南航空隊の零戦三一機と、鹿屋、高雄両航空隊の一式陸攻六七機だ。

台南空は五四機、鹿屋空、高雄空はそれぞれ三六機が定数だが、台南空の零戦は、空襲に対する迎撃戦で数を減らしており、鹿屋空、高雄空は一式陸攻五機が整備中のため、編成から外れている。

これが当面、楓島の飛行場から出撃させることが可能な全戦力だ。

健在な春島第一飛行場でも、零戦と一式陸攻、九六式陸攻が反撃の一打を加えるべく、出撃準備を整えているが、まずは一一航艦からトラックへの応援に派遣された戦爆連合計九八機が先鋒となって、米太平洋艦隊への反撃を開始したのだった。

索敵機が報告した敵艦隊の位置は、冬島よりの方位一八〇度、一六〇浬。

一式陸攻の巡航速度であれば、一時間弱で到達する。

内地以外では、最大の規模を持つ帝国海軍の泊地に手を出した報い（むく）を、たっぷりとくれてやる——零戦と一式陸攻の搭乗員は、誰もがその思いを込めて、空と洋上に目を凝らしていた。

午前八時四二分（現地時間午前一〇時四二分）、

「宮内三番より全機へ。左前方に敵艦隊！」

鹿屋航空隊三番機の機長を務める児島登（こじまのぼる）一等飛行兵曹の声が、搭乗員たちのレシーバーに響いた。

「中隊長、見えます。左三〇度。空母もいます」

第三中隊機のコクピットでも、副操縦員の野々宮修一等飛行兵曹が報告した。

中隊長千草貞雄大尉は、左前方に目をやった。

ちぎれ雲の向こう側に、一群の艦船が見える。三隻の大型艦を、中小型艦が囲んだ輪形陣だ。

大型艦の甲板上には、右舷側の小さな構造物以外には何もない。板のようなものが見えるだけだ。

海軍の航空機搭乗員なら、見間違えようがない。最優先の攻撃目標——敵の空母が、目の前にいる。

「下駄(げた)みたいだな」

敵空母を見つめながら、千草は妙に緊張感に欠ける感想を抱いた。

帝国海軍の空母は、飛行甲板が前方に向けてすぼまる形状を持つため、わらじに喩えられることが多いが、米空母の飛行甲板は、前部から後部にかけて、横幅にほとんど変化がない。ただの板を、海の上に浮かべたように見える。

スマートさには欠ける分、ごつくて頑丈そうだ。

帝国海軍の主力となっている雲龍型を、中肉中背だが技量に優れた柔道家とすれば、眼下の敵空母は、筋骨隆々(きんこつりゅうりゅう)たる白人の大男といった印象だ。

東シナ海海戦で戦った戦艦もそうだったが、米軍の軍艦は、皆このようなごつい艦なのかと思う。

「宮内一番より全機へ。突撃隊形作れ」

無線電話機のレシーバーに、攻撃隊の総指揮を執る鹿屋航空隊飛行隊長宮内七三少佐の声が届いた。

さほど気負いを感じさせないにも関わらず、搭乗員たちの闘志をかき立てずにはおかない、独特の響きを持つ声だった。

鹿屋空三〇機のうち、一、二中隊の一五機が高度を下げ、三、四中隊は高度三〇〇〇に留まる。

高雄空の二六機も、一、二中隊が三中隊と分かれ、低空へと舞い降り、台南空の零戦も、二〇機前後が鹿屋空、高雄空の一、二中隊に付き従う。

東シナ海海戦では、鹿屋空が雷撃を、高雄空が水平爆撃を、それぞれ担当したが、作戦終了後の研究会で、雷撃と水平爆撃の連携の悪さが指摘され、その原因を「各航空隊毎に、別個の任務を割り振ったことにある」との結論が出された。

このため鹿屋空、高雄空では、雷撃と水平爆撃を担当する中隊を分け、各航空隊毎に雷撃同時攻撃を実施すると決めたのだ。

水平爆撃を担当する各隊は、高度を三〇〇〇メートルに保ち、中隊長機を先頭に、傘（かさ）型の陣形を形成する。

千草の三中隊も、千草機の右後方に一小隊の二、三番機と三小隊の二機が、左後方に二小隊の三機が占位する。

「一中隊、高度二〇（フタマル）（二〇〇〇メートル）……一八（ヒトハチ）……」

千草のレシーバーに、宮内飛行隊長の声が響く。
一、二中隊が所定の高度に達し、横一線に展開したら、三、四中隊も突撃開始だ。高度三〇〇〇メートルから投下される爆弾と、海面下を疾駆する魚雷が、敵空母を同時に襲う。
そのときを、千草は待っていたが――。

「正面に敵機！」

野々宮が緊張した声で叫んだ。

千草は顔を上げ、正面を見据えた。

銀色に照り輝くものが、数を増しつつある。直衛のグラマンF４F〝ワイルドキャット〟だ。

一次、二次の空襲の際、敵機もかなり消耗したと思っていたが、まだ余力を残していたのか。あるいは、直衛用の機体を温存し、日本軍の反撃に備えていたのか。

零戦とF４Fが、エンジン・スロットルを開いて距離を詰め、彼我入り乱れての空中戦が随所で始まる。零戦のスマートな機体をF４Fのずんぐりした機体が、上下左右に飛び交う。

二〇ミリ弾の太い火箭と、一二・七ミリ弾のやや細い火箭が、槍を打ち合わせるように交錯し、互いの飛行機雲が、もつれた紐のように絡み合う。

Ｆ４Ｆの数がさほど多くないためだろう、水平爆撃隊に仕掛けて来る敵機はない。

零戦隊は、敵全機の牽制に成功している。

これなら、大丈夫だ——その呟きを千草が漏らそうとしたとき、

「宮内一番より全機へ。全軍、突撃せよ！」

総指揮官機より、突撃命令が飛び込んだ。

「千草一番より三中隊全機へ。我に続け！」

無線電話機のマイクに、怒鳴り込むようにして叫ぶと、千草はエンジン・スロットルを開いた。

「グラマン右前方！」

野々宮が、大音声で叫ぶ。

数機のＦ４Ｆが零戦を振り切り、陸攻隊に向かって来たのだ。

千草が回避行動を取るより早く、機首とコクピットの後ろから、右前方目がけて火箭が噴き延びる。

爆撃手席にこもる主偵察員の木下俊飛曹長と、胴体上面の旋回機銃座を担当する主電信員の徳永正輝（とくながまさてる）一等飛行兵曹が、旋回機銃を放ったのだ。

右後方に位置する小隊二番機と、左後方に位置する二小隊長機も、同時に旋回機銃を発射する。

二〇ミリ弾の太い火箭と七・七ミリ弾の細い火箭が同時に噴き延び、Ｆ４Ｆを絡め取るかに見える。

だがＦ４Ｆは、反撃の銃火を歯牙にもかけない。千草機の正面から猛速で突進し、両翼に発射炎を閃かせる。

千草は破局を予感し、思わず身を竦めるが、被弾の衝撃はない。Ｆ４Ｆの搭乗員は、機銃発射のタイミングを見誤り、一二・七ミリ弾をばら撒くだけで終わったのだ。

千草機の右脇をかすめるＦ４Ｆに、胴体上面と右側面から火箭が飛ぶ。

これも、Ｆ４Ｆを捉えることはない。敵機は猛速で離脱し、瞬く間に射程外へと逃れ去る。

「グラマン二機、右前方！」

再び野々宮が叫ぶ。

報告された通り、Ｆ４Ｆが二機、右前方から向かって来る。運動性や防御力の劣る陸攻には、この上なく凶々しい存在だ。

敵機との距離が、みるみる詰まり、ずんぐりした機影が膨れ上がる。真正面から、体当たりを喰らわさんとする勢いだ。

突然、Ｆ４Ｆの二番機が大きくよろめいた。

機首から黒煙を噴出し、高度を急速に下げ、視界の外に消えた。

その後方から現れた機影を見て、千草は思わず歓声を上げた。

直衛の零戦だ。一式陸攻の正面から突進したＦ４Ｆの背後を取り、二〇ミリ弾を浴びせたのだ。

零戦が、Ｆ４Ｆの一番機に追いすがる。

Ｆ４Ｆは、陸攻への攻撃を断念する様子がない。旋回も、急降下もせず、真一文字に突っ込んで来る。

最初に発射炎を閃かせたのは零戦だった。

両翼からほとばしる火箭は、Ｆ４Ｆの手前で下方へと逸れた。

直後、Ｆ４Ｆの両翼に発射炎が閃いた。

噴き延びる火箭は、千草の一番機ではなく、右後方の二番機に命中した。

敵弾が、二番機の胴体から、左主翼の付け根にかけて薙いだ途端、二番機の左主翼に火焰が躍り、みるみる主翼全体に燃え広がり始めた。

二番機の速力がみるみる低下し、千草機のコクピットから見えなくなった。

若干の間を置いて、

「二番機爆発！」

の報告が、後続機の機長から送られた。

一式陸攻は長大な航続距離を確保するため、主翼のほぼ全部を燃料タンクに使用している。主翼はただでさえ面積が広く、被弾しやすいことに加え、防御力が皆無に等しい。

今回は作戦距離が短いため、各機とも翼内タンクを満タンにはしなかったが、敵弾は運悪く燃料が入った付け根付近のタンクに命中し、ガソリンに着火させたのだ。

「四中隊三番機、被弾！」

野々宮が、新たな被害状況報告を上げる。

千草の三中隊だけではない。同じ鹿屋空の第四中隊もまた、Ｆ４Ｆの迎撃を受けていたのだ。

――幸い、Ｆ４Ｆによる被撃墜機は、二機だけに留まった。

代わって盛大な対空砲火が、水平爆撃隊を出迎えた。

前方に次々と爆発光が閃き、真夏の入道雲を思わせる黒い爆煙が湧き立つ。

あたかも、目の前に雷雲が出現したかのようだ。上下左右の全てを、敵弾が埋め尽くしているように感じられる。

「三中隊、左旋回！」

無線電話機のマイクに叫び、千草は操縦桿を左に倒した。

間断なく閃く爆発光や、湧き立つ爆炎が右に流れ、一式陸攻は左に大きく旋回した。

高度を下げつつ、敵艦隊の前方に回り込む。

敵空母の正面上方から、二五番（二五〇キロ爆弾）二発を投下するつもりだった。

左に旋回する三中隊の陸攻を、敵弾が迫って来る。

輪形陣の外郭に位置する巡洋艦、駆逐艦が、一二・七センチ両用砲を次々と発射し、千草機の前後に、左右に、爆煙が湧き立つ。

一度ならず、敵弾炸裂の爆風が機体を揺さぶり、主翼や胴体を弾片が叩く。

コクピット脇にも一発が命中し、不気味な音が響く。敵弾の爆発位置がもう少し近ければ、コクピットの外鈑を貫かれていたかもしれない。それほど強烈な打撃だった。

千草は操縦桿を握ったまま、旋回を続ける。

輪形陣の先頭に位置する巡洋艦を認めたところで右の水平旋回をかけ、輪形陣の内側に突入する。

周囲で炸裂する敵弾が、一気に増える。

両用砲弾炸裂の爆風が機体を小突き回し、弾片が当たる音が不気味に響く。

敵弾が真下で炸裂したときには、機体が大きく持ち上げられ、前方で炸裂したときには、爆煙の中をくぐり抜ける。

三中隊の何機が、対空砲火をくぐり抜けられたかは分からない。中隊の先頭に立ち、麾下の陸攻を誘導するだけで精一杯だ。

爆撃手席の木下が、指示を送って来る。

「ちょい左」

爆撃手席は、コクピットよりも前方に位置し、上下左右の全てを見通せる。敵弾炸裂に伴う恐怖は、コクピットの比ではないだろうが、木下の声は冷静そのものだ。

「ちょい左。宜候(ようそろ)」

千草は木下に応答を返し、操縦桿を僅かに左に倒す。

直後、敵弾が左正横で炸裂し、黒煙が触手のように伸び、多数の弾片が殺到する。

これは、千草機を捉えるには至らない。飛び散った弾片は、千草機に当たることなく虚空へと消える。

「もうちょい左。宜候」

「そのまま直進！」

「そのまま直進。宜候！」

更に二度のやり取りを繰り返し、千草は操縦桿を中央で固定する。

対空砲火は、更に激しさを増したように感じられるが、投弾を終えるまでは、何があっても操縦桿を動かすわけにはいかない。

千草としては、機体が保つよう祈るだけだ。

やがて——。

「てっ！」

の声とともに、機体がひょいと飛び上がった。

重量物を切り離した反動だ。

総重量五〇〇キロ、二発の二五番が、敵空母の頭上から投下された瞬間だった。

輪形陣の内側に突入して来た一式陸攻が、高度三〇〇〇メートルで投弾を開始し

たとき、TF16隷下の三空母──「ワスプ」「インデペンデンス」「プリンストン」の艦橋では、艦長が一斉に、

「取舵一杯！」

を命じていた。

「ワスプ」は、ヨークタウン級よりやや小振りとはいえ、全長二二六・一メートル、水線下の最大幅二四・六メートル、基準排水量一万四七〇〇トンの巨躯を持つ。

「インデペンデンス」「プリンストン」も、全長一八九・九メートル、水線下の最大幅二一・八メートル、基準排水量一万一〇〇〇トンと、決して小さな艦ではない。

三隻とも、舵が利き始めるまでには、ある程度の時間がかかる。

遥かな高みから、敵弾が唸りを上げて落下して来たとき、「ワスプ」はまだ直進を続けており、「インデペンデンス」「プリンストン」は、艦首を左に振り始めたばかりだった。

最初の一弾は、「ワスプ」の左舷側海面に落下した。

敵弾は、海面に激突すると同時に炸裂し、大量の海水を逆円錐形に噴き上げた。炸裂音が「ワスプ」の艦上に伝わり、飛行甲板や格納甲板の空気を震わせた。

ほとんど間を置かず、二発目の敵弾が「ワスプ」の左舷後方に落下した。一発目

と水量を同じくする飛沫が上がり、炸裂音が海面を伝わった。

敵弾の落下は、連続する。

「ワスプ」の前後で、左右で、次々と爆発が起こり、奔騰する飛沫が艦の視界を遮る。

飛び散る海水は、舷側を濡らすだけではない。対空機銃座や飛行甲板、艦橋にまで降りかかる。

高みから敵弾が降り注ぐ中、「ワスプ」も、二隻の軽空母も、護衛の巡洋艦、駆逐艦も、一二・七センチ両用砲を繰り返し放っている。

直径一二・七センチの小口径砲は、ほとんど垂直に近い角度まで仰角をかけ、およそ四秒置きに砲声を轟かせる。

上空を通過するベティの周囲で、次々と爆発光が閃き、鋭い弾片が猛禽(もうきん)の爪のように摑みかかる。

時折「ワスプ」の艦橋に、

「ベティ撃墜！」

の報告が上げられるが、ジョン・ヘンリー・ニュートンTF16司令官にも、フォレスト・シャーマン「ワスプ」艦長にも、それに取り合っている余裕はない。

ただ、舵が早く利いてくれるよう祈るだけだ。

一〇発の落下を教えたところで、ようやく「ワスプ」の舵が利き始めた。

前方で対空砲火を放っている重巡「オーガスタ」や駆逐艦、敵弾落下の飛沫が右に流れ、艦は左舷側にぐいぐいと艦首を振ってゆく。

「よし、大丈夫だ」

艦橋の司令官席で艦外を見つめながら、ニュートンは呟いた。

高度三〇〇〇メートルからの水平爆撃など、滅多に当たるものではない。静止目標にならまだしも、高速で回避運動中の目標に命中する確率は、五パーセントもないはずだ。

下手に動き回れば、かえって爆弾の下に飛び込んでしまう可能性もあるが、そこは自身の幸運を信じるしかない。

そう思い、麾下の艦艇や周囲の護衛艦艇を見つめ続けた。

そのニュートンの耳に、

「『ノーザンプトン』被弾!」

の報告が、不意に飛び込んだ。

ニュートンは、咄嗟に艦外を見た。

護衛に当たっていた巡洋艦の一隻――「ノーザンプトン」が、直撃弾を受け、炎上している。

このクラスの特徴であるひょろ長い三脚檣（しょう）のトップが消失し、三本の支柱だけが残っている。あたかも、物見櫓（やぐら）が炎上した跡のようだ。

更に駆逐艦二隻――ベンソン級の「ヒラリー・Ｐ・ジョーンズ」と「ウッドワース」が被弾炎上したところで、水平爆撃は終わった。

命中率など、問題にならない低率だと思っていた水平爆撃だが、三隻が被弾したのだ。日本軍の爆撃手の腕が非凡であることを、改めて思い知らされた。

「ベティ、低空より侵入！」

「正念場は、これからだぞ」

新たな危機の到来に、ニュートンはシャーマンと顔を見合わせ、頷き合った。

来襲したベティが二手に分かれ、一隊が低高度に舞い降りたことは、既に報告を受けている。

宮古島沖海戦と同じく、雷撃を狙っているのだ。

ニュートンは、事前にそのことを読んでおり、直衛に当たるＦ４Ｆの過半を、低高度のベティに向かわせるよう命じた。

ＴＦ16が高度三〇〇〇メートルからの爆撃にさらされている間、Ｆ４Ｆは低高度に舞い降りて来るベティや、護衛の零戦（ジーク）と激しい空中戦を繰り広げていたのだ。Ｆ４Ｆジークは、優れた運動性能と破壊力の大きい二〇ミリ機銃を持つ強敵だ。Ｆ４Ｆがその護衛を突破してベティに取り付くのは、容易ではない。

相当数のベティが、輪形陣の内部に侵入したと想定される。

練達の操艦技術をもってしても、回避しきれるかどうかは、予断を許さなかった。

護衛の巡洋艦、駆逐艦が、四〇ミリ機銃、一二・七ミリ機銃を水平に近い角度まで倒し、突入して来たベティに射弾を浴びせる。

「ワスプ」「インデペンデンス」「プリンストン」も、自らの身を守るべく、舷側に敷き並べた機銃座から、四〇ミリ弾、一二・七ミリ弾を発射する。

機銃の連射音が一つに響き合わさり、艦自体の雄叫びのように、周囲の大気と海面を震わせる。

片方のエンジンに被弾したベティが、エンジン・カウリングを大きく引き裂かれ、黒煙と炎を引きずりながら海面に突っ込む。

真正面からの四〇ミリ弾をコクピットに浴びたベティが、カウンターのストレートを喰らったボクサーのように、海面に叩き伏せられる。

胴体の後ろ半分を四〇ミリ弾に粉砕されたベティが、ひとしきり空中をのたうち、海面に落下して飛沫を上げる。クルーが苦し紛れに投下したのだろう、魚雷が海面に落下するが、それが獲物を求めて走り出すことはない。虚(むな)しく海中へと消えてゆく。

「ベティ三機、左舷正横にて投雷！」

不意に、艦橋見張員の声が「ワスプ」の艦橋に飛び込んだ。

若干の間を置いて、ベティの爆音が迫った。

魚雷を投下したベティが、離脱を図っているのだ。「ワスプ」の舷側から、逃がさじとばかりに火箭が飛ぶ。

ベティのうち、二機は「ワスプ」の艦首をかすめるようにして右舷側へと抜け、一機は大胆にも「ワスプ」の飛行甲板の真上を横切る。ベティの胴体上部や側面から、旋回機銃の火箭が飛び、飛行甲板に火花を散らせる。

「ワスプ」の真上を通過したベティが右舷側に抜けた直後、ベティの両翼のエンジンが、左右同時に火を噴いた。瞬く間にプロペラが回転を止め、炎と黒煙が後方になびいた。

推進力を失ったベティは、惰性で数十メートルを飛び、海面に叩き付けられて砕け散る。束の間、火焔が躍るが、すぐに波間に呑み込まれるようにして姿を消す。

「ワスプ」は、回頭を続けている。

ベティの投雷は、艦の左舷正横。回避が間に合うかどうかはまだ分からない。魚雷の命中前に艦首を向け、対向面積を最小にできれば、回避できる可能性が高まるが——。

「ワスプ」の左舷側に、機銃の連射音が響く。

新たなベティが突っ込んで来たのか、と思ったが、海面を掃射しているのだ。機銃弾で、魚雷を粉砕しようとの試みらしい。

「ワスプ」は、なおも急速転回を続ける。

「雷跡左三〇度……二五度……二〇度……」

見張員の声が、連続して艦橋に飛び込む。

やがて、

「雷跡、右舷後方に抜けました！」

見張員の弾んだ声が飛び込むや、「ワスプ」の艦橋に歓声が上がった。

「ワスプ」は、ベティの投雷を辛うじてかわした。回避運動が、際(きわ)どいところで間に合ったのだ。

「『インデペンデンス』はどうだ？　『プリンストン』は？」

自らの旗艦が魚雷の回避に成功したところで、ニュートンは報告を求めた。

太平洋艦隊主力は、空母に余裕がない。正規空母の半分の搭載量しか持たない軽空母であっても、貴重な戦力なのだ。

「両艦とも被雷ありません」

「よし……！」

ビル・エモンズ参謀長の報告を受け、ニュートンは満足感を覚えた。

ニュートンは、ＴＦ16の指揮官に任じられたとき、キンメルから言われた言葉を思い出している。

「正規空母一隻よりも、軽空母二隻の方が、生残性は高くなるはずだ」

との言葉を。

ＴＦ16は、それを実証したようだった。

ニュートンは、新たな命令を発した。

「ＣＡＰ中のＦ４Ｆを着艦させろ。航空戦は、まだ半ばだ。再度の空襲に備え、燃料と弾薬を補給しなければ」

7

トラック環礁夏島の電探基地が、新たな敵影を探知したのは、午前一〇時二六分（現地時間一二時二六分）だった。

「電探感有り。位置、夏島よりの方位一五〇度、七〇浬」

「来たか……！」

報告を受けた電測長春田（はるた）貞勝（さだかつ）大尉は、呻くような声を上げた。

トラックはこの日早朝より、二回にわたる空襲を受け、飛行場六箇所のうち、二箇所が使用不能、二箇所が滑走路損傷の被害を受けた。

その後、一二航艦は反撃に転じ、無傷で残っている楓島飛行場と春島第一飛行場から、攻撃隊を出撃させた。

その結果は、電探基地では分からない。

電探は、帰還して来る攻撃隊を捉えたが、彼らがどの程度の戦果を挙げ、何機が生き残ったのかは、報されることがない。

ただ、第二次空襲の終了後、新たな敵の攻撃がないことから、米軍の機動部隊に相当な打撃を与えたのだろう、という漠然とした見通しがあっただけだ。

だが今、電探は新たな敵の攻撃隊を捉えた。

トラックは、三度目の空襲を受けようとしているのだ。

「電測より司令部。電探感有り。位置、夏島よりの方位一五〇度、七〇浬」

春田は、第一二航空艦隊の司令部を呼び出し、通信参謀村越始少佐に伝えた。

「電探に映った敵影は、一つだけか？」

と、村越は聞いた。

第一次空襲、第二次空襲では、敵の空襲部隊は複数に分かれ、同時異方向からの攻撃をかけている。

第三次空襲でも、同じ手が使われるのではないか、と村越は考えたようだ。

「現在のところは一つだけです。新たな敵影を探知しましたら、また報告します」

「了解した」

その言葉とともに、電話が切られた。

ほどなく夏島に、空襲警報が鳴り響き始めた。

いや、夏島だけではない。春島、竹島、冬島等でも、不吉な音が鳴り響いているはずだ。

環礁全体が騒然とする中にあって、電探基地はむしろ静かだ。

電測員たちは、英国より輸入された電探のスコープを睨み、数字を読み取り、敵の動きを追っている。

何があろうと、最後まで敵の動きを観測し、司令部に情報を送り続けること。それが、電測員の使命だった。

「おや……？」

最初に報告を上げた電測員の牛尾五郎一等兵曹が、不審そうな声を上げた。

「どうした？」

「敵編隊が反転しました。トラックから遠ざかっていきます」

「何だと？」

春田は、自らスコープを覗き込んだ。

管面の下側に、雲のようなぼんやりとした光が見える。その光は、スコープの中央から遠ざかりつつある。

今来た方角に、引き返しつつあるのだ。

「敵は、トラックへの攻撃を断念したということか？」

「敵の考えまでは読み取れません。ただ、電探の管面を見る限りでは、敵がトラックから遠ざかりつつあることが分かるだけです」

「ふむ……」

春田は少し考え、電探が捉えた敵の動きを報告すべく、一二航艦司令部を呼び出した。

戦局に大きな変化が起こりつつあることを、春田は感じている。

吉兆が、凶兆かは分からなかった。

連合航空艦隊より出撃した第一次攻撃隊のうち、最初に敵艦隊を発見したのは、三航艦の攻撃隊だった。

「隊長、右前方に敵艦隊！」

攻撃隊総指揮官機を務める「赤城」艦攻隊長村田重治（むらたしげはる）少佐の耳に、後席に座る偵察員星野要二（ほしのようじ）飛行兵曹長の声が届いた。

「二隻だけか」

海面を見やった村田の口から、その呟きが漏れた。

発見された敵艦隊は、対空戦闘用の輪形陣を組んでいる。

中心に見える空母は、二隻だけだ。

トラックの索敵機からもたらされた情報によれば、敵空母は三隻いるはずだが……。

「星野、攻撃隊の現在位置は？」

「トラックよりの方位一五〇度、一六〇浬です」

「索敵情報とは、別の艦隊かもしれんな」

村田はひとりごちた。

米軍が繰り出して来た空母の数については、正確な情報がない。

だが、トラックのように六箇所もの飛行場を持つ根拠地を攻撃するのに、空母が三隻だけということはないはずだ。

米海軍は日本軍同様、空母二隻ないし三隻を中心とする機動部隊を複数用意し、トラックに同時異方向からの攻撃をかけたのかもしれない。

いずれにしても、攻撃をためらう理由は何もなかった。

「村田一番より全機へ。右前方に敵艦隊。突撃隊形作れ」

村田は無線電話機のマイクを通じて、三航艦攻撃隊の全機に下令した。

敵の艦影が大きさを増し、艦の形状もはっきりして来る。

輪形陣の中央に位置する二隻の空母は、非常に大きな艦だ。外郭を守る巡洋艦に比べ、倍以上のヴォリュームを持つように感じられる。

艦体だけではなく、上部構造物も非常に大きい。艦の右舷側に、ちょっとした山が屹立しているように見える。

レキシントン級航空母艦――巡洋戦艦として建造が進められていた艦を、軍縮条約の結果に基づき、空母に転用した艦かもしれない。

全長、全幅とも、帝国海軍の「赤城」「加賀」を上回り、搭載機数も多い。世界最大の空母であり、洋上の航空基地と呼ぶに相応しい威容を持つ。

索敵情報にあったものとは別の艦隊だが、三航艦の攻撃隊は大物を仕留める機会を得たのだ。

「平山、艦隊司令部と友軍宛、打電しろ。『敵艦隊発見。位置、〝トラック〟ヨリノ方位一五〇度、一六〇浬。敵ハ空母二、巡洋艦、駆逐艦多数。今ヨリ攻撃ス。一一五六』」

村田は、電信員を務める平山清志一等飛行兵曹に命じた。

三航艦の攻撃隊は、九七艦攻六〇機、零戦三〇機。レキシントン級ほどの大物が二隻となると、この戦力でも仕留められるかどうか、分からない。

敵の位置を打電することで、一、二両航艦の攻撃隊をも呼び寄せるつもりだった。

「『赤城』隊目標、一番艦。『紅龍』隊目標、二番艦」

敵の陣形を観察し、村田は攻撃目標を割り当てた。

敵艦隊は針路を北に取っており、一番艦の方がやや遠い。竣工してから日が浅く、若年搭乗員が多い「紅龍」の艦攻隊に、近くの目標を攻撃させると決めた。

幸い、直衛機の姿はない。

「鬼の居ぬ間の何とやら、だ」

村田はそう呟き、無線電話機のマイクを通じて、全機に命じた。

「全軍、突撃せよ！」

下令と同時に、右の水平旋回をかけた。

「赤城」の艦攻隊は三三機。九機一組の三個中隊と六機編成の一個中隊に分かれている。

村田自身は第一、第二中隊を率いて、敵空母の左舷側に回り込む。

右舷側からは、第三、第四中隊を突入させ、両舷からの同時雷撃をかけるのだ。

「赤城」の艦攻隊長として赴任してから、自分たち自身の母艦を標的に、何度も訓練を重ねた攻撃法だった。

日本側の意図を悟ったのだろう、輪形陣の外郭を固める巡洋艦、駆逐艦の艦上に、対空射撃の発射炎が走った。

黒い花を思わせる爆煙が湧き出す中、村田は一七機の九七艦攻を率いて、敵艦隊の前方へと回り込む。

敵弾は、一中隊を追いかけるように炸裂する。

右、あるいは左で炸裂する敵弾は、鋭い弾片を横合いから叩き付ける。

正面で敵弾が炸裂したときには、九七艦攻は爆煙をプロペラに巻き込みながら、その中を通過することになる。

村田機は一度ならず破片に叩かれ、爆風に煽られる。鋭い打撃音がコクピットに響き、機体が右、あるいは左から揺さぶられる。

それでも、致命傷となる打撃はない。

対空砲火は、一見派手に見えるが、一、二中隊に向けられる弾量は、さほどでもないようだ。

村田は敵一番艦の左舷側に回り込みつつ、高度を下げる。

高度計の針は、二〇〇〇から一五〇〇、一〇〇〇へと下がり、眼下の海面が大きくせり上がって来る。

先頭艦の前方を通過した直後、

「右前方、敵機！」

星野が緊張した声で叫んだ。

村田は顔を上げ、「来たか」と呟いた。

Ｆ４Ｆの編隊が、一、二中隊の行く手を塞ぐように、前方へと回り込んで来る。

どこか、慌てふためいているようだ。少し離れた空域にいた機体が、母艦の危機を知り、慌てて駆け付けて来たような様子だ。

一、二中隊に付き従っていた零戦六機のうち、三機が右旋回をかけ、Ｆ４Ｆに機首を向けた。

残る三機は、一中隊の側から離れない。艦攻の近くで、接近する敵機を追い払う役に徹するようだ。

（ありがたい）

零戦に、胸中で感謝の言葉を送りながら、なおも村田は敵空母の左舷側を目指した。

九七艦攻は、なおも降下する。

高度計の針は、八〇〇、六〇〇と下がり、海面が急速に迫って来る。高度三〇〇〇メートル上空からは、青い一枚の板にしか見えなかったが、今や海面の大きなうねりや、風に砕かれる波頭までもがはっきり見える。

高度が四〇〇まで下がったとき、

「隊長、グラマン後ろ上方！」

平山の声が伝声管から飛び出し、小口径機銃の連射音が響いた。

村田は、咄嗟に右の水平旋回をかけた。

直後、コクピットの左脇を青白い火箭が通過し、黒い影が頭上をよぎった。

訓練で、身体に覚え込ませた動作が、村田と二人の部下を救ったのだ。回避がもう少し遅れていたら、敵弾をもろに喰らった可能性が高い。

（固定機銃があれば……！）

村田は前方に抜けたＦ４Ｆを睨み、唇を噛んだ。

九七艦攻の自衛用火器は、コクピットの後部に据え付けた七・七ミリ旋回機銃一丁しかない。

九九艦爆であれば、機首に固定機銃二丁を持つため、前方の敵とも渡り合えるが、九七艦攻には、前方の敵を攻撃する手段はないのだ。

艦爆のように固定機銃があれば、敵機の後ろから一撃を喰らわしてやれるものを――と思わずにはいられなかった。

前に抜けたＦ４Ｆが反転し、再び村田機に向かって来た。

村田が旋回によってかわすべく、操縦桿に力を込めたとき、スマートな影が頭上を抜け、Ｆ４Ｆの正面から火箭を撃ち込んだ。

火を噴いたＦ４Ｆが、村田機とすれ違う。ちらと横目で見ると、白煙に包まれたコクピットでもがく影が見える。

それは一瞬で死角に消え、平山から、

「Ｆ４Ｆ一機撃墜！」

と、弾んだ声で報告が上がる。

喜ぶ間もなく、

「遠藤機被弾！」

星野が報告を上げる。

第二小隊の三番機、遠藤恒次二等飛行兵曹を機長とする九七艦攻が、Ｆ４Ｆの射弾を浴びたのだ。

「了解」

とのみ、村田は返答する。

部下の戦死を悼んでいる余裕はない。今は、直率する一中隊の誘導だけで手一杯だ。

海面すれすれの低空に舞い降り、横一線に展開するまでに、更にもう一機の九七艦攻——第三小隊長大久保優一等飛行兵曹の機体が正面からＦ４Ｆの射弾を浴びる。

大久保機は炎を噴き出しながらも、何とか態勢を立て直すべく、懸命に機首を持ち上げたが、やがて力尽き、海面に激突して飛沫を上げる。

敵艦隊が、対空射撃を再開した。

輪形陣の外郭を固める巡洋艦、駆逐艦の艦上に発射炎が閃き、おびただしい火箭が噴き延びる。その一つ一つが、Ｆ４Ｆの一二・七ミリ弾はおろか、零戦の二〇ミリ弾の火箭より太い。

さながら、活火山の噴火口に飛び込むような心地だ。乱れ飛ぶ曳痕の一つ一つが、真っ赤に焼けた火山弾のように見える。

村田機の右側至近で火焔が躍る。

村田が直率する第一小隊の二番機——川村善作一等飛行兵曹が機長を務める九七艦攻が被弾したのだ。

村田は唸り声を上げ、操縦桿を前方に押し込んだ。

どこまで低く飛べるかが、生死を分ける。敵弾に捉えられず、かつ海面に接触することもない、ごく狭い空域を、針の穴を通すようにして飛び抜けるのだ。上に外れれば敵弾を浴び、下に外れれば海面に突っ込むことになる。

機体が、更に海面に近づく。

敵弾はなおも前方から殺到して来るが、自機を捉える寸前で、上方や左右に逸れてゆく。

星野が、新たな被弾機の報告を上げることはない。

残る全機が健在なのか、敵弾に遮られて友軍機を確認できないのかは分からない。

願わくば前者であってくれ——そう祈りながら、村田は突撃を続けた。

敵の護衛艦艇が、急速に迫る。箱形のがっしりした艦橋を持つ巡洋艦だ。右前方から、村田機の面前を横切る格好になっている。

絶好の射点だが、村田の狙いはあくまで空母だ。巡洋艦に魚雷を使うわけにはいかない。

敵巡洋艦が、村田機の右前方から正面に来る。

村田は思いきって操縦桿を手前に引き、上昇をかける。

敵弾に捉えられる危険を覚悟の上で、敵の真上を飛び越す道を選んだのだ。

鋭い衝撃音が響き、機体が振動する。

一瞬、墜落を覚悟するが、機体にも計器にも異常はない。

村田の九七艦攻は、敵巡洋艦の前部主砲塔の真上を飛び越し、艦橋をかすめて、輪形陣の内側へと侵入する。

七・七ミリ機銃の連射音が、後ろから響く。平山が行きがけの駄賃とばかりに、旋回機銃の一連射を浴びせたのだ。

村田は、再び操縦桿を前方に押し込む。

九七艦攻が機首を下げ、海面が直下まで迫る。

プロペラが、波頭を叩かんほどの低高度だ。機体で、匍匐前進を行っているかのようだ。

そのまま、海面すれすれの高度を、敵空母の一番艦目がけて突進する。

先に平山が浴びせた銃撃のお返しをするかのように、後方から火箭が殺到して来る。

敵も、投雷前に墜とすべく、死に物狂いになっているのだ。

村田は顔を上げ、正面を見つめた。

乱れ飛ぶ火箭の向こう側に、敵一番艦――レキシントン級空母の魁偉な姿が見える。

艦体もさることながら、左舷中央に屹立する煙突は、数階建ての建物を思わせる大きさだ。その前方に位置する艦橋は、艦の指揮中枢であるはずだが、ともすれば煙突の付属物のようだった。

「星野、各機の状況報せ！」

「視界内に五機を確認！」

「了解！」

五機だけか——胸中で呟きながら、村田はごく短く返答した。

村田機を含めた六機だけが、一、二中隊一八機の残存全機とは思わない。星野が確認できない機体が、まだ何機か残っているはずだ。

残存全機をもって、何としても雷撃を成功させる——その闘志を込めて、村田は敵一番艦を見据えた。

敵艦は、右舷側に回頭している。一、二中隊に、艦尾を向ける格好だ。

「ならば——」

そう呟き、村田は僅かに操縦桿を右に倒した。

九七艦攻が僅かに右に旋回し、機首が敵の艦尾に向いた。

艦尾からの雷撃は、最悪の射点とされている。対向面積が最小になることに加え、魚雷が敵艦を追いかける形になるためだ。

反面、命中すれば、舵やスクリュー・プロペラといった、航行に不可欠の部位を損傷させることができる。

村田は敢えて最悪の射点を選び、敵空母に致命傷を与える可能性に賭けるつもりだった。

敵空母の艦尾が、急速に近づいて来る。

艦尾周辺の激しく泡立つ海水が、はっきりと見えている。

その艦尾を指して、村田は星野が確認した五機を率い、真一文字に突進した。

「用意――てっ！」

の下令と同時に、足下に乾いた音が響いた。

操縦桿を前方に押し込み、飛び上がりそうになる機体の動きを抑えた。

重量八〇〇キロの九一式航空魚雷が投下され、敵一番艦の艦尾目がけて航進を開始したのだ。

日本機の投雷から魚雷の到達まで、間はほとんどなかった。

ＴＦ15旗艦「サラトガ」の頭上を、九七艦攻（ケイト）の編隊が次々とよぎり、離脱した直

後、

「艦尾より雷跡多数！　当たります！」

後部見張員の悲鳴じみた声が、「サラトガ」の艦橋に飛び込んだ。

数秒後、「サラトガ」の艦尾から巨大な水柱が奔騰し、衝撃が艦を刺し貫いた。

基準排水量三万六〇〇〇トンの巨体が、痙攣するように震え、金属的な叫喚が響き渡った。

スクリュー・プロペラ一基が粉砕され、艦尾艦底部の破孔からは、海水が渦を巻いて浸入し始めた。

艦の速力はみるみる衰え、艦尾からは黒煙が噴出し、後方に長い尾を引いた。

「四番推進軸損傷！」

「艦尾より浸水！」

の報告が続けざまに上げられ、「サラトガ」艦長アーチーボルド・H・ダグラス大佐は、顔色を変えた。

魚雷の一本程度で「サラトガ」が沈むことはないが、空襲はまだ続いている。推進軸一基の喪失と速力の低下は、致命傷になりかねない。

「消火と隔壁の補強急げ！」

気を取り直し、ダメコン・チームのチーフを務めるベン・ダンカン少佐に命じる。

「右舷よりケイト！」

の報告が、間を置かずに飛び込んだ。

ダグラスは両目を大きく見開いて、艦の右舷側を見据えた。

胴体下に黒光りする魚雷を抱いた雷撃機が一〇機以上突っ込んで来る。

「サラトガ」の舷側一杯に発射炎が閃き、おびただしい火箭が飛ぶ。

炎の網に絡め取られたケイトが、一機、二機と火を噴く。

燃料タンクに被弾したケイトは、火焔を上げてばらばらになり、胴体下の魚雷が海面に落下する。

片方の主翼を吹き飛ばされたケイトは、錐揉み状に回転しながら海面に滑り込んで飛沫を上げる。

一機撃墜するたびに、機銃座の兵員は右手の拳を突き上げて歓声を上げ、口笛を吹き鳴らす。

だが、対空砲火のみで全機を阻止することは到底できなかった。

「ケイト投雷！」

見張員が絶叫する。

魚雷の投下を終えたケイトが、「サラトガ」の真上を横切り、あるいは艦首や黒煙を噴き上げる艦尾をかすめて、左舷側へと離脱する。

行きがけの駄賃とばかりに、コクピットの旋回機銃座から、七・七ミリ弾を発射してゆくケイトもいる。飛行甲板に火花が走り、張り巡らされている板材が破損して、木屑(きくず)が舞い上がる。

推進軸の損傷と艦尾からの浸水により、速力が衰えた「サラトガ」だが、なおも回避を試みた。

艦首を右へ右へと振り続け、艦尾から噴出する火災煙が大きな黒い弧を描いた。

その「サラトガ」目がけて、何条もの航跡が向かって来た。

二条の航跡が「サラトガ」の艦首をかすめ、後方に抜ける。続いて三本の魚雷が、続けざまに艦尾付近を通過する。

「回避！」の報告が届くたび、艦橋に歓声が上がる。

これなら、全て回避できる。被雷を、一本だけに留められる――ダグラス艦長の胸に、その希望が湧き起こる。

その希望や歓声は、「サラトガ」の右舷中央に巨大な水柱が奔騰し、新たな衝撃が襲いかかった瞬間に凍り付いた。

「サラトガ」の艦体から悲鳴じみた叫喚が上がり、基準排水量三万六〇〇〇トンの巨体が激しくわなないた。

更にもう一本が、「サラトガ」の艦首付近に深く食い入り、轟音とともに炸裂した。

新たな一撃に、「サラトガ」の艦体は再び大音響を発した。合衆国海軍の空母中、最も大きいとはいえ、竣工は一九二七年。艦齢は一五年に達し、老朽化が進んだ場所もある。その艦体が上げる音は、苦悶の叫びのようでもあった。

「両舷停止！」

が命じられ、「サラトガ」は惰性で前進した後、ゆっくりと動きを止める。

新たに生じた被雷箇所からは、既に浸水が始まっている。

右舷中央付近の破孔からは、海水が音を立てて奔入し、付近の缶室や主機室の内壁は、水圧を受けて内側に大きくたわんだ。海水と入れ替わるようにして、重油が溢れ出し、右舷側海面をどす黒く染めた。

艦首付近では、周囲の海面が激しく泡立っている。魚雷は艦首水線下を食いちぎり、海水は倉庫、錨鎖庫にまで流入しているのだ。

バラスト・タンク付近の隔壁は、辛うじて持ち堪えているものの、大きく内側にたわんでいる。艦首艦底部に駆けつけたダメコン・チームの兵員が補強にかかっているものの、持ち堪えられるかどうかは不明だった。

「見ろ、『レキシントン』もやられたぞ！」

との叫び声が、「サラトガ」の艦橋に上がった。

ダグラスやTF15司令官フランク・ジャック・フレッチャー少将は、立ちこめる火災煙の向こう側に目を凝らした。

束の間、海風によって煙が薄れ、「レキシントン」――レキシントン級航空母艦のネームシップで、「サラトガ」の姉妹艦でもある空母の姿が、視界内に入って来た。

こちらも行き足が止まり、艦の中央部――巨大な煙突の向こう側から黒煙が噴出している。

「レキシントン」は煙突の直下に被雷し、缶室、主機室等の心臓部をやられたのかもしれない。

「本艦も、『レキシントン』も、着艦は無理だな」

フレッチャーが言った。可能な限り、客観的に状況を把握しようと努めているらしく、冷静な口調だったが、声には悔しさが滲み出していた。

「F4Fには引き続き直衛を命じますが、他の機体は、TF16に向かわせましょう」

「頼む」

参謀長サンディ・スコット大佐の進言に、フレッチャーは頷いた。

表面上は、冷静さを保っているが、胸中では悔しさが荒れ狂っている。

「ニュートンは敵の攻撃を凌ぎきったのに、こっちはこのざまか！」

と、口中で呟く。

トラックからの反撃は、現地時間の午前一一時前より開始され、もっぱらニュートン少将のTF16が標的になった。

TF16は、ジークとベティの戦爆連合による空襲を二度にわたって受け、巡洋艦二隻、駆逐艦五隻が損傷したが、空母は一発の直撃弾も受けず、辛くも持ち堪えた。

その後、TF15、16は、再度の攻撃に転じ、今より一時間半前、トラックへの第三次攻撃隊を出撃させたが、この攻撃は不発に終わった。

途中、各艦の対空用レーダーが、接近する日本機の機影を捉えたため、TF15司令部は急遽攻撃隊を呼び戻し、防空戦闘に当たらせたのだ。

だが、TF15は多数のケイトを阻止できず、「サラトガ」と「レキシントン」を、発着艦不能に追い込まれた。

この後に予定していた第四次攻撃――第二次攻撃隊帰還機のうち、使用可能な機体を用いての攻撃も、これで不可能になったのだ。

ベティとケイトという機種の違いはあるにせよ、ＴＦ15は、ただ一度の空襲で空母機動部隊としての機能を失った。

ＴＦ16との差は、歴然としている。

とはいえ、ＴＦ16はまだ健在だ。攻撃隊の残存機をＴＦ16の空母に降ろすことで、極力戦力の保全に努めなければならない。

「サラトガ」の通信室から、命令が送られる。

上空で待機していた攻撃隊のうち、ドーントレスと、Ｆ４Ｆのうち損傷が大きな機体が、命令に従い、ＴＦ16に向かう。

「無事に降りられるとよいが……」

上空を見上げ、ダグラスは呟いた。

ＴＦ16の三隻は、いずれも「サラトガ」「レキシントン」より小さい。特に「インデペンデンス」「プリンストン」は、レキシントン級に比べ、基準排水量が三分の一以下、飛行甲板の長さが七割しかない小型艦だ。

着艦時に失敗する機体が、少なからず出るのではないか……。

ダグラスの思考は、唐突に飛び込んで来た叫び声により中断された。

「新たなＪ（日本機）群多数！　右四五度より接近！」

「何だと⁉」

愕然（がくぜん）として聞き返したダグラスの耳に、

「機動部隊の攻撃隊です」

呻くような、スコット参謀長の声が聞こえた。

「日本軍は、三隊の空母機動部隊を編成しています。先に襲って来たケイトと零戦（ジーク）は、その一群から発進したものと考えられます。発見されたのは、敵の第二群ないし第三群から出撃した機体でしょう」

ダグラスは、ごくりと音を立てて息を呑んだ。

状況は最悪だ。「サラトガ」も「レキシントン」も被雷し、航行不能に陥っている。ケイトや九九艦爆（ヴァル）の大編隊に襲われたら、ひとたまりもない……。

「Ｆ４Ｆ、敵機に向かいます！」

見張員が、歓喜の声を上げた。

ダグラスは艦橋の窓に駆け寄り、上空に双眼鏡を向けた。

先の空襲終了後、なお上空で直衛に就いていたＦ４Ｆが次々に機体を翻している。

左右両舷のスポンソンで配置に就いている機銃員や甲板員が、歓声を上げ、拳を突き上げて、Ｆ４Ｆに声援を送る。

だが――。

「駄目だ……！」

姿を現した日本機の大編隊を見て、ダグラスは絶望の呻きを漏らした。

敵機の数は、先の空襲と同程度――少なめに見積もっても、八〇機はいる。対するＦ４Ｆは二〇機そこそこだ。

これでは到底、「サラトガ」「レキシントン」を守ることはできない。

四倍以上の敵機に向かって、Ｆ４Ｆが突っ込んでゆく。随所で空中戦が始まり、Ｆ４Ｆとジークが飛び交い、火箭が交錯する。

日本軍の指揮官が突撃命令を出したのだろう、敵編隊が散開し、高度を急速に下げ始めた。

「敵機はケイト！」

半ば悲鳴と化した見張員の叫び声が、「サラトガ」の艦橋に飛び込んだ。

8

「こいつは、もうやられていますね」

航空母艦「紅龍」の艦爆隊第二小隊長を務める三宅弘明中尉の耳に、ペアを組む偵察員安西勲一等飛行兵曹の声が届いた。

三宅が安西とのペアで敵艦隊への攻撃に参加するのは、今回の海戦が二回目だ。

最初は、昨年一二月一九日の東シナ海海戦で、当時の乗艦は雲龍型空母の二番艦「黒龍」だった。

だが、同海戦で「黒龍」が被弾損傷し、修理のためにドック入りしたこと、新造艦「紅龍」の竣工に伴い、母艦航空隊の再編成が実施されたことに伴い、ペアの安西ともども、「紅龍」艦爆隊に転属となったのだ。

三宅は、海面を見下ろした。

四条の黒煙が立ち上り、その下には、四隻の艦が停止している。うち二隻は、空母のようだ。

どの艦も、相当な被害を受けているのだろう、黒煙の量は半端ではない。

眼下の空母の艦上では、半年前の「黒龍」を上回る惨劇が繰り広げられているのであろう。

「一次の連中の戦果だな」

三宅は、安西に答えた。

第一次攻撃隊は、九七艦攻と零戦のみで編成され、第二次攻撃隊の一時間半前に出撃している。

九七艦攻だけでも一四一機という、圧倒的な攻撃力を持つ部隊だ。

その部隊が、空母二隻に加えて、護衛の巡洋艦か駆逐艦を仕留めたものであろう。

「どうするかな、隊長は？」

三宅は、右前方に位置する攻撃隊総指揮官兼「紅龍」艦爆隊長乾敬介少佐の機体を見やった。

攻撃の優先順位は、第一に空母、第二に戦艦だが、眼下の敵艦隊にはどちらもいない。

目の前の敵艦隊を攻撃し、巡洋艦、駆逐艦を叩くのか。あるいは別の目標を探すのか。

「乾一番より全機へ。針路二四〇度。無傷の空母を探す」

レシーバーに、乾の声が響いた。

三航艦の攻撃隊九〇機――九九艦爆六〇機、零戦三〇機が左の水平旋回をかけ、二四〇度に変針した。

全機が乾機の誘導に従い、針路二四〇度――西南西へと向かってゆく。

「燃料は大丈夫だな」

燃料の残量を確認し、三宅は呟いた。

第二次攻撃隊の発進を待つ間、一、二、三航艦は艦隊速力を二五ノットに取り、ひたすら西進した。

攻撃隊の発進位置は、トラックよりの方位九〇度、三四〇浬。

九九艦爆の航続距離は七九四浬であり、燃料はまだ半分以上残っている。

敵艦隊を攻撃した後、トラックに向かうだけの燃料は充分ありそうだ。

ただし、敵の発見に手間取らなければ、だが――。

「頼みますよ、隊長。二五番を、無駄に捨てさせないで下さい」

前を行く乾少佐の九九艦爆に、三宅はその言葉を投げかけた。

――三航艦の攻撃隊は、総指揮官機を先頭に、エンジン音を轟かせながら、西南西へと向かう。

乾機に、迷った様子は全くない。巡航速度を保ち、まっすぐ攻撃隊を導いてゆく。

一五分ほど飛行したところで、

「乾一番より全機へ。右前方へ敵艦隊」

三宅のレシーバーに、再び乾の声が響いた。

三宅は海面に目をやり、思わず息を呑んだ。

刷毛ですいたような白い航跡が幾つも見える。

中央に見える四条の航跡は、ひときわ長く、そして大きい。

紛れもない、米太平洋艦隊の主力部隊だ。

「戦艦……だな」

との言葉が、三宅の唇から漏れた。

空母であれば、下駄のような長方形に見えるはずだが、四隻の敵主力艦は、鏃のような形だ。

おそらく戦艦——それも、アジア艦隊に配属されていたものと同じデラウェア級戦艦か、その後継艦となる新鋭戦艦であろう。

「どうするつもりかな、隊長は……」

三宅は、乾機を見つめた。

眼下の戦艦を攻撃するか、あくまで空母を探すか。

戦艦を攻撃するにしても、九九艦爆の二五番では、どこまで打撃を与えられるか心許ない。ここは無傷の空母を探して叩き、戦艦はトラックの一二航艦に任せるのが得策という気がするが……。

「この艦隊を叩く。突撃隊形作れ」

乾の命令が飛び込んだ。

三宅も、迷いを振り捨てた。

総指揮官が、戦艦を叩くと決めたのだ。小隊長たる自分はそれに従い、二五番を叩き付けるだけだ。

「『紅龍』隊目標、戦艦一番艦。『赤城』隊目標、戦艦二番艦」

乾が、新たな指示を送って来た。

「二隻に集中か」

「目標を絞り込んで、確実に叩こうってことじゃないですか」

「攻撃隊は、後からも来るからな」

三宅と安西は、短くやり取りを交わした。

三航艦攻撃隊の後には、一、二両航艦の攻撃隊が控えている。

三航艦が、敵戦艦四隻中の半分を仕留め、残る二隻は一、二両航艦に任せる、ということであろう。

やってやる――闘志を燃やしつつ、三宅は乾機に従った。

自身の第二小隊を誘導しつつ、乾が直率する第一小隊の左後方に占位する。

「紅龍」と「赤城」、合計六〇機の九九艦爆が、各中隊毎に分かれて、九機ないし六機を一組とした斜め単横陣七組を形成する。

各中隊の指揮官が、自身の目標を叩くべく、麾下の艦爆を誘導してゆく。

艦爆や艦攻にとり、何よりも恐ろしい敵——戦闘機の姿はどこにも見えない。三航艦の攻撃隊は、F４Fに一切妨げられることなく投弾できそうだ。

「敵艦発砲！」

安西が、緊張した声で報告した。

若干の間を置いて、第一中隊の周囲で、両用砲弾が炸裂し始めた。

稲光を思わせる閃光が次々と閃き、爆煙が湧き出す。

煙の形は紫陽花の花を想起させるが、色は消し炭のような黒だ。肉眼で見ることはできないが、爆煙の周囲には、無数の弾片が飛び散っている。

乾少佐の一番機は、被弾を恐れる様子もなく、輪形陣の内側に突入してゆく。

対空砲火が、熾烈さを増す。

機体の前後で、左右で、敵弾炸裂の閃光が走り、黒い爆煙が視界を遮る。

時折、爆風が機体を揺さぶり、飛び散る弾片が主翼や胴体を叩く。

距離があるためだろう、弾片に機体を貫通するほどの力はない。

それでも、コクピットの右脇や左脇に打撃音が響くと、ひやりとさせられる。

あたかも、雷雲の中に飛び込むような心地だ。いや、無数の弾片や炸裂時の衝撃波がない分、雷雲の方が安全かもしれない。

「降下はまだか？」

乾機を見つめ、三宅は呟いた。

ひとたび急降下に入れば、敵弾を恐れる気持ちは吹っ飛ぶ。意識の全てを、投弾に集中させ、他のことは一切考えなくなる。その境地が早く訪れることを、三宅は祈った。

降下点を見出したのだろう。乾機が機体をぐいと翻した。

次の瞬間、乾機の左主翼の付け根付近に、ひときわ強烈な閃光が走った。カメラのフラッシュ——マグネシウムを焚いたときの閃光を、数十倍に拡大したような光だった。

乾機は一瞬でばらばらになり、引きちぎられた主翼や胴体、両翼の下の固定脚、砕かれたエンジンの残骸等が八方に飛び散った。

三宅は唖然として、指揮官機の最期を見つめた。

「紅龍」艦爆隊に転属後、乾とは何度も打ち合わせをしたし、訓練で編隊飛行も行った。

出撃直前の最後の打ち合わせでも、前例のない長距離攻撃について詳細な注意を受け、

「何があっても指揮官機を見失うな。俺が貴様たちを、間違いなく敵艦に取り付かせてやる」

という力強い言葉を受け取った。

敵艦が対空射撃を開始する直前にも、無線電話機を通じて、乾の肉声を聞いている。

その乾が、急降下に移った途端、至近で炸裂した敵弾に機体もろとも粉砕されたのだ。目の前に起きたことが、現実とは思えなかった。

——呆然としていられた時間は、ごく短かった。

乾機のすぐ後ろに位置していた第一小隊二番機——七尾（ななお）寛一郎（かんいちろう）一等飛行兵曹と中村英輔（なかむらえいすけ）二等飛行兵曹の九九艦爆が、機体をぐいと翻して急降下に移る。

急降下爆撃の際、先頭の一番機は、後続機の指標となる役割を担っている。一番機の投弾結果を基に、二番機以降の機体は降下角を修正するのだ。

七尾一飛曹は、墜とされた乾の代役を務め、急降下の先陣を切ったのだろう。

目の前で、上官の機体が木っ端微塵(こっぱみじん)に砕ける瞬間を見たにも関わらず、動揺も躊躇も、一切感じさせない。驚くべき豪胆さであり、責任感だった。

二番機より僅かに遅れて、井上譲(いのうえゆずる)二等飛行兵曹と越智芳郎(おちよしろう)三等飛行兵曹の一小隊三番機も、機体を翻し、降下に移る。

「二小隊続け！」

無線電話機のマイクに一声叫び、三宅は操縦桿を左に倒した。

空が、雲が、敵弾炸裂の爆煙が、視界の中で目まぐるしく回転する。

正面に海が来た、と思った直後には、三宅の九九艦爆は、井上二飛曹の一小隊三番機に続いて、急降下に入っている。

三宅は照準器を通して、眼下の海面を見つめた。

井上二飛曹の二小隊三番機がすぐ手前に見え、少し離れた場所に、二小隊二番機が小さく見えている。

その向こう側に、目指す敵艦が見える。

「何だ、こいつは!?」

目標に定めた敵一番艦の姿を見て、三宅は驚愕の叫びを上げた。

これほど異様な形状の軍艦は、見たことがない。

巨大な主砲塔を三基、艦の前部に集中配置し、艦橋、煙突、後檣等は、中央から後部に配置している。

英国のネルソン級、フランスのダンケルク級がこのような主砲配置を採っていると聞くが、実際に自分の目で見るのはこれが初めてだ。

主砲塔を、前部と後部にバランスよく配置した艦を見慣れた眼には、異形とさえ映る。

その異形の艦の中央部——艦橋や煙突の周囲に、発射炎が明滅する。

航跡が、艦の後方にまっすぐ伸びているところから見て、まだ回頭には入っていない。

「好機だ」

そう呟き、三宅は僅かに唇を吊り上げた。

第一中隊は、二番機を先頭に、真一文字に降下して行く。

敵の対空砲火は一層激しさを増し、九九艦爆の周囲で、敵弾が次々と炸裂する。

目指す敵戦艦の一番艦だけではない。輪形陣の外郭を守る巡洋艦や駆逐艦も、対空砲火を浴びせて来る。

横殴りに叩き付けて来る爆風が、機体を上下に、あるいは左右に揺さぶる。ともすれば操縦桿を取られて、投弾コースから外れそうになる。

だが三宅は、爆風を浴びるたびに操縦桿を微妙に修正し、降下角を一定に保ち続けた。

「二四（二四〇〇メートル）……二二……二〇……」

安西が高度計の数字を読み上げる声が、三宅の耳に届く。数字が小さくなるにつれ、敵の艦影は拡大する。

「一六（一六〇〇メートル）」

の報告が上がると同時に、敵の対空砲火が一旦止んだ。

直後、敵艦の艦上に多数の小さな光がきらめき、何条もの火箭が突き上がって来た。

距離が詰まったため、両用砲から機銃による対空射撃に切り替えたのだ。

こちらは両用砲弾と異なり、空中での炸裂はない。

その代わり青白い曳痕が、吹雪さながらの勢いで向かって来る。

先頭を行く二番機が、その曳痕に包まれた。

「……！」

三宅が声を上げた瞬間、二番機が大きく膨れ上がったように見えた。直後、空中に巨大な火焰が湧き出し、二番機の姿が消失した。

炎は、二番機の内側から噴出したように見える。おそらく敵弾が二番機の燃料タンクを直撃し、引火爆発を起こさせたのだ。

撃墜された二番機に代わり、三番機が先頭に立つ。

投弾コースを変えることなく、まっしぐらに突っ込んでゆく。

目の前で起きた惨劇にも、動じた様子はない。目標への投弾と、先頭に立って僚機を誘導する責務。それ以外には、何も考えられないのかもしれない。

その三番機を、敵の火箭が貫く。

噴き上げる曳痕が、左主翼の付け根付近に突き刺さった、と見えた直後、左主翼が折れ飛び、三番機は錐揉み状に回転を始める。

「なんてこった……!」

三宅は、はっきり声に出して叫んだ。

両用砲で一番機が、機銃で二、三番機が続けて屠(ほふ)られた。「紅龍」艦爆隊は、ごく短時間のうちに、指揮官とその直属小隊を失ったのだ。

以後は三宅が先頭に立ち、一中隊を誘導しなければならない。何としても投弾を成功させ、中隊の残存全機を帰還させなければならない。

僚機を続けざまに三機も堕とされた衝撃と、指揮官の重圧で、全身が熱くなるようだった。

目まぐるしく思考を巡らしている間にも、三宅機は降下を続けている。

「一二《ヒトフタ》（一二〇〇メートル）……一〇《ヒトマル》……」

安西が、高度計の数字を読み上げる。

高度は一〇〇〇メートルを切ったのだ。

敵弾は、なおも間断なく突き上がって来る。

その全てが、自分に向かって来るように見えるが、火箭は命中寸前で、上下左右に逸れてゆく。あたかも、敵弾をかき分けながら突進しているようだ。

照準器の環に映る敵の艦影が、急速に膨れ上がる。降下するにつれて、環の中に収まり切らなくなってゆく。

「〇六《マルロク》（六〇〇メートル）」

の報告が届いたとき、敵艦の艦首がおもむろに振られた。

面舵だ。一中隊から、遠ざかる方向だ。

三宅は、操縦桿を僅かに倒した。降下角が若干浅くなったが、照準器の白い環は、まだ敵艦を捉えている。

「〇四(マルヨン)！」

「てっ！」

安西の報告と同時に、三宅の口と左手が同時に動いた。口からは力のこもった声が吐き出され、左手は爆弾の投下レバーを引いていた。

操縦桿を目一杯引きつけると同時に、エンジン・スロットルを開く。

眼前に敵戦艦が、瞬時に眼下に吹っ飛び、九九艦爆が機首を引き起こす。

投弾の高度は四〇〇メートル。降爆時の規定高度六〇〇メートルを大きく下回る。引き起こしが間に合わず、そのまま敵艦に突っ込むことを危惧したが、凄まじい衝撃に機体が砕けることはない。

投弾を終えた三宅の九九艦爆は、敵艦から離脱してゆく。

敵の射弾が、今度は後ろから追いかけて来る。おびただしい火箭が、翼端やコクピットの脇をかすめ、後ろから前へと通過する。

フル・スロットルの爆音や風切り音、更には敵弾が機体をかすったときの打撃音が響く中、

「命中！」

安西が弾んだ声で報告を上げる。

「当然だ」

機体を操りながら、三宅は口中で呟いた。

被弾や引き起こし失敗の危険を冒し、高度四〇〇メートルでの投弾を行ったのだ。これで命中してくれなければ、割に合わぬというものだ。

――高度三〇〇まで上昇したところで、三宅は海面を見下ろした。

輪形陣の内側二箇所から、黒煙が立ち上っている。

三航艦の攻撃隊は、総指揮官の命令に従って敵戦艦の一、二番艦を攻撃し、直撃弾を与えることに成功したのだ。

だが――。

「まずいな。これじゃいいところ、小破だ」

三宅は、舌打ちして呟いた。

米新鋭戦艦二隻は、確かに黒煙を噴き上げているが、量はさほどでもない。速力が衰えた様子も、全くない。

三航艦の九九艦爆が叩き付けた二五番は、上部構造物や甲板を、多少傷つけた程度であり、戦闘力を奪うにはほど遠い。

「紅龍」隊は指揮官機を失ったにも関わらず、この程度か。二五番では、戦艦に致命傷を負わせることはできないのか。

そんな無力感と徒労感に、全身の力が抜けそうだった。

「右前方に友軍機！」

不意に、レシーバーに叫び声が飛び込んだ。

第二小隊二番機の機長兼偵察員を務める山藤英一一飛曹の声だった。

三宅は、右前方の空域を見やった。

零戦と九九艦爆の編隊が、断雲の間を衝いて、戦場上空に接近して来る。

数は、五〇機程度だ。第二航空艦隊の「雲龍」「白鳳」「丹鳳」より出撃した攻撃隊であろう。

三航艦の搭乗員が見守る中、二航艦の艦爆隊が、三組の斜め単横陣を形成する。

敵の艦上に再び発射炎が閃き、爆発光と爆煙が湧き始める。

やがて、対空砲火を衝いて輪形陣の内側に突入した二航艦の艦爆隊は、次々と機体を翻し、急降下を開始した。

第四章　太平洋艦隊追撃

1

ＴＦ１に対する空襲が終わったのは、現地時間の一四時五〇分だった。

「『カンサス』より報告。『被弾四発。両用砲二基ならびに前甲板損傷。戦闘、航行に支障なし』」

「『ルイジアナ』より報告。『被弾八発。レーダー、射撃指揮所損傷。航行には支障なきも主砲の使用は困難』」

「『ワイオミング』より報告。『被弾五発。両用砲、機銃に損害あるも、主砲使用に支障なし』」

「我が旗艦『コネチカット』は、七発を被弾。甲板と主砲塔に若干の損傷を受けたのみ……か」

旗艦「コネチカット」のCICに次々と上げられる報告を聞いて、アメリカ太平洋艦隊司令長官ハズバンド・E・キンメル大将は、報告の意味を一つ一つ確認するように呟いた。

航空参謀のルーカス・ジラード中佐が答えた。

「来襲した機体が、全て九九艦爆だったためでしょう。あの機体は、命中精度は高いのですが、搭載量が小さく、五〇〇ポンドクラスの爆弾しか積めません。空母や巡洋艦以下の艦艇にとっては、大きな脅威になりますが、戦艦、特にルーズベルト前大統領のお声掛かりで建造された新鋭艦に、致命傷を与える力は持ちません」

「コネチカット」艦長アラン・ウッドワース大佐は、被弾が艦の前部に集中した旨を報告している。

直撃弾七発のうち、実に六発が、四連装四〇センチ砲塔に命中したが、実質的な損害は、第一砲塔の砲塔測距儀と艦首甲板だけだ。通常の戦闘では、射撃指揮所が主砲を統制するため、砲塔測距儀は必要としない。

コネチカット級戦艦の四〇センチ四連装砲塔は、特に分厚い装甲鈑で鎧われている。

正面防楯は、決戦距離から撃ち込まれた四〇センチ砲弾を跳ね返すことが可能であり、天蓋も、一〇〇〇ポンドクラスの爆弾に耐えられる造りになっている。

九九艦爆が搭載する五〇〇ポンド爆弾ごときが何発命中したところで、表面に傷がつく程度だ。

「火力はデラウェア級と同等、防御力はデラウェア級を上回る」

というのが、コネチカット級の建造コンセプトだと、キンメルは聞かされている。

過去の合衆国戦艦に例のない四連装砲塔の採用も、主砲塔を前部に集中したことも、全長がデラウェア級より短く、最大幅がデラウェア級を上回るのも、そのコンセプト故だ。

コネチカット級の卓越した防御力は、日本軍の航空攻撃から、艦の枢要部を守り通したのだった。

「問題は、トラックの敵航空基地が、今なお健在であることです」

参謀長ウィリアム・スミス少将が、情報ボードを見つめて言った。

トラックの状況は、TF15、16が二度の航空攻撃を実施した直後から変わっていない。

エテン島、ウマン島の飛行場は使用不能に追い込んだものの、他の飛行場は全て無傷か、滑走路、基地施設に若干の損害を与えただけだ。

ＴＦ15、16は、現地時間の午前一一時三五分より、トラックに対する三度目の攻撃隊を放ったが、ＴＦ15の攻撃隊は、途中で「Ｊ（日本機）群接近。引き返せ」の命令電が司令部より発せられたため、攻撃を中止して反転した。

結果、トラックへの第三次攻撃は、ＴＦ16のみで実施することになったものの、機数が充分ではなかったため、不充分な結果に終わっている。

「ＴＦ16の状況はどうかね？」

キンメルは、幕僚たちに聞いた。

ＴＦ15が、日本軍の航空攻撃によって「サラトガ」「レキシントン」の二空母と、護衛の重巡「シカゴ」を失い、重巡「ルイスヴィル」が大破したことについては、既に報告を受けている。

一方、ＴＦ16は、トラックから発進したベティとジークの攻撃を受け、重巡「ノーザンプトン」「オーガスタ」と駆逐艦三隻が損傷したものの、空母三隻は無傷だ。

ＴＦ15が空襲を受けた後は、同部隊の残存機も引き受け、収容したという。トラックへの第四次攻撃は、可能なはずだ。

「トラックへの第四次攻撃を実施しても、戦果は期待できないと考えます。ＴＦ16は戦闘開始の時点で、一七六機の艦上機を有していましたが、一次から三次までの攻撃で、九二機が未帰還ないし損傷により使用不能となっています。ＴＦ15の残存機を加えても、使用可能機数は一二、三〇機程度と見積もられます。トラックの防空態勢、殊にジークの性能を考慮すれば、第四次攻撃を実施しても、失敗に終わる可能性大です」

「ならば、艦砲を使おう」

ジラードの答えを聞いて、キンメルは即断した。

「私はトラックへの攻撃にあたり、最終的には艦砲が必要になるだろうと考えていた。航空攻撃が手詰まりとなった以上、艦砲によってトラックの敵飛行場を叩き潰し、中部太平洋の制空権、制海権を我がものとしなければなるまい」

「現在の海域は、トラックよりの方位一六五度、一六〇浬です。今から進撃すれば、二二時から二三時の間に、トラックへの艦砲射撃を開始できます」

航海参謀のハリー・グッドウィン中佐が、意気込んだように発言した。

「トラックへの進撃中に、新たな空襲を受ける危険はないでしょうか？」

懸念を表明した首席参謀チャールズ・マックモリス大佐に、キンメルは即答した。

「ＴＦ16に直衛を命じる。トラックに第四次攻撃をかける力は残ってないかもしれないが、ＴＦ１の直衛は可能なはずだ」

　このとき、ジラードが何かを思いついたように、ニヤリと笑った。

「艦砲射撃が成功すれば、日本軍の機動部隊を壊滅に追い込めるかもしれません」

「どういうことだ？」

　スミスが不審を感じたように聞いた。

　日本軍の機動部隊は、昨日の夕刻時点で、マーシャル環礁クェゼリン環礁の南方海上にいたことが、同方面に展開している潜水艦の報告ではっきりしている。彼らがトラックの危機を知り、取って返したとしても、まだトラックより三〇〇浬以上遠方にいるはずだ。

　太平洋艦隊に、手が出せる位置ではない。

　ジラードは、笑いを崩すことなく答えた。

「空母は、艦上機あっての存在です。艦上機を失った空母は、拳銃が入っていないホルスターと同じであり、無意味な存在になり果てます。日本軍の機動部隊を無力化する機会が、我々の手の届くところに来ているのです」

2

米太平洋艦隊の動きに関する新たな情報が、空母「飛龍」の連合航空艦隊司令部に届けられたのは、日本時間の一四時三〇分（トラック時間一六時三〇分）だった。

「敵『丙（へい）』部隊、『トラック』ニ向カイツツアリ。位置、『冬島』ヨリノ方位一五〇度、一四〇浬。敵針路三三〇度。敵ハ戦艦三、巡洋艦八、駆逐艦多数。一四〇六（ヒトヨンマルロク）」

報告電が読み上げられるなり、航空甲参謀兵馬勝茂中佐は、顔から血の気が引くのを感じた。

敵「丙」部隊とは、索敵機が発見した敵水上部隊に一二航艦司令部が冠した呼称だ。

「これは、どういうことなのだ？　米太平洋艦隊には、大打撃を与えたはずではなかったのか？」

「攻撃隊の報告電は、確かにそうなっております」

不審に顔を歪めた塚原二四三司令長官に、大石保首席参謀が、表情を幾分か青ざめさせながら答えた。

——連航艦の艦上機による米艦隊への攻撃は、過去に例のない長距離攻撃となったにも関わらず、見事な成功を収めた。

九七艦攻を中心に編成された第一次攻撃隊は、日本側の呼称「乙（おつ）」部隊——レキシントン級空母二隻を中心とする機動部隊を攻撃し、空母、巡洋艦各二隻の撃沈を報告した。

続いて、九九艦爆中心の第二次攻撃隊が、敵「丙」部隊を攻撃し、

「敵戦艦四、大火災」

との報告電を送って来た。

九九艦爆の二五〇キロ爆弾は、魚雷よりも破壊力が小さく、上部構造物の破壊しか期待できないが、一航艦司令部では、敵「丙」部隊に対しても、相当な損害を与えたことは確実と判断した。

空母二隻撃沈、戦艦四隻撃破の大戦果だ。

米太平洋艦隊は、損害の大きさにたまりかねて撤退するだろう、というのが、一航艦司令部の共通認識だった。

ところが、大損害を受けたはずの敵「丙」部隊が、トラックを指して進撃しているという。

「戦果誤認があったのかもしれません」

長宮晃航空乙参謀が発言した。「空中からの戦果確認は一瞬です。搭乗員にも、死線をくぐって投弾した以上、大戦果であってほしい、との願望があります。火災煙を目撃した搭乗員が、さほど規模が大きくない火災であるにも関わらず、大火災と報告してしまった可能性は否めません」

「我々は『丙』を撃滅したと信じていたが、それが間違いだったということか？」

「おそらく……」

「『丙』は、トラックに対する艦砲射撃を目論んでいる、ということでしょうか？」

大石の問いに、大森仙太郎参謀長が答えた。

「間違いあるまい。米軍にしてみれば、空母二隻を失ったかもしれぬが、主力の戦艦は健在なのだ。トラック攻撃を断念する理由は、どこにもない」

「おっしゃる通りであれば、由々しき重大事です。トラックには、機動部隊の全艦上機が着陸しているのです。そこに艦砲射撃を受ければ、我が機動部隊は、艦上機の全てと熟練した搭乗員の過半を、無為に失うことになりかねません」

兵馬の発言に、何人かの幕僚たちが息を呑んだ。

帝国海軍の主力たる機動部隊が、重大な危機にさらされていると悟ったのだ。

正規空母五隻、小型空母六隻分の艦上機は、総数四六二機に及ぶ。

加えて、搭乗員は精鋭揃いだ。

それらを失えば、機動部隊は壊滅したも同然になる。艦上機のない空母など、何隻あろうと、全く戦力にならないからだ。

（俺は、なんということを……！）

兵馬は、声にならない呻きを上げた。

「長距離攻撃を実施した後、攻撃隊はトラックに降ろせばよい」

との意見を具申したのは、他ならぬ兵馬自身だ。

攻撃そのものは成功したが、結果として、母艦航空隊を窮地に追い込んでしまったことになる。

追いつめられたような焦慮と自責の念に、身が焼けちぎれるような心地だった。

「トラックに降りた艦上機でも、一二航艦の所属機でも構いませんから、今からでも『丙』を攻撃できないものでしょうか？」

大石の問いに、塚原がかぶりを振った。

「艦上機も、一二航艦も、敵艦隊攻撃に伴う損害はかなりのものだろう。トラックの飛行場も、空襲や母艦航空隊の受け容れに伴う混乱が収まっていまい。仮に攻撃をかけても、『丙』の完全阻止はできないだろう」

「首席参謀の懸念通りになったか……」

大森が呻き、大石をちらと見やった。

攻撃隊の発進前、大石は、空母よりも戦艦を優先して叩くよう主張した。空母よりも戦艦の方が、我が軍にとり、大きな脅威となるのだから、と。

その危惧が、最悪の形で的中したことになる。

「長官、参謀長、第二艦隊の存在をお忘れです」

大石が、叫ぶような声を上げた。大事なことを思い出した、と言いたげだった。

水上砲戦部隊の第二艦隊は、連航艦と共にトラックに進出している。

機動部隊がマーシャルに進出した後も、同艦隊は一二航艦と共に、トラックを守っていたのだ。

米艦隊がトラックに接近して来れば、当然果敢な戦いを挑むことだろう。

「二艦隊の戦艦は、金剛型だ。米軍の新鋭戦艦に、歯が立つとは思えないが……」

表情を曇らせた塚原に、大石は意気込んで言った。

「夜間の接近砲戦であれば、勝利は不可能ではありません。現に二艦隊は、東シナ海海戦で勝っております」

塚原はしばし沈黙し、天を振り仰いだ。

ややあって、ぼそりと言った。

「二艦隊に、命運を託す以外にあるまい」

3

レーダーマンが、SG対水上レーダーのPPIスコープを見つめたまま報告した。

「本艦の現在位置、夏島（デュブロン）よりの方位一三五度、二万四〇〇〇ヤード（約二万二〇〇〇メートル）」

TF1旗艦「コネチカット」艦長アラン・ウッドワース大佐は、レーダーマンの肩越しに、スコープを覗き込んだ。

左端に、複数の島影が映っている。距離が遠いためか、ぼんやりとした映像だが、陸地が存在することははっきり分かる。

「『キング』より『クイーン』。主砲左砲戦。目標『チャーリー』。『ビショップ』『ナイト』『ルーク』『ポーン』は、敵艦に備えよ」

TF1司令長官ハズバンド・E・キンメル大将が、力のこもった声で命じた。

「クイーン」は三隻の戦艦を擁する第一戦艦群、「ビショップ」「ナイト」は、第二、第三巡洋艦群、「ルーク」「ポーン」は第一、第二駆逐艦戦隊を、それぞれ示している。

「観測機全機、礁湖上空に到達」

今度は、ＳＣ対空レーダーを担当するレーダーマンより報告が上げられた。

これより少し前、戦艦、巡洋艦より発進した水上偵察機ヴォートＯＳ２Ｕ〝キングフィッシャー〟が、環礁の内側に進入したのだ。

「通信より艦橋。観測機より報告。『対空砲火による迎撃なし』」

「了解」

通信長ジョン・クリストファー中佐の報告を受け、ウッドワースは返答した。

「手こずらせてくれたな、ジャップ」

ウッドワースは、トラックにこもる日本軍に呼びかけた。

「トラックの敵飛行場は、艦砲で叩く」

とキンメルが決定した後、ＴＦ１はＴＦ15と合流し、損傷した「ルイジアナ」の護衛を委ねた。

この間、トラックより飛来したジークとベティが空襲をかけて来たが、機数が少なかったため、後退が決まっていた「ルイジアナ」に爆弾二発が命中した程度で済んだ。

それ以後は、空襲も、水上部隊による襲撃もなく、ＴＦ１は北西にトラック環礁の島々を望む位置に到達したのだ。

艦砲によって壊滅させねばならない敵飛行場は四箇所。

春島（モエン）北西部の「アルファ」と南部の「ブラヴォー」、夏島の「チャーリー」、そして楓島（パレム）の「フォックストロット」だ。

うち、「フォックストロット」を除く三飛行場が、トラックの東方海上から砲撃可能だ。

太平洋艦隊司令部の作戦では、「チャーリー」「ブラヴォー」「アルファ」を順繰りに叩いた後、トラックの南方海上に移動して、最後に残った「フォックストロット」を叩くことになっている。

現在の時刻は、現地時間の二二時三〇分。

ＣＩＣから直接外を見ることはできないが、海面も、トラック環礁の島々も、夜の闇に包まれているはずだ。

砲口からほとばしる閃光は、艦の周囲を陽光よりもくっきりと照らし出し、トラックの敵飛行場に躍る火焔は、島の陸地や礁湖を、真昼のように明るくすることだろう。

唸りを上げて飛ぶ巨弾は、島全体を揺るがし、滑走路に大穴を穿ち、基地施設を粉砕し、地上の航空機を吹き飛ばす。

ひとたび飛び立てば、艦船にとって大きな脅威となる航空機も、地上にいるところを攻撃されれば、ひとたまりもない。

敵の航空部隊は、環礁の外から降り注ぐ巨弾の前に、為す術もなく壊滅するであろう。

しかもトラックにいるのは、同環礁に配置されていた基地航空隊だけではない。

太平洋艦隊のジラード航空参謀は、

「ＴＦ1、ＴＦ15を襲った敵の航空部隊は、その多くがケイト、ヴァルであったところから考えて、敵機動部隊の空母より発進したものと思われます。ただし、敵艦隊の現在位置を考えますと、敵機が攻撃を終了した後、母艦に戻ることは不可能でしょう。彼らはトラックに降りたものと考えて、間違いありません」

と述べている。

日本軍の空母を沈めることはできなくとも、艦上機全てを地上で破壊し、クルーを殺傷することで、その攻撃力を奪い取ることは、充分可能なのだ。

機動部隊を無力化されれば、連合艦隊には、太平洋艦隊に抵抗する力は残されていない。

戦艦は、いずれもナガト・タイプ以前に建造された旧式艦ばかりであり、コネチカット級やデラウェア級の敵ではない。

日本海軍は、合衆国海軍に戦艦で対抗することは不可能と考え、航空主兵に大きく舵を切ったが、どのような兵備を取ろうが、日本ごときが合衆国に勝つことはできないのだ。

そのことを、彼らは思い知ることになる……。

「通信、各艦からの報告は？」

「ありません」

「ソナー、敵潜の推進機音は？」

「探知されておりません」

「よし！」

通信長と水測長の報告を聞き、ウッドワースは満足感を覚えた。

予想された、水上部隊による迎撃はない。

厄介なのは潜水艦の攻撃だが、ＴＦ１は二四隻の駆逐艦を擁している。うち、ＤＦ２に所属する四隻が、トラック環礁の北側と南側で警戒配置に就いているが、他の二〇隻は、戦艦、巡洋艦とトラック環礁の間に展開し、水中からの接近を図る敵に備えている。

日本軍の潜水艦乗りがどれほど豪胆でも、駆逐艦二〇隻の警戒網を強引に突破するほどの度胸は持たないだろう。

「トラックの――いや、日本国家そのものの命運が、定まったというところだな」

と、ウッドワースはひとりごちた。

ＴＦ１は速力を一六ノットに保ち、トラック環礁の東方海上を北上してゆく。

三隻の戦艦は、既に全主砲を左舷側に向け、デュブロン島の敵飛行場に狙いを定めている。

二三時三三分、

「現在位置、デュブロン島よりの方位一二〇度、二万ヤード（約一万八〇〇〇メートル）」

レーダーマンが新たな報告を上げた。

「観測機に吊光弾の投下を――」

ウッドワースがクリストファー通信長に命じようとしたとき、

「対空レーダーに反応。敵味方不明機、方位三〇〇度より接近！」

「通信より艦橋。観測機より緊急報告。『J（日本機）群多数、貴方に向かう』！」

全く唐突に、二つの報告が連続して飛び込んだ。

「敵機だと⁉」

愕然として叫び返したウッドワースに、第三の報告が、射撃指揮所から上げられた。

「駆逐艦発砲！　対空射撃を開始した模様！」

4

敵駆逐艦の発射炎は、千草貞雄大尉の一式陸攻が、夏島の上空にいるときに閃いた。

一隻だけではない。横一線に並んだ多数の駆逐艦が、続けざまに発砲した。

閃光が走った場所では、瞬間的に敵の艦影が浮かび上がり、すぐに消える。

若干の間を置いて、敵弾が炸裂する。

射撃精度は粗い。敵陣の大部分は、一式陸攻から大きく離れた空域で爆発し、礁湖の海面を赤々と照らすだけで終わっている。

「当てられるものなら当ててみやがれ！」

千草は、敵艦隊に向かって叫んだ。

「敵『丙』部隊、トラックに向けて北上中」

の報告が日没前に入ったとき、夏島の第一二航空艦隊司令部は、麾下の陸攻隊の中から夜間飛行に慣れた搭乗員を選抜し、夜間攻撃隊を編成した。

米艦隊がトラックに接近したところを見計らって、春島第一飛行場や楓島飛行場より発進、海面すれすれの低高度を突進して、敵艦に雷撃を見舞うのだ。

トラックの近海で迎え撃つため、敵の捕捉に失敗する可能性はまずない。

また艦砲射撃に際しては、米艦隊は単縦陣を形成するから、対空砲火も弱い。仮に敵が対空砲火を放っても、視界の不自由な夜間に、高速の航空機を捉えるのは容易ではない。

これらのことから、夜間の航空攻撃は、成功の可能性大と考えられたのだ。

とはいえ、夜間に航空攻撃を実施するとなれば、搭乗員には並外れた技量が要求される。

一二航艦全体で編成できた夜間攻撃隊は三一機に留まったが、トラックに降りた艦上機の搭乗員からも、夜間攻撃への参加希望の申し出があった。

一二航艦司令部では、夜間攻撃への参加機種を九七艦攻のみに絞り、状態のいい機体二〇機を選んで参加を命じた。

夜間攻撃隊は、楓島飛行場と春島第一飛行場に待機し、今、満を持して出撃したのだった。

――敵駆逐艦は、なおも発砲を繰り返す。

闇の中に、断続的に発射炎が閃き、右から左へ、あるいは左から右へ、敵艦の姿が不規則に浮かび上がっては消える。

海面すれすれの高度で、次々と敵弾が炸裂し、礁湖の海面が、炎の下に浮かび上がる。

時折、突進する一式陸攻の姿が、湧き出す爆炎に照らされるが、それはあくまで一瞬だ。陸攻隊は、二基の三菱「火星」一一型エンジンを猛々しく轟かせ、闇を裂いて突進する。

先行する指揮官機――鹿屋空の宮内七三飛行隊長の一式陸攻が吊光弾を投下したのだろう、敵艦隊の上空に青白い光が出現し、空中を漂い始める。

月明かりを思わせるおぼろげな光の下、米駆逐艦の姿が薄ぼんやりと浮かび上がる。

「敵距離八〇（八〇〇メートル）！」

機首の爆撃手席に詰めている主偵察員の木下俊飛曹長が、報告を送って来る。

一式陸攻は、まだ礁湖の外には出ていない。

千草は、ちらと計器盤に目をやる。

計器の針や数字は、夜光塗料によって、闇の中に浮かび上がっている。それらの一つ――高度計の針は、一〇メートルを指している。

千草は僅かに操縦桿を操作し、高度を下げた。

高度計の針が僅かに動き、真下から何かが迫る気配を感じた。

心なしか、機体の動きが、常よりも敏感に感じられる。いつもの感覚で操縦桿を動かすと、不測の事故が起こりそうだ。

「軽いからな、昼間よりも」

誰も座っていない副操縦員席をちらと見やり、千草は呟いた。

今回の作戦は、戦場海面が基地の至近ということもあって、搭乗員は半分以下しか乗っていない。

千草機では、機長兼操縦員の千草と爆撃手の木下、主通信員の堂島弘一飛曹、搭乗整備員の宮本光治兵曹長だけだ。

撃墜されたときの人員の消耗を、最小限度に抑えるための措置だが、その分、昼間戦闘に比べて機体が軽くなっている。

そうでなくとも、視界の利かない夜間に、海面すれすれの超低空飛行を行っているのだ。

機体の操作には、細心の注意が必要だった。

「距離六〇（ロクマル）！」

の報告が上げられる。

機体はまだ礁湖の上だが、吊光弾の光に浮かび上がる敵艦が、次第に大きさを増す。

接近するにつれ、敵艦の射撃精度も上がる。

敵が対空射撃を開始した時点では、見当外れの場所で炸裂していた両用砲弾が、次第に近くで爆発するようになってくる。

不意に、千草機の右方で火焰が躍った。

被弾した一式陸攻が、自らの発する炎で赤々と照らした海面に、盛大な飛沫を上げて突っ込んだ。

「距離四〇(ヨンマル)！」

の報告が上がるのと前後して、二機目の一式陸攻が撃墜された。

千草機からの距離は、かなり遠い。コクピットからは、蛍の光のようにしか見えない。

光が一筋、闇の中を横切ったかと思うと、糸が切れたように海面に落ちて消える。

蛍というより、蜻蛉(かげろう)のようなはかなさを感じさせる最期だ。それはまた、自分たちが辿る運命かもしれない。

二機目の一式陸攻が墜ちた直後、対空射撃が一旦止(や)んだ。

ほとんど間を置かずに、多数の小さな光が閃き、おびただしい火箭が噴き延びた。

夜の闇の中で見る火箭は、昼間のそれより一層凄みがある。青白い曳痕の連なりが剣となり、闇そのものを切り裂いているようだ。

その剣が、右に、左にと振られる。

あたかも素人が、恐怖に駆られて、無茶苦茶に剣を振り回しているかのようだ。

闇の中、照準を合わせ難いため、ランダムに掃射し、まぐれ当たりを狙うつもりかもしれない。

一式陸攻二機が、続けざまに被弾する。

海面近くの空域に、閃光が走ったと見るや、炎の尾を引き、闇の底に吸い込まれるように消える。

「威力は同じ……か」

僚機二機の最期を見やりながら、千草は呟いた。

精度が高かろうと、低かろうと、機銃弾の威力に違いはない。

エンジンや燃料タンクに被弾すれば、高確率で着火するし、胴体に命中すれば、外鈑を切り裂く。搭乗員に命中すれば、ひとたまりもなく即死する。

対処法はただ一つ。極力低高度を飛び、敵弾に捉まらぬようにすることだ。

千草は、計器と海面を交互に見る。

高度計の針は、ほとんどゼロに届かんばかりだ。目の位置と海面の間に、高度差はほとんどない。海面に貼り付きながら、飛んでいるかのようだ。

不意に、右方に飛沫が上がった。

何が起きたのかは、すぐに分かった。

千草機の隣を飛んでいた一式陸攻が、操縦桿の操作を誤り、海面に激突したのだ。

墜落した場所に環礁があったらしい。ひときわ巨大な火焔が上がり、周囲の海面を赤々と照らし出す。

千草は、敢えて僚機の最期を見ない。視線は、高度計と夜の海面、前方の敵艦に集中している。

僅かでも心を乱されることがあれば、自分もこれまでに墜落した五機と同じ運命だ。

帝国海軍最大の要地を守るためにも、今、陸攻に搭乗している三人の部下のためにも、失敗するわけにはいかない。

「距離二〇(フタマル)！」

「まだまだ！」

木下の報告を受け、千草は小さく叫んだ。

二〇〇〇メートルでは、まだ遠い。

砲撃であれ、雷撃であれ、距離が遠くなるほど命中率は落ちる。遠方からの及び腰の攻撃など、当たるものではない。

距離が近すぎては、魚雷が海中深く潜り、目標の下を抜けてしまう危険があるが、夜間攻撃隊が搭載しているのは、木製の水平安定板を装着した浅沈度魚雷だ。一〇〇〇メートル前後で投下すれば、魚雷は確実に目標の艦底部を抉(えぐ)るはずだ。

敵艦の射撃が、一層激しさを増す。

乱れ飛ぶ曳痕は、コクピットの真上を通過する。

昨年一二月の東シナ海海戦で、敵戦艦に雷撃を見舞ったときと同じだ。敵弾は、全て自分に向かって来るように感じられるが、命中寸前で逸れてゆく。

「ちょい左」

目標に狙いを定めたのだろう、木下が指示を送って来る。

「ちょい左。宜候」

返答と同時に、操縦桿を僅かに左に倒す。

高空であれば、何ということもない動作だが、現高度は海面すれすれだ。ちょっとした水平旋回でも、針の穴を通すような正確さが不可欠だ。

「どんぴしゃです。そのまま直進！」

「そのまま直進。宜候！」

弾んだ声で木下が指示を送り、千草は力のこもった声で答えた。

敵艦は、吊光弾投下直後とは比較にならないほど大きく見えている。

「戦艦を守ろうとして、必死なのかもしれんが、俺たちの目標は戦艦じゃない」

その言葉を、千草は駆逐艦に投げかけた。

「標的は、お前らなんだよ！」

そう叫んだ直後、

「距離一〇(ヒトマル)！」

木下が、新たな報告を送った。敵との距離は、一〇〇〇メートルを切った。

「てっ！」

の声が響き、一式陸攻の機体がひょいと飛び上がった。

重量物を切り離した反動だ。

九一式航空魚雷が投下され、敵艦に向かって走り始めたのだ。

5

一式陸攻(ベティ)は、DF1隷下の第六駆逐隊(DDG6)に所属する駆逐艦「ハンブルトン」の頭上を、轟音を上げながら通過した。

遠ざかる敵機に、右舷側の機銃が射弾を浴びせ、連射音が艦橋に届く。

なおも対空戦闘が続く中、

「雷跡、左舷正横！」

艦橋見張員が、半ば悲鳴と化した声で報告した。

「何だと⁉」

艦長ジム・トゥルヴィル少佐が愕然として叫んだとき、左舷側から強烈な衝撃が襲いかかった。

トゥルヴィルは、一瞬身体が浮くのを感じ、次いで床に投げ出された。

立っていられた者は、艦橋内にはいない。全員が、強烈なストレートやフックを喰らったボクサーのように、床の上に這っていた。

魚雷が命中した一番煙突の真下では、重油専焼缶二基の火が一瞬で消え、引きちぎられた蒸気パイプから、高温の水蒸気が噴き出した。

左舷水線下は大きく引き裂かれ、海水が凄まじい勢いで流入を始めている。

艦は左舷側に四度傾き、被雷箇所の周辺には、どす黒い重油が広がり始めていた。

「奴らの目標は、戦艦ではなかったのか……」

身体を起こしながら、トゥルヴィルは呻き声を上げた。

戦艦を狙って放った魚雷が、「ハンブルトン」に命中したわけではない。ベティは最初から、この「ハンブルトン」を狙っていた。

戦艦ではなく駆逐艦が、敵機の標的だったのだ。

「全艦に緊急信！　『ベティの目標は戦艦にあらず。駆逐艦なり』」

トゥルヴィルが通信長ジェイソン・モーガン中尉に下令したときには、既に多数の白い雷跡が、ＤＦ１、２の駆逐艦群に迫っていた。

「ハンブルトン」に続いて被雷したのは、同じＤＤＧ６に所属する「ロッドマン」だ。

白い雷跡が艦首に吸い込まれた、と見えた直後、火焔が躍り、巨大な飛沫が奔騰した。

「ロッドマン」の艦首は、瞬時に食いちぎられ、海水が激しい音を立てながら奔入して来た。

艦長トーマス・ライス少佐は、

「両舷停止！」

を咄嗟に命じたものの、推進軸への動力伝達が切られ、艦が停止するまでの間に、海水は艦首艦底部の隔壁を次々と破り、前部弾薬庫にまで奔入した。

「ロッドマン」の艦首は大きく沈み込み、逆に艦尾は大きく持ち上がって、スクリュー・プロペラが海面に覗いた。

浸水と艦の沈下は進む一方であり、海面は一番主砲の直下まで上がっている。

ライス艦長は、早々に艦の命運に見切りをつけ、

「総員退去」

を命じていた。

被雷した艦は、二隻に留まらない。

第一〇駆逐隊（DDG10）の司令駆逐艦「ウールゼイ」が、「ロッドマン」同様、艦首を粉砕されてよろめき、同隊の四番艦「リバモア」が、左舷後部——第二煙突の直下に被雷する。後部の缶室二基に加え、発電機室を破壊され、全ての動力を失った「リバモア」は、濛々（もうもう）たる水蒸気を噴き上げながら停止する。

隊列の後方では、殿軍を務めていた「チャールズ・F・ヒューズ」と、その二隻前にいた「ニブラック」が、魚雷一本ずつを喰らっている。

「チャールズ・F・ヒューズ」は艦尾に被雷して、左舷側のスクリュー・プロペラを吹き飛ばされ、艦尾の破孔から浸水が始まった。

「ニブラック」も「チャールズ・F・ヒューズ」同様、艦尾に被雷した。こちらは推進軸ではなく、舵を引きちぎられ、舵機室付近から浸水が始まった。

六隻被雷の混乱が収まらぬ中、

「九七艦攻（ケイト）！」

の叫び声が、複数の艦で上がり、各隊の司令や駆逐艦長を愕然とさせた。

吊光弾の光の下、ベティに続いて一群の艦上機が突っ込んで来る。宮古島沖海戦で三隻の空母を屠り、今日また「レキシントン」「サラトガ」の二空母を屠った恐るべき雷撃機だ。

「撃て（ファイア）！」

の叫びが上がり、各艦が猛然たる勢いで対空射撃を開始する。

光が乏しいことに加え、先に被雷した艦の火災煙が立ちこめ、照準を付けることは困難だ。駆逐艦の対空砲火だけで、ケイトを阻止することは、到底できなかった。

猛速で突っ込んで来たケイトが、駆逐艦の面前で次々と魚雷を投下し、爆音を轟かせながら離脱する。

第一二駆逐隊（DDG12）の「シムス」と第一五駆逐隊（DDG15）の「マスティン」「オブライエン」の艦首や艦腹に、続けざまに被雷の水柱が奔騰した。

戦艦の直衛に当たる駆逐艦二〇隻の半数近くが、短時間のうちに被雷したのだ。

どの艦も、缶室や推進軸の損傷、破孔からの浸水によって、航行困難に陥っている。

うち三隻では、既に「総員退去」が下令され、乗組員が次々と夜の海面に身を躍らせていた。

——最初に被雷した「ハンブルトン」は、この時点で、まだ総員退去には至っていなかった。

一、二番缶室は全滅し、満水状態になったものの、それ以上の浸水は辛うじて食い止められている。

後部の重油専焼缶一基はまだ動いており、主機室や発電機室も健在だ。

駆逐艦の生命とも呼ぶべき速度性能は発揮できなくなったが、現海域からの離脱に成功すれば、生き延びることは不可能ではないと、トゥルヴィル艦長は考えていた。

「ハンブルトン」をはじめ、被雷した艦では、乗組員たちが慌ただしく動き回り、叫び交わす声や甲板や通路を駆け抜ける靴音、燃え盛る炎の唸りや消火栓から水が噴き出す音が響いている。

誰もが艦を救うことだけで精一杯であり、艦外に注意を向ける者はほとんどいない。

損傷艦付近の海面下を通過する、青白い影に気づいた者はいなかった。

6

ＴＦ１は、混乱の極みに達していた。

ベティとケイトにより、駆逐艦九隻が雷撃されたことが、各艦を恐慌状態に陥れている。

両用砲、機銃を動員して、敵機に射撃を浴びせる巡洋艦があれば、雷撃からの回避を優先し、回頭を始める巡洋艦もある。

隊列から離れて回避運動に入り、味方同士で衝突しそうになった駆逐艦や、被雷して速力が衰えていた僚艦の横腹に、艦首を突っ込んだ駆逐艦もある。

多くの艦が自らの艦位を見失い、秩序だった動きは、ほとんど不可能な状態だ。

混沌（カオス）そのものの状況が、ＴＦ１を覆っていた。

「何たることだ。いったい、何たることだ！」

ＢＤ１の殿軍に位置する戦艦「カンサス」――デラウェア級戦艦六番艦の艦橋では、艦長マーク・ロウ大佐が、短く刈ったブロンドをかきむしり、呻き声を上げている。

ベティが出現する直前までは、ＴＦ１は整然たる陣形を組んでいた。

各隊とも、水上砲戦用の単縦陣を組み、敵の水上部隊が夜戦を挑んで来ても、即応できる態勢を取っていたし、潜水艦による水面下からの襲撃にも、厳重な警戒態勢を敷いていた。

それが、思いがけない敵の奇策により崩壊した。

「航空機は、夜間に飛行することは可能でも、攻撃まではできない」

というのが、これまでの軍事常識だ。

太平洋艦隊も、そう考えていたからこそ、トラックへの艦砲射撃に踏み切ったのだ。

ところが、日本軍はその常識をいともあっさり覆し、夜間の航空雷撃をかけて来た。

日本軍の航空機搭乗員には、恐るべき手練れがいる。そのことを、誰もが認めざるを得なかった。

不意に、おどろおどろしい爆発音が、「カンサス」の左舷側から届いた。

一度だけではない。一〇秒ほどの時間差を置いて、二度届いた。

「『フィラデルフィア』被雷！」

「『ニュー・オーリンズ』被雷！」

悲痛な声で、味方の被害が報される。

「ベティか!?　それとも――」

ロウの叫びと前後して、

「『キング』より命令。『〝クイーン〟全艦、針路二七〇度。左舷側海面に敵潜水艦多数』！」

通信長マーク・グラハム中佐が、慌ただしく報告を上げた。

「と、取舵一杯。本艦針路二七〇度！」

ロウは血相を変え、大声で命じた。

日本軍の狙いを、ロウははっきりと悟った。

彼らはＴＦ１――分けてもＢＤ１の戦艦群を迎え撃つため、トラック東方海上の海面下に潜水艦を配置していた。

だが、多数の駆逐艦が目を光らせていては、潜水艦は戦艦に手を出せない。

そのため彼らは、航空攻撃で駆逐艦を無力化したのだ。

被雷を避けるには取舵を切り、魚雷に艦首を正対させる以外にない。

艦は、すぐには反応しない。

基準排水量では最新鋭のコネチカット級に一歩譲るものの、二八〇・九メートルの全長は合衆国軍艦中最長を誇るため、舵が利き始めるまでにはどうしても時間がかかるのだ。

回頭を待つ間に、またも激しい爆発音が轟き、

「『クインシー』被雷！」

悲鳴じみた甲高い声で、報告が上げられる。

「何とかならんのか……！」

悲痛さを抑え切れない声を上げたとき、ロウは足の裏を、何かで一撃されたように感じた。

同時に、艦全体が大きく身を震わせた。

艦橋内の要員が転倒するほどの強烈さはなかったものの、艦が重大な損傷を受けた、と直感させる一撃だった。

「おのれ……！」

ロウは、血が滲むほど強く唇を噛み締めた。

「カンサス」には、回頭する余裕もなかった。舵が利き、艦首を振り始める前に、魚雷に下腹を抉られたのだ。

続いてもう一発、今度は艦首と第一砲塔の間に被雷し、突き上がる水柱が、艦橋からもはっきりと認められた。

被雷に伴う振動は、最初の一撃よりも大きく、艦橋の床が大きく波打ったように感じられた。

（非装甲部をやられたな）

と、ロウは直感した。

デラウェア級戦艦は、戦艦の中でも並外れた防御力を持つが、全体を分厚い装甲鈑で鎧っているわけではない。敵潜水艦の魚雷は、防御力の弱い前部に命中したのだ。

二本目の被雷からさほど間を置かずに、三本目が命中し、「カンサス」の巨体はみたび震えた。

今度の衝撃は、これまでで一番小さい。艦橋から、相当に離れた場所に命中したことを感じさせる。

にも関わらず、ロウはいわく言い難い不吉なものを感じた。艦の死命を制するような重要箇所をやられたのではないか、という気がした。

三本目の魚雷が命中してから三〇秒ほどが経過したとき、ロウは悪い予感が当たったことを悟った。

艦が、左舷側に旋回し続けている。

針路が二七〇度に向いても、動きはなお止まらない。夜の海面に、巨大な円を描き続けている。

「両舷停止！」

を、ロウは命じた。

推進軸への動力伝達が切られ、艦は惰性でなお数十メートル動いた後に、ゆっくりと停止した。

「二番缶室付近に被雷なれど、缶室に被害なし！」

「艦首錨鎖庫付近に被雷。浸水拡大中！」

「左舷艦尾に被雷！　舵機室損傷！」

艦の停止と前後して、被害状況報告が上げられる。

（やはり……！）

ロウは、声にならない呻きを上げた。

缶室付近の被害は軽微なもので済んだが、艦尾への魚雷命中が、重大な被害をもたらした。

「カンサス」は舵機室を破壊され、操舵不能に陥ったのだ。加えて、被雷箇所からの浸水により、艦が傾斜している。これでは、正確な砲撃は到底望めない。

宮古島沖海戦で被雷し、日本軍の水上部隊にろくな抵抗ができなくなったデラウエア級の姉妹艦「ジョージア」「メイン」と同様か、それ以上に悪い状況に、「カンサス」は陥ったのだ。

ロウが「カンサス」の状況を司令部に伝えるべく、艦内電話の受話器に手を伸ばしたとき、呼び出し音が鳴った。

ロウは、そのまま受話器を取った。

通信長の叫び声が、ロウの耳に飛び込んだ。

「観測機より緊急信。日本艦隊が現れました!」

第五章　怒れる鬼

1

「敵電波受信。敵の観測機より発せられた模様！」

との報告が艦橋に上げられたとき、第二水雷戦隊の旗艦を務める軽巡洋艦「鬼怒(きぬ)」は、トラック環礁の北東水道を抜けた直後だった。

「古い艦の割に、通信機の感度は良好ですな」

感心したような二水戦首席参謀遠山安巳(とおやまやすみ)中佐の声に、司令官田中頼三(たなからいぞう)少将が微笑して答えた。

「本艦の前歴は、潜水戦隊の旗艦だからな。通信機は、性能のいいものが優先的に積まれている。そうだな、艦長？」

「左様です」

艦長花房唯文（はなぶさただふみ）大佐は、ごく短く答えた。

「水雷戦隊の旗艦には、最適というわけですか」

遠山は、ちらと艦の後方に顔を向けた。

第二水雷戦隊は、麾下に四個駆逐隊一四隻の駆逐艦を従えている。多数の艦を指揮するためには、高性能の通信機が欠かせない。

昨年一二月一九日の東シナ海海戦で損傷し、ドック入りした軽巡「神通（じんつう）」に代わって、「鬼怒」が新たな二水戦旗艦に任じられたのは、通信機の充実故だった。

「駆逐艦はどうだ？　付いて来てるか？」

「後部見張り、駆逐艦の状況報せ！」

田中の問いを受け、花房は即座に命じた。

若干の間を置いて、

「全艦、我に続行中！」

との報告が返された。

「よし！」

田中は、満足げに頷いた。その声に、安堵しているような響きが感じられた。

――たった今「鬼怒」が通過した北東水道は、幅が広く、暗礁もないため、環礁内部への出入港に最良とされてきた水道だ。

入り口には灯台が建てられており、日米開戦の前は官民共に、最も使用頻度が高い水道でもあった。

対米開戦後は、環礁内への敵潜水艦の侵入を防ぐため、同水道の機雷封鎖が決定されたが、連合艦隊司令部が、

「トラックの防衛に支障を来す」

と主張して、取り止めさせたいきさつがある。

通行の容易な北東水道といえども、今は夜間だ。三〇ノット以上の高速で通過すれば、事故を起こす危険がある。かといって、敵の攻撃を受けている状況下で、灯台を点灯するわけにはいかない。

花房自身も、無灯火で水道に進入したときには、珊瑚礁に艦首が突っ込むのではないかと冷や冷やしたものだ。

二水戦司令官も、気が気ではなかったであろう。

「勝負はこれからだ」

田中は真顔に戻り、艦の正面を見据えた。

右舷前方の海面が、明るくなっている。

揺らめく赤い光が複数箇所に見え、立ち上る黒煙が星灯(あか)りを遮っている。

敵の艦艇が炎上しているのだ。

航空攻撃と潜水艦の雷撃。

全く性格の異なる二つの攻撃を同時に加えるという奇策が奏功し、米太平洋艦隊の主力は、混乱のさなかにある。

第二艦隊は、その混乱を衝いて攻撃する。

目指すものは、昨年一二月一九日の東シナ海海戦と同じだ。

米海軍が主力と頼む戦艦、それもデラウェア級を凌ぐとされる新鋭艦に、強力無比の九三式六一センチ魚雷を叩き込み、撃沈する。

それこそが、第二艦隊——分けても、その尖兵となる二水戦の最大の目標だった。

敵戦艦はどこだ——そう思い、花房が前方を凝視したとき、通信室に詰めている通信参謀山本唯志(やまもとただし)大尉が報告を上げた。

「味方機より受信！『敵戦艦二隻見ユ。位置、北東水道ヨリノ方位一三五度、一七(ヒトナナ)〇(マル)（一万七〇〇〇メートル）』。鹿屋空指揮官機からの報告です！」

田中が、即座に「了解！」と返答し、次いで大声で命じた。

「二水戦、針路、速度ともこのまま」

「本艦、針路、速度ともこのまま！」

花房は航海長井口悟少佐に指示を伝え、ちらと上空を見た。

第二艦隊の水上機搭載艦は、戦闘の開始に先立って観測機を発進させたが、それらの機体よりも先に、陸攻隊の指揮官機が報告を送って来たのだ。

陸攻、艦攻は、雷撃を終えた後もすぐには飛行場に戻らず、二艦隊への支援を続けるつもりらしい。

「感謝する」

花房はそう呟き、上空の味方機に、胸中で手を合わせた。

「後部見張りより艦橋。四、五戦隊、北東水道通過」

また新たな情報が、「鬼怒」の艦橋に上げられる。

第四戦隊の「鳥海」「摩耶」と第五戦隊の「妙高」「羽黒」「那智」「足柄」、合計六隻の重巡が、二水戦に続いて、環礁の外に躍り出したのだ。

四戦隊の「鳥海」は、東シナ海海戦で重傷を負った南雲忠一中将に代わって第二艦隊の司令長官に親補された三川軍一中将の旗艦となっている。

敵巡洋艦、駆逐艦を攻撃し、二水戦の突撃を掩護することが、重巡六隻の役割だ。

その後方には、第二艦隊で最も大きな火力を持つ第三戦隊の金剛型戦艦三隻が控えていた。

「そろそろ来る頃かな?」

遠山が呟き、敵艦隊に双眼鏡を向けた。

今のところ、敵からの発砲はない。

日本艦隊が環礁の外に出て来たことに気づいていないはずはないが、「鬼怒」の周囲に敵弾の水柱が上がることも、敵の駆逐艦が行く手を遮ることもない。

二水戦は「鬼怒」を先頭に、三五ノットの最大戦速で突撃を続けている。

「環礁からの出撃が、敵の意表を衝いたのでしょうか?」

水雷参謀の助川弘道少佐が言った。

第二艦隊の三川司令長官は、

「地の利を最大限に活かした戦術で敵を迎え撃つ」

との考えに基づき、全艦に環礁の内側——春島の南東側海面での待機を命じた。

春島は三角定規のような形をしており、南東側はその斜辺に当たる。

ここに待機すれば、夜間は艦が島の陰に隠れる形になり、海上からは視認し難くなる。

戦闘の序盤では身を潜め、航空攻撃と潜水艦攻撃で敵艦隊が混乱したところを見計らって出撃しようというのが、三川の作戦案だった。

その戦法が予想以上の効果を発揮したのだろうか、と助川は考えたのだろう。

「楽観はできぬ。いつ反撃が来てもおかしくない」

遠山が答えたとき、あたかもその言葉を裏付けるかのように、敵弾の飛翔音が聞こえて来た。

「来ます！」

花房が小さく叫んだとき、「鬼怒」の正面で海面が盛り上がり、何本もの水柱がそそり立った。

「鬼怒」は速力を落とすことなく、水柱の間に突っ込む。

鋭い艦首が海水を突き崩し、飛沫が散り、前甲板に朦気（もうき）が立ちこめる。

水柱の太さ、高さから見て、重巡の二〇センチ砲弾のようだ。

遠山が予測した通り、被雷を免れた重巡が、二水戦の突撃を阻止すべく、砲門を開いたのだろう。

敵弾は、続けて飛来する。

新たな飛翔音が急速に迫り、「鬼怒」の頭上を通過する。

若干の間を置いて、後方から弾着の水音が伝わり、

「敵弾、左舷後方に落下！」

と、後部見張員の報告が伝えられる。

数秒後、次の敵弾が襲って来る。

今度は、最初の敵弾同様、「鬼怒」の正面に落下する。弾着位置は、先のものより近い。

水中爆発の衝撃が艦首を突き上げ、基準排水量五一七〇トンの艦体が僅かに震える。

艦は速度を落とさぬまま、林立する水柱の間に突っ込む。崩れる海水が、前方と左右から「鬼怒」の前甲板や主砲を叩き、夕立を思わせる音が響く。

甲板に、何条もの海水の流れができるが、それらは左右両舷から海に戻ってゆく。

四度目の敵弾は、「鬼怒」の右舷側にまとまって落下する。

二発が至近弾となり、艦橋から手を伸ばせば届きそうな場所に水柱が噴き上がる。

右舷側の艦底部を突き上げる爆圧に、艦が僅かに傾いだ（かし）ような気がするが、「鬼怒」は変わることなく、全速航進を続けている。

大正一一年（一九二二）一一月、五五〇〇トン型軽巡第二グループの五番艦として竣工し、艦齢は二〇年に達する。

連合艦隊の諸艦艇の中では老齢艦に属するが、そのようなことは微塵も感じさせない動きだ。

至近弾の爆圧は、艦底部から機関を損傷させることがあるが、「鬼怒」が搭載するロ号艦本式缶一二基は、ただの一基も損なわれることなく、力強い鼓動を発している。

敵弾の飛翔音の合間を縫って、

「後部見張りより艦橋。『鳥海』『摩耶』撃ち方始めました！」

歓喜の響きとともに、新たな報告が届けられた。

第二艦隊旗艦「鳥海」と、その姉妹艦「摩耶」が、二水戦への支援砲撃を開始したのだ。

「鬼怒」の艦橋からは死角になるため、重巡部隊の姿を直接見ることはできない。

それでも花房の心眼は、特徴的な艦影を持つ二隻の高雄型重巡が、前部二基の二〇センチ連装主砲を振りかざし、砲撃を行っている姿を見つめていた。

「五戦隊各艦、撃ち方始めました！」

再び、見張員が報告を上げる。

「鳥海」「摩耶」より若干遅れたものの、四隻の妙高型重巡も、砲撃に加わった。

現在の針路から見て、重巡六隻は、前部の主砲二基しか撃てない。

それでも六艦合計二四門の二〇センチ主砲は、混乱のさなかにある米軍の巡洋艦にとり、大きな脅威になるはずだ。

「応えねばなるまいな」

田中がそう呟く声を、花房は聞いた。

何に応えなければならないかは、聞かずとも分かる。

当面の戦場だけに限定するなら、第二艦隊司令部の期待に対して、であり、より巨視的な視点で見るなら、連合艦隊司令部の期待に、ひいては全日本国民の期待に対して、だ。

敵戦艦に対する雷撃の成否には、現在の局面だけではない、今後の戦局全体、ひいては日本そのものの運命がかかっている。そのことを意識しての言葉であろう。

花房は、前方を睨み据えた。

旗艦の責任者として、二水戦司令部を補佐すること。それが「鬼怒」の艦長として、国民の期待に応える道だ、と自分自身を鼓舞した。

——敵弾は、なおしばらく「鬼怒」の周囲に落下していたが、やがて止んだ。
四、五戦隊の二〇センチ主砲が敵巡洋艦を叩きのめしたのか、敵巡洋艦が「鬼怒」

から四、五戦隊に砲撃目標を変更したのかは分からない。

分かるのは、「鬼怒」周辺への弾着が次第に散発的になり、さほどの時間を経ずしてなくなったことだけだ。

直撃弾も、至近弾による被害の報告もない。

「鬼怒」は無傷のまま、一四隻の駆逐艦を率いて、敵戦艦への突撃を続けている。

「敵艦、右前方！」

の声が、唐突に飛び込んだ。

花房が右前方に視線を向けたとき、発射炎が閃き、敵の艦影が瞬間的に浮かび上がった。

数は四隻。さほど大きな艦ではない。

おそらく駆逐艦――先の航空攻撃による被害を免れた艦が、個別に反撃して来たのだ。

「二水戦、砲撃始め！」

「目標、右前方の駆逐艦。砲撃始め！」

田中の命令を受け、花房は射撃指揮所の砲術長森嶋健司(もりしまけんじ)少佐に下令した。

既に照準を合わせていたのだろう、前甲板の二箇所に発射炎が閃いた。

前部に配置されている一四センチ単装主砲四基のうち、右舷前方に指向可能な一、三番砲が砲撃を開始したのだ。

第四潜水戦隊の旗艦として、「鬼怒」がマーシャル諸島のクェゼリン環礁に在泊していたときには、主砲を撃つ機会はなかった。

今回が、「鬼怒」にとって初めての、実戦における主砲の発射となる。

一四センチ砲二門の発射は、戦艦の主砲に比べれば、音量も、発射に伴う衝撃も、遙かに小さい。

それでも間近に聞く砲声には、鉄塊を打ち合わせるような響きがあり、耳朶を微かに痺れさせた。

「一一駆、『吹雪』以下三隻、撃ち方始めました！」

「一二駆、『叢雲』以下三隻、撃ち方始めました！」

後部見張員が、後続艦の状況を報せてくる。

弾着は、敵弾の方が早い。

鋭い唸りとともに、「鬼怒」の前方に飛沫が上がり、炸裂音が届く。

ほとんど間を置かずに、二隻目の敵艦の射弾が飛来する。こちらは一発が至近弾となり、飛び散った海水が舷側にかかる。

「鬼怒」の主砲も、砲撃を繰り返す。

発射のたび、砲声が艦橋内の全ての音をかき消し、発射の反動が、齢二〇年の艦体を震わせる。

(砲戦の原則は同じだ。こちらが先に、直撃弾を得ることだ)

花房はそう考えながら、繰り返し閃く発射炎を見つめている。

駆逐艦の一二・七センチ砲弾は、「豆鉄砲」と揶揄されることが多い。

だが「鬼怒」は、軽巡といっても、駆逐艦より少しはまし、という程度の防御力しか持たない。駆逐艦の一二・七センチ砲弾であっても、当たりどころによっては大きな被害を受ける。

(頼むぞ、砲術長。何としても、先に直撃弾を得てくれ)

花房は、ちらと射撃指揮所がある頭上を見やり、その言葉を投げかけた。

——空振りは、彼我共に六回繰り返した。

「鬼怒」は、合計一二発の一四センチ砲弾を虚しく海中に叩き込んだが、自身も直撃弾を受けることはなかった。

通算七回目の射弾が飛来したとき、花房は敵弾の飛翔音が、これまでとは異なるように感じた。

もしや――花房が不吉な予感を覚えたとき、前甲板に閃光が走り、艦橋全体が凄まじい衝撃に見舞われた。

田中司令官以下の二水戦司令部幕僚や、航海長、航海士ら艦橋の要員たちが大きくよろめき、悲鳴や罵声がそこここから上がった。

続けて、右舷艦首に閃光が走り、新たな衝撃が「鬼怒」の艦体を震わせた。

数秒後、今度は「鬼怒」の射弾が落下した。

右前方に、明らかに発射炎とは異なる光がほとばしった。

光は凄まじい勢いで膨れ上がり、周囲の海面を真昼のように明るく照らした。熱帯のぎらつく太陽が、海面に降りて来たかのようだった。

花房が目を見張ったとき、光は巨大な火柱に変わった。

遠くに落雷したときを思わせる大音響が轟き、夜の海面を殷々と震わせた。

「やった……！」

花房は、驚きと賛嘆の入り混じった声を上げた。

先に被弾したのは「鬼怒」だったが、その報復は即座に、しかも数十倍にして叩き返した。

おそらく「鬼怒」の第七射弾が、敵駆逐艦の魚雷発射管を直撃し、誘爆を引き起こしたのだ。

情報によれば、米海軍の駆逐艦は、帝国海軍の朝潮（あさしお）型や陽炎（かげろう）型と同じく、四連装の魚雷発射管二基を積んでいる。四本の魚雷がいちどきに誘爆を起こしたのでは、ひとたまりもなかったろう。

「敵二、三番艦、火災！」

艦橋見張員の弾んだ声を受け、花房は双眼鏡を敵一番艦の後方に向けた。

魚雷の誘爆を起こした一番艦ほどではないにせよ、敵駆逐艦二隻が火災に見舞われている。後続する駆逐艦の射弾が命中したに違いない。

敵四番艦はかなわじと見て退却したのか、姿が見えない。

二水戦は、前方に立ち塞がった四隻の駆逐艦を撃滅したのだ。

「砲術より艦橋。四番主砲損傷」

「副長より艦長。艦首右舷に直撃弾。兵員居住区損傷」

「了解！」

二つの被害状況報告に、花房は返答した。

主砲一基と兵員居住区なら、損害は軽微だ。「鬼怒」は、まだ戦える。

「そろそろ、敵戦艦が近いはずだが……」

遠山がそう呟いたときだった。

あたかも、その声に応えるかのように、右舷前方の海面に、名状しがたい光がきらめいた。

その光の中に、先に交戦した駆逐艦などとは比較にならない、巨大なシルエットが浮かび上がった。

艦橋内の誰もが、両眼を真円に近くなるほど大きく見開き、何人かが口を目一杯開いた。

何が起きようとしているのかは、誰もが理解しているが、それを口にする者はいなかった。

巨大な飛翔音が、急速に迫る。誰かが叫び声を上げたが、その声を含めたあらゆる音が、頭上を圧する轟音にかき消される。

弾着の瞬間、花房は、「鬼怒」が見えざる手に摑まれたように感じた。

全長一六二・二メートル、全幅一四・二メートル、基準排水量五一七〇トンの艦体は、決して小さくはないが、その艦体が巨浪に翻弄される手漕ぎ船のように激しく揺れていた。

左舷前方に、巨大な水柱が見える。柱と呼ぶより、巨大な海水の山がそそり立っているようだ。

頂（いただき）は、全く視認できない。どれほどの高さがあるのか、見当もつかなかった。

艦が水柱の脇を通過し、後方から膨大な海水が崩れる音が聞こえる。

花房は、休暇のときに栃木県・日光の華厳（けごん）の滝を見物したことがあるが、その落下音よりも激しい音に聞こえた。

「確認せる水柱は三本！」

動揺が収まったところで、艦橋見張員が報告した。

「三本だと？」

花房は、思わず聞き返した。

敵戦艦の主砲塔は四連装砲三基だが、これは実質的に連装砲塔六基と同じだ。弾着修正用の交互撃ち方を用いるのであれば、奇数番砲と偶数番砲六門ずつを発射した方が、早期の直撃弾を得られる筈だ。

それを敢えて三門に抑えたということは、短時間で挟叉（きょうさ）弾か直撃弾を得られる自信があるのか。それとも軽巡や駆逐艦相手なら、一度に三発ずつで充分と判断したのか。

考えを巡らしている間に、新たな敵弾の飛翔音が「鬼怒」の頭上を通過する。

こちらはかなり離れた位置に落下したらしく、「鬼怒」の艦橋からは水柱を視認できない。

若干の間を置いて、

「『黒潮（くろしお）』の後方に弾着！」

「『親潮（おやしお）』より入電。『我、砲撃ヲ受ク』」

後部見張員と通信長から、報告が上がる。

敵は、二水戦の中央を狙って巨弾を撃ち込んだのだ。

「戦艦の主砲を駆逐艦に使うとは……！」

そう叫ぶ遠山の顔は、あり得ない光景を目撃したように歪んでいる。

戦艦の主砲を使う相手は、基本的に同じ戦艦。せいぜい、一万トンクラスの巡洋艦までだ。

五五〇〇トンクラスの軽巡や、二〇〇〇トンそこそこの駆逐艦を戦艦の主砲で砲撃するなど、鶏を割くのに牛刀をもってする類（たぐい）。あまりにも非常識だ――と言いたげだった。

敵の艦上に第二射の閃光がほとばしったとき、

「砲術より艦橋。敵戦艦二隻、右一五度、一二〇（ヒトフタマル）（一万二〇〇〇メートル）！」

森嶋砲術長が、緊張した声で報告した。

「一二〇（ヒトフタマル）か。まだ遠いな」

花房は呟いた。

距離一万二〇〇〇メートルは、九三式六一センチ魚雷の射程距離だが、このような遠方から魚雷を発射しても、命中確率は極めて小さい。必中を狙うなら、この半分以下に距離を詰めなくてはならない。

ちらと、田中の痩せた長い顔を見やる。

田中は艦橋の中央に仁王立ち（におうだ）ちとなったまま、身じろぎもしない。ただ、敵戦艦がいる右舷前方を凝視している。どのようにすべきか、思考を巡らしているようだ。

第二射弾の飛翔音が、急速に迫った。

弾着と同時に、「鬼怒」の艦体が大きく持ち上げられたように感じられた。

次いで、艦が大きく沈み込んだ。あたかも、奈落の底に突き落とされたように感じられた。

艦全体が、きしむような音を発する。

老朽化が進んだ「鬼怒」の艦体が、至近弾落下の衝撃に堪えかねているようだった。

艦の左舷至近に、白い海水の岩峰が見える。第一射弾のそれよりも、かなり艦に近い。

敵弾は、「鬼怒」の舷側を擦らんばかりの近距離に落下したのだ。艦が横転しなかったのが、奇跡に思えるほどだった。

動揺が収まったとき、新たな飛翔音が聞こえた。

敵弾のそれではないことは、音が聞こえて来た方角から分かった。

「もしや……」

花房があることを悟ったとき、音は「鬼怒」の頭上を、後ろから前に通過した。

数秒後、歓喜の声が、後部見張員より上げられた。

「三戦隊、撃ち方始めました！　『霧島』『金剛』『榛名』の砲撃です！」

2

日本戦艦の第一射弾は、全弾が戦艦「コネチカット」「ワイオミング」の左舷側海面に落下した。

ＣＩＣでは、奔騰する水柱を見ることはできなかったが、艦底部から微かに伝わって来る振動によって、はっきりそれと分かった。

「どこからの砲撃だ？」

「発射炎の観測位置は、本艦よりの方位二五〇度、二万四〇〇〇ヤード（約二万二〇〇〇メートル）。礁湖からの砲撃です」

ハズバンド・E・キンメル太平洋艦隊司令長官の問いに、射撃指揮所と連絡を取っていた砲術参謀マイク・ロトンド中佐が報告した。

続いて、「コネチカット」艦長アラン・ウッドワース大佐と、通信室に詰めていた通信参謀ハリー・ベイツ中佐より、

「目視確認された水柱は三本。太さ、高さからして、三六センチ砲弾と判断されます」

「観測機からの報告を受信しました。敵戦艦は三隻、タイプは不明」

との報告が、連続して届けられた。

「三六センチ砲戦艦か……」

「おそらく、コンゴウ・タイプです」

呟いたキンメルに、ウィリアム・スミス参謀長が言った。

根拠を聞かずとも、キンメルには、スミスの推測の正しさが分かった。

日本海軍の三六センチ砲戦艦は三タイプ。

タイプ名は「コンゴウ」「フソウ」「イセ」だ。

コンゴウ・タイプは四隻あるが、一隻は昨年一二月一九日の宮古島沖海戦で損傷し、ドック入りしているから、稼働状態にあるのは三隻だ。

一方、フソウ・タイプとイセ・タイプはそれぞれ二隻ずつだから、これらがトラックに展開しているのであれば、二隻ないし四隻となる可能性が高い。

日本海軍は、コンゴウ・タイプ三隻を礁湖の中に配置し、水雷戦隊や巡洋艦部隊への掩護射撃を実施させているのだ。

「射撃目標を、戦艦に変更しますか？」

「いや、このままだ。それよりも水雷戦隊を掃討し、魚雷の脅威を除く」

スミスの問いに、キンメルは躊躇なく答えた。

夜間に、二万四〇〇〇ヤードの距離で撃っても、まず当たらない。

仮に当たっても、コネチカット級戦艦の装甲鈑は、「自艦の主砲で決戦距離から撃たれても耐えられる」という要件を、十二分に満たしている。

日本海軍では最も強力なナガト・タイプの主砲弾でさえ、軽々と跳ね返せるのだ。

ナガト・タイプの主砲より破壊力が劣るコンゴウ・タイプの三六センチ砲など、

コネチカット級の装甲鈑を凹ませることさえできないだろう。

脅威は、むしろ水雷戦隊の方が大きい。

駆逐艦が搭載する魚雷は、宮古島沖海戦で沈んだ「ジョージア」「メイン」同様、「コネチカット」「ワイオミング」に致命傷を与える可能性があるからだ。

キンメルは、傲然と胸を反らして言った。

「敵戦艦には、撃ちたいだけ撃たせておけ。水雷戦隊を一掃した後で、叩き潰してくれる」

3

第三戦隊の支援砲撃が、ほとんど役に立っていないことが判明するまでに、さほど時間はかからなかった。

二隻の敵戦艦は、それまでと変わることなく、二水戦に巨弾を浴びせ続けている。

砲撃目標が変更される様子は、全くない。

「霧島」「金剛」「榛名」の砲撃など、歯牙にもかけていない様子だった。

「さすがは米軍だ。何が自軍にとって最大の脅威になるか、よく承知している」

至近弾落下の衝撃に、艦全体が揺さぶられる中、田中頼三二水戦司令官が、賛嘆と忌々しさの入り混じった声で言った。

金剛型の三六センチ砲では、米軍の戦艦を沈めるどころか、傷を負わせることすら難しいが、二水戦の各艦が搭載する九三式六一センチ魚雷は、戦艦を沈める力を持っている。

そのことは、昨年の東シナ海海戦で、当の二水戦自身が証明している。

米艦隊は、それを承知しているからこそ、二水戦に砲撃を集中しているのだ。

また、新たな敵の射弾が落下して来る。

今度は二発が「鬼怒」の右舷至近に落下する。

右舷艦底部から突き上がった爆圧に、「鬼怒」は大きく左に傾ぐ。艦橋内の多くの者がよろめき、何人かは転倒する。

左舷側の黒い海面が大きくせり上がり、艦橋に迫る。今にも艦が横転し、艦橋に大量の海水が奔入して来るのではないか、と錯覚するほどだ。

それでも「鬼怒」は、辛うじて横転を免れる。

艦が揺り戻され、左舷側に大きく傾いた反動で、右舷側に傾斜する。きしむような音が、艦橋に伝わって来る。

至近弾落下の衝撃だけで、「鬼怒」がばらばらになりかねない——そんな危惧を抱かせるほどの衝撃だった。

「『親潮』轟沈！」

後部見張員が半ば絶叫と化した声で、「鬼怒」の艦橋に報告を送って来た。

おどろおどろしい爆発音が、その声に続いた。

隊列のほぼ中央に位置していた第一五駆逐隊の二番艦「親潮」に、敵戦艦の巨弾が直撃したのだ。

基準排水量はたかだか二〇〇〇トン、装甲鈑もほとんど持たない駆逐艦が、戦艦の巨弾に耐えられる道理がない。

「親潮」は、二三九名の乗組員もろとも、文字通り消し飛んだに違いなかった。

「二水戦、散開！　各駆逐隊毎に、敵に突撃せよ！」

次の敵弾が来る前に——と考えたのか、田中が慌ただしく下令した。

「散開ですか、司令官？」

驚いた表情で聞いた遠山安巳首席参謀に、田中は即答した。

「散開だ」

この状況下では、他に有効な策はない——と言いたげだった。

（肉を切らせて骨を断つ、か）

花房唯文「鬼怒」艦長は、賛嘆の思いで、自分たちの司令官を見つめた。

各駆逐隊毎に散開し、同時異方向からの突撃をかければ、敵も照準を付けにくくなると、田中は睨んだのだ。

何隻かは、敵戦艦の主砲弾に粉砕されるであろうが、残存艦は射点に取り付き、雷撃を敢行できる。

どの艦が生き延びられるかは、運と考える以外にない。

一見、非情なやり方ではあるが、現状では、他に有効な策がないのも確かだった。

「艦長、本艦針路七五度。旗艦は、敵戦艦の前方に回り込む」

「分かりました。――取舵。針路七五度！」

田中の命令に応じ、花房は井口悟航海長に命じた。

「取舵。針路七五度！」

井口が大音声で、操舵室に指示を送る。

舵が利き始めるまでの間に、なおも敵弾が「鬼怒」の周囲に落下する。

今度は至近距離への落下はなかったが、二発が前方に着弾し、膨大な量の海水が奔騰して、「鬼怒」の面前に立ち塞がる。

三五ノットで突撃を続ける「鬼怒」が、海水の壁に突っ込む。膨大な量の海水が、南海のスコールさながらの音を立てて、「鬼怒」の甲板を、主砲を、艦橋を叩く。

狂騒の中で、「鬼怒」の舵が利き始める。

降り注ぐ膨大な海水の真下で、「鬼怒」が艦首を左に振り、七五度に変針する。

艦が直進に戻ると同時に、

「一一駆、本艦に後続します！」

「一二駆、直進します！」

「一五駆、一六駆、面舵！」

見張員の報告が、続けざまに飛び込んだ。

二水戦隷下の四個駆逐隊のうち、「鬼怒」のすぐ後ろにいた第一一駆逐隊の「吹雪」「白雪（しらゆき）」「初雪（はつゆき）」は「鬼怒」に付き従い、その後方にいた第一二駆逐隊の「叢雲」「東雲（しののめ）」「白雲（しらくも）」は現針路を保ち、第一五駆逐隊の「黒潮」「早潮（はやしお）」「夏潮（なつしお）」と第一六駆逐隊の「初風（はつかぜ）」「時津風（ときつかぜ）」「天津風（あまつかぜ）」「雪風（ゆきかぜ）」は面舵を切って、敵船艦の後方に食らいつく道を選んだのだ。

これで二水戦は、四隊に分かれて、敵戦艦に突撃することになる。

「鬼怒」の転舵によって相対位置が変わったためだろう、一旦敵の弾着が遠ざかる。

敵弾の飛翔音や弾着時の水音は聞こえるが、水柱が見える位置は遠く、弾着時の衝撃も小さい。

「司令官、こちらも撃ちます！」

「よし、撃て！」

花房の具申に、田中は即答した。

「目標、敵戦艦一番艦。砲撃始め！」

花房は、森嶋健司砲術長に下令した。

既に照準を合わせていたのだろう、「鬼怒」の右舷側に向けて発射炎が閃き、一四センチ砲の砲声が甲板上を駆け抜ける。

軽巡の一四センチ砲弾で、米戦艦の分厚い装甲鈑を貫通できる道理はないが、戦艦とて全ての箇所に装甲が張り巡らされているわけではない。測距儀、通信アンテナ、両用砲等、被弾に弱い箇所はある。

うまくすれば、それらを破壊し、敵に打撃を与えられるかもしれない。

「『吹雪』撃ち方始めました。『初雪』『白雪』撃ち方始めました」

後部見張員が報告を上げる。

軽巡の一四センチ砲も、駆逐艦の一二・七センチ砲も、戦艦の巨砲とは到底比較にならない。

それでも「鬼怒」は、三隻の駆逐艦と砲列を揃え、強大な敵に少しでも打撃を与えるべく、砲撃を繰り返す。

敵戦艦の弾着位置が、再び「鬼怒」に接近して来る。海面に奔騰する水柱が、次第に大きく、太くなり、艦底部を突き上げる衝撃も増してくる。

「旗艦針路一〇〇度！」

「面舵、針路一〇〇度！」

田中の指示を受け、花房は井口に命じる。

「鬼怒」はしばし直進を続けた後、艦首を右に振る。

右舷前方に見えていた、敵戦艦の巨大な影が左に流れ、正面に近い位置に来る。

敵戦艦の射弾は、一射毎に「鬼怒」に近づいていたが、回頭によって狙いを外されたためだろう、「鬼怒」の頭上を飛び越え、左舷後方の海面に落下する。

水柱は見えないが、弾着時の水音や、水中爆発の衝撃だけは、はっきりと伝わって来る。

「甘酒進上（あまざけしんじょう）、だな」

花房は、後方から伝わる音を聞きながら呟いた。

弾着が近づいたところを見計らって変針し、照準を狂わせる。敵の砲術科員は、弾着修正を最初からやり直す羽目になる。

その間に、こちらは敵との距離を詰め、雷撃の射点に近づいてゆく……。

花房が顔を上げ、敵戦艦のシルエットを見据えたとき、その艦上に異変が生じた。

これまでよりも遙かに強烈な閃光が走り、艦の周囲から、闇を吹き払ったのだ。

瞬間的なものではあるが、艦の姿や周辺海面が、これ以上はないほどくっきりと見えた。先に「鬼怒」が、敵駆逐艦に誘爆を起こさせたときの光をも、大きく凌いでいた。

若干の間を置いて、敵戦艦の後方――二番艦の位置にある艦も、強烈な閃光をきらめかせる。光量は、敵一番艦とほとんど同じように感じられる。

「まさか――」

遠山がそう叫びかけ、絶句した。

その声に、敵弾の飛翔音が重なった。音量は、これまでの比ではない。海そのものが裂けたかと思うほどだった。

轟音が急速に迫り、艦全体を包み込む。

それが消えると同時に、「鬼怒」の左舷側海面に巨大な水柱が奔騰し、艦が激しく振動する。

弾着の衝撃に揺さぶられる「鬼怒」の後方から、不意に赤い光が差し込んだ。光の大部分は艦橋に遮られたが、前甲板の縁や、右舷側に向けられている一四センチ主砲の砲身が照らし出された。

若干の間を置いて、落雷さながらの爆発音が伝わって来た。

「『吹雪』轟沈！」

との報告が、それに続いた。

「やられたか……！」

花房は呻いた。

何が起きたのかは、分かっている。

米軍の指揮官は、主砲弾がなかなか命中しないことに業を煮やし、斉射に踏み切ったのだ。弾数が増えれば、命中確率も増大するのは自明の理だ。

敵一番艦の第一斉射弾は、広範囲に散らばったものの、一発が一一駆の司令駆逐艦「吹雪」を直撃し、粉砕したのだった。

敵一番艦の艦上に、再び斉射の発射炎が閃く。

「し、司令官――！」

「まだ、挟叉はされていない。敵は、まぐれ当たりを狙っているだけだ」

恐慌に駆られたような遠山の声とは対照的に、田中は冷静な声で諭すように言った。

その間にも、敵弾が大気を震わせながら飛来する。

今度は「鬼怒」の左舷至近に、一発が落下する。

巨大な水柱が、舷側をかすめてそそり立つと同時に、爆圧が後部の艦底部を突き上げ、「鬼怒」は大きく前方にのめる。

束の間、艦首が海面すれすれにまで沈み込み、艦がこのまま沈没するのではないかと錯覚させる。

数秒後には、揺り戻しによって艦尾が沈み込み、艦首が僅かに持ち上がる。

動揺がやや収まったところで、花房は機関長の堀川雄作(ほりかわゆうさく)機関少佐を呼び出した。

「缶室に異常はないか？」

「八、一〇番缶室に浸水がありますが、全力発揮は可能です」

堀川は、力強い声で返答した。

「もう少し、頑張ってくれ」

と言葉をかけ、花房は受話器を置いた。

強靭だ。本艦の心臓も、そこを守る部下たちも――と、口中で呟いた。

缶室に詰めている機関科員たちには、戦況は分からない。それでも、繰り返し襲って来る衝撃から、尋常ならざる事態が艦を見舞っていることは、ある程度察知しているだろう。

にも関わらず、彼らは黙々と自分たちの持ち場を守り、「鬼怒」の重油専焼缶に全力を発揮させ続けている。

繰り返し至近弾を受けても、出力が衰えない「鬼怒」の機関のようだ。いや、彼らに守られているから、本艦の機関が全力を発揮し続けられるのかもしれない……。

田中の新たな命令が、花房の耳に届いた。

敵戦艦の砲撃を受けて以来、三度目の変針命令だ。不規則に転舵を繰り返し、敵の射弾を外そうというのだ。

「旗艦針路七五度！」

「取舵。針路七五度」

「取舵。針路七五度！」

花房の指示を受け、井口が操舵室に命じる。

敵の巨弾が繰り返し飛来する中、「鬼怒」はなおしばらく直進を続けた後、左舷側に艦首を振る。

正面に近い場所に見えていた敵戦艦が右に流れ、右舷前方に移動する。

その艦影を見据えながら、田中が呟いた。

「そろそろ、射点に取り付く艦が出る頃か」

旗艦「鬼怒」や一一駆から分かれた二水戦隷下の各駆逐隊は、思い思いの方角から、二隻の敵戦艦に突進していた。

一二駆の「叢雲」「東雲」「白雲」は、横腹から突入するように敵一番艦を目指し、一五駆の「黒潮」「早潮」「夏潮」は、敵二番艦の艦首に突進している。

二水戦の最後尾にいた一六駆――「初風」「時津風」「天津風」「雪風」は、敵二番艦の艦尾を指して、最大戦速で突進していた。

一六駆の先頭に立つ司令駆逐艦「初風」の艦橋からは、敵二番艦の艦影が見えている。

艦の前部に集中配置された主砲が発射炎を閃かせるたび、強烈な閃光が米新鋭戦艦の巨大な主砲塔や艦橋、煙突等を浮かび上がらせる。上部構造物の間隔は小さく、全てが一体化しているように見える。

艦の後部に、ちょっとした山がそびえているようだった。

「美しい艦ではないな」

一六駆司令渋谷紫郎大佐は、「初風」駆逐艦長高橋亀四郎中佐がそう呟くのを聞いた。

帝国海軍では、利根型軽巡洋艦が米新鋭戦艦と同様の主砲配置を採っている。主砲全てを前部に集中し、後甲板は航空兵装に充て、水上機六機の運用能力を持たせたのだ。

ただ、利根型は艦橋を中心に、上部構造物がバランスよく配置された流麗な艦容を持つが、前方の敵戦艦に、利根型が持つ美観はない。艦橋や煙突が後ろに寄っており、お世辞にもバランスが取れた形状とは言えない。

「艦の価値は、外観で決まるわけではないからな。醜い艦でも、恐るべき火力を持っている」

「確かに……」

諫めるような口調で言った渋谷に、高橋は頷いた。

渋谷も、高橋も、各駆逐隊が散開する前、一五駆の「親潮」が敵弾の直撃を受け、消し飛ぶ様をはっきりと目撃している。

「親潮」の中央部に閃光が走った直後、巨大な火焔が艦を呑み込んだのだ。

炎が、海中に吸い込まれるようにして姿を消した後、「親潮」の姿は、既にそこにはなかった。戦艦や巡洋艦に比べれば小さいとはいえ、全長一一八・五メートル、全幅一〇・八メートル、基準排水量二〇〇〇トンの艦が、二三九名の乗組員もろとも、神隠しにでもあったかのように消失したのだ。

「親潮」以外にも、一隻の駆逐艦が撃沈された旨を、見張員が報告している。

防御の弱い駆逐艦に対し、戦艦の主砲弾がどれほどの威力を発揮するかを、思い知らされたのだ。

そのような敵に、肉迫雷撃を仕掛けるなど、蛮勇を通り越している――と、渋谷は思う。

とはいえ、強敵であるからこそ、今この場で葬り去らねばならない、とも言える。

幸い、二隻の敵戦艦は、一六駆には砲門を向けて来ない。一六駆は、敵二番艦の艦尾を指して突進しているため、敵主砲の射界から外れているのかもしれない。

だとすれば、願ってもない好機だ。

四隻の駆逐艦がいちどきに発射できる魚雷は三二本。命中率を一割としても、三本は命中する。

強力無比の破壊力を持つ九三式六一センチ魚雷だ。どれほどの巨艦であろうと、三本も被雷すれば、航行困難な打撃を受ける。

艦は浸水によって大きく傾斜し、主砲の射撃精度も保てなくなる。

二隻は無理でも、最低一隻は我々の手で仕留めてやる、と渋谷は闘志を燃やしていた。

「距離七〇(ナナマル)（七〇〇〇メートル）！」

「あと三〇〇〇だな」

見張員の報告を受け、渋谷は呟いた。

九三式六一センチ魚雷の射程距離は、雷速四八ノットで二万二〇〇〇メートル。既に魚雷の射程内に踏み込んでいるが、距離七〇〇〇では、まだ高い命中率は望めない。

雷撃距離は四〇〇〇。それまでは堪えると渋谷は決めていた。

敵戦艦二隻は、なおも砲撃を続けている。

左舷側海面に、また新たな爆発光が閃き、巨大な火柱が海面に奔騰する。

第一五駆逐隊がいるあたりだ。「黒潮」「早潮」「夏潮」のいずれかがやられたに違いない。

「これで三隻目ですか……」

高橋の呻くような声が、渋谷の耳に届いた。

一五駆の三隻は、いずれも「初風」と同じ陽炎型に属する。編隊航行訓練を何度も共にし、乗員には、親しく言葉を交わした者たちも多い。

その戦友たちが乗った艦が、目の前で粉砕されたのだ。動揺しないではいられないであろう。

「仇はすぐに取る！」

渋谷は、宣言するように言った。

あの艦を沈めることが、たった今艦と運命を共にした戦友たちへの、最大の供養だ――そう考え、敵戦艦のシルエットを凝視した。

「距離六〇（ロクマル）！」

の報告が上げられた直後、それは起きた。

これまで沈黙していた敵二番艦の後部に、出し抜けに爆発したような光がほとばしったのだ。

「主砲……？　いや、まさか……！」

渋谷がうろたえたような叫びを上げたとき、主砲弾のそれとは異なる飛翔音が迫り、「初風」の周囲に無数の飛沫が噴き上がった。

一発当たりの威力は、さほどでもない。「初風」の一二・七センチ砲弾と、同程度のようだ。

ただ、数だけは非常に多い。

小口径砲弾多数の飛来は、一度だけでは終わらなかった。

敵二番艦の後部に、およそ四、五秒置きに多数の発射炎が閃く。

少なめに見積もっても、十数発の小口径砲弾が、唸りを上げて襲いかかり、「初風」の前方に、左右に、次々と小爆発の飛沫を上げる。

「う、撃て！　反撃しろ！」

高橋が射撃指揮所に命じた直後、前甲板に爆発光が走り、「初風」の艦体が衝撃に震えた。

一番主砲の砲身が二門とも吹き飛ばされ、引き裂かれた防楯や天蓋が、大きくまくれ上がっている。

二、三番主砲は、敵を射界に収めていないため撃てない。「初風」は、早くも反撃の手段を失ったのだ。

高橋が対処指示を出すよりも早く、新たな敵弾が飛来する。

艦首甲板が抉られ、舷側に破孔が穿たれ、一番煙突の上半分が吹き飛ばされる。直撃弾は、艦体と上部構造物を問わず、命中箇所を確実に破壊し、「初風」を一寸刻みに残骸へと変えてゆく。

渋谷にも、高橋にも、何もできない。

間断なく襲って来る敵弾の飛翔音、炸裂音、破壊音に遮られ、対処指示を伝えることもできない。

ただ艦橋に立ち尽くし、「初風」が鉄のぼろと化していく様を、呆然と見守るだけだった。

――被害が缶室に及び、行き足が完全に止まったとき、「初風」は上部構造物の過半を破壊され、激しく炎上していた。

三基の一二・七センチ連装砲は全て爆砕され、甲板の板材はあらかた吹き飛ばされ、艦橋は半ば崩れ落ち、二本の煙突は中央部から上が消失している。

艦体は孔だらけになり、そのほとんどから、黒煙を噴き出している。

渋谷司令も、高橋駆逐艦長も、その姿を見ることはない。艦橋内にいた人々は、全員が艦橋の残骸――引き裂かれた側壁やひん曲がった鋼材の下敷きとなり、生死不明の状態だ。

炎と煙、死と混乱が、全艦を覆っていた。

「初風」が停止する直前、敵二番艦は、小口径砲による射撃目標を、一六駆の二番艦「時津風」に変更している。

「時津風」も、後続する「天津風」「雪風」も、前部の一番主砲で応戦したが、弾量は勝負にならない。

一六駆の三隻が、前部の主砲しか使用できないのに対し、敵二番艦は、多数の小口径砲を揃えて、雨霰（あられ）と射弾を浴びせて来るのだ。

「時津風」「天津風」「雪風」が一射を放つ間に、敵艦からは一〇発以上が飛んで来る。

「初風」落伍により、先頭に立った「時津風」の周囲に、おびただしい敵弾が落下する。

最初の直撃弾が、「時津風」の艦首甲板で炸裂した後は、「初風」と同じだ。

敵弾は、「時津風」の主砲、艦橋、艦体、煙突と、ところ構わず命中し、瞬く間に戦闘力を奪ってゆく。「時津風」の主砲が沈黙し、行き足が完全に止まるまで、一分とかからない。

「時津風」の上部構造物は、原形を留めぬまでに破壊され、炎と黒煙が艦上をのたうっている。

一六駆の二番艦もまた、無数の小口径砲弾による破壊を受け、残骸へと変わったのだ。

「お、面舵一杯。一旦避退する！」

三番艦「天津風」の艦橋に、駆逐艦長原為一（はらためいち）中佐の声が上がった。

残された二隻の艦長では、原が先任となるため、「天津風」が「雪風」の指揮権をも持つことになる。

原は、「初風」「時津風」が瞬く間に戦闘不能になるのを見て、肉迫雷撃は不可と判断したのだ。

「面舵一杯！」

航海長脇田恒雄（わきたつねお）中尉が操舵室に下令し、「天津風」が艦首を大きく右に振る。

後続する「雪風」から、「突入サレタシ」との具申が送られて来るが、原がそれに耳を貸すことはなかった。

この時点では、二水戦隷下の他の駆逐隊も、同様の運命を辿っている。

第一二駆逐隊は、「叢雲」「東雲」の二隻が、一六駆の「初風」「時津風」同様、敵一番艦の小口径砲多数に叩きのめされ、第一五駆逐隊は、司令駆逐艦の「黒潮」

とその後方にいた「早潮」が、敵二番艦の主砲弾に粉砕された。

二水戦旗艦「鬼怒」と第一一駆逐隊の「白雪」「初雪」は被弾を免れているが、肉迫して雷撃を見舞うどころではない。

繰り返し飛来する敵戦艦の主砲弾を回避するだけで精一杯だ。

二水戦の駆逐艦は半減し、陣形も崩れている。

「鬼怒」の艦橋では、田中頼三司令官が憤怒の形相で敵戦艦を睨み付け、残存する駆逐艦の艦橋では、駆逐艦長が絶望的な面持ちを浮かべている。

何とか、状況を打開しなければならない。だが自分たちの力では、どうすることもできない――そんな焦慮と、救いようのないもどかしさが、全員の表情にあった。

その彼らの耳に、新たな砲弾の飛翔音が届いた。

敵戦艦の主砲弾でも、多数の小口径砲弾でもない。

飛翔音は、西から聞こえたのだ。

「鬼怒」や、残存駆逐艦七隻の艦橋に、新たな報告が飛び込んだ。

「四、五戦隊、敵戦艦に砲撃を開始しました！」

4

日本軍の巡洋艦六隻が放った射弾の大部分は、「コネチカット」「ワイオミング」の手前──左舷側海面に落下したが、一発だけが「コネチカット」の後部を直撃した。

衝撃はほとんど感じなかったが、爆発音が「コネチカット」のCICにも届いたことから、ハズバンド・E・キンメル太平洋艦隊司令長官は、「コネチカット」が被弾したと悟った。

「戦艦か?」

「いえ、巡洋艦です。敵巡洋艦六隻が、本艦への砲撃を開始したのです。タイプは、タカオ・タイプおよびミョウコウ・タイプと判断されます」

戦闘艦橋と連絡を取っていたチャールズ・マックモリス首席参謀が即答し、次いでスティーヴ・ロメロ作戦参謀が報告した。

「被弾箇所は左舷後部。両用砲を一基やられた模様です」

報告を受けている間にも、新たな敵弾が殺到する。

後方から爆発音が、二回連続して届き、

「八番両用砲、および二番射出機損傷！」

の報告が上げられる。

「舐められたものだな」

キンメルは、頭に血が上るのを感じた。

コネチカット級は合衆国最強であるのみならず、世界最強の戦艦だ。日本海軍の戦艦など、全く相手にならない存在だ。

そのコネチカット級を、しかも自身の旗艦を、たかだか巡洋艦が傷つけたという事実が、キンメルの頭に血を上らせた。

「『クイーン1、2』、主砲目標敵巡洋艦。どの巡洋艦を叩くかは、艦長の判断に任せる。両用砲は、敵駆逐艦への砲撃続行！」

キンメルは長官席から立ち上がり、大音声で命じた。

「主砲は、敵の水雷戦隊に向けた方がよいのでは……？」

「その必要はない。巡洋艦を叩け」

異論は許さぬ——その意を込めて、キンメルは命じた。

「敵の水雷戦隊は四分五裂（しぶんごれつ）だ。両用砲だけで充分だ。それに日本軍は、巡洋艦にも雷装を施している。放置しておけば、巡洋艦が雷撃をかけて来る可能性もある」

「分かりました！」

スミスが頷き、キンメルの指示を通信室に伝えた。

やり取りを交わしている間にも、「コネチカット」は、敵巡洋艦の射弾に繰り返し捉えられている。

主砲塔の正面防楯や、艦中央部の主要防御区画に命中した砲弾は、あっさりと跳ね返したが、後部に集中している両用砲や、艦橋、煙突の周囲に設けられている対空機銃、板張りの甲板等は、次々と破壊される。

「コネチカット」だけではない。後方の「ワイオミング」からも、被弾に伴う黒煙が噴き出している。

戦艦の命とも呼ぶべき主砲塔や、艦の心臓部たる機関は全くの無傷だが、それ以外の上部構造物には、被害箇所が増えてゆく。

もはや猶予はならなかった。

「本艦、射撃開始します」

報告が上げられるや、艦の前部から傲然たる砲声が届き、艦全体を震わせた。

「コネチカット」が、各砲塔一門ずつ、三門の四〇センチ主砲を発射したのだ。

「『ワイオミング』射撃開始」

の報告が、若干の間を置いて上げられる。

重量一トンの巨弾六発が、三発ずつ時間差を置き、轟音を上げて飛翔する。

彼我の距離が接近したことや、軽巡や駆逐艦より目標が大きいことが幸いしたのか、挟叉弾を得るまでに、さほどの時間はかからなかった。

「コネチカット」の第二射弾が落下した直後、

「目標を挟叉。次より斉射に移行」

との報告が、アラン・ウッドワース艦長より上げられた。

「うむ！」

キンメルは満足感を覚え、大きく頷いた。

「戦艦で勝てぬからといって、巡洋艦以下の艦艇を総動員したのだろうが、ちゃちな小細工では、真に強力な戦艦は沈められぬ。そのことを、思い知らせてくれるぞ」

その一言を、日本軍に投げかけた。

二〇秒ほどが経過したとき、「コネチカット」が、この日最初の斉射を放った。

コネチカット級戦艦が、実戦において実施する、初めての斉射だった。

発射の瞬間、強烈なボディ・ブロウを思わせる衝撃が、キンメルの下腹を突き上げ、落雷を思わせる巨大な砲声が、「コネチカット」の艦首から艦尾までを駆け抜けた。

弾着を待つ間にも、敵巡洋艦の射弾が「コネチカット」に降り注ぐ。

主要防御区画への直撃弾は、命中したことさえ分からない。ＣＩＣには、衝撃も、装甲鈑が敵弾を弾いた音も伝わって来ない。

それでも、時折後方から伝わる炸裂音から、両用砲や機銃、甲板が被弾したことが分かる。

「命中！　敵巡洋艦一隻、轟沈です！」

の報告が、ほどなくＣＩＣに送られた。

――キンメル以下の幕僚たちは知る由もなかったが、このとき「コネチカット」の艦橋から見えたものは、敵巡洋艦三番艦の周囲に奔騰する巨大な水柱と、その内側に走った赤い閃光だけだった。

水柱が崩れたとき、敵艦もまた姿を消している。

その内側で何が起きたのか、うかがい知ることは全くできない。

分かることは、基準排水量一万トンクラスの重巡が、ただ一度の斉射で、海上から完全に姿を消したことだけだった。

「コネチカット」が、新たな目標への照準を合わせるべく、一旦砲撃を中止している間に、

「『ワイオミング』斉射！」

「命中！　敵巡洋艦五番艦、撃沈を確認！」

との報告が上げられる。

敵の艦上で、どのような地獄図が展開されたのか不明だが、結果は全く同じだ。

コネチカット級戦艦の四〇センチ主砲は、直撃弾を得るたびに、敵の巡洋艦を一隻ずつ、確実に沈めてゆく。

例外は、ただの一隻もない。

巡洋艦相手に用いる火器としては、威力が過剰な気もするが、それが世界最強の艦載砲の威力だった。

「新目標は、敵巡洋艦四番艦。射撃開始します」

ウッドワースが弾んだ声で報告した直後、レーダーマンが緊張した声で、新たな敵の動きを報せた。

「敵巡洋艦、取舵！　回避行動に入る模様！」

「敵駆逐艦、本艦と『ワイオミング』に接近します！」

5

このとき、第二水雷戦隊旗艦「鬼怒」と、第一一駆逐隊の「白雪」「初雪」は、何度も転舵を繰り返したため、敵戦艦一番艦を、右七五度に見る位置に移動していた。

丁字戦法に近い格好だ。

砲戦では理想とされるが、「鬼怒」の一四センチ砲や「白雪」「初雪」の一二・七センチ砲では、戦艦には全く通じない。

かといって、雷撃を敢行しても命中確率は極めて小さい。対向面積が最小となる正面からの雷撃に近い上、敵戦艦の航進に伴う水圧で、魚雷が跳ね飛ばされる可能性が高いためだ。

「旗艦、一一駆、左魚雷戦！」

「針路一八〇度！」

状況を素早く見て取ったのだろう、田中頼三二水戦司令官が凛とした声で命じた。

「面舵一杯。針路一八〇度！」

「左魚雷戦！」

花房唯文「鬼怒」艦長は、井口悟航海長と、水雷長宇佐美(うさみ)省吾(しょうご)少佐に続けざまに命じた。

「面舵一杯。針路一八〇度！」

井口が操舵室に下令し、「鬼怒」はしばしの直進の後、艦首を大きく右に振る。

右舷正横に見えていた敵戦艦が左に流れ、艦の正面から左舷前方へと移動してゆく。

三基の巨大な主砲塔が、「鬼怒」に向けられることはない。四、五戦隊の重巡群に向け、繰り返し発砲している。

両用砲は、死角になるため、「鬼怒」や一一駆は撃てない。

今こそ雷撃の好機だ。これを逃せば、敵戦艦を雷撃する機会は二度と来ない——

田中は、そう判断したであろうし、花房も全く同じ考えだった。

「水雷、敵との距離は？」

「七〇(ナナマル)（七〇〇〇メートル）！」

「雷撃距離は四〇(ヨンマル)！」

「雷撃距離四〇(ヨンマル)。宜候！」

花房は、水雷指揮所の宇佐美水雷長に指示を送る。

すぐには、何も起こらない。

敵戦艦二隻は、四、五戦隊の重巡に砲火を浴びせている。

五戦隊の妙高型重巡二隻がやられたようだが、残る四隻は回避運動に入り、敵弾に空を切らせているようだ。

「来るなよ、来るなよ。まだ来るなよ」

花房は、左前方の艦影を見据えて呟く。

発砲のたび、稲光を思わせる閃光が、米新鋭戦艦の姿を瞬間的に浮かび上がらせる。

帝国海軍が大艦巨砲主義を放棄し、航空主兵主義に切り替えたとき、航空派の中でも過激な人々は、

「戦艦など、所詮は張り子の虎」

「航空機によって撃沈できない戦艦など、この世に存在しない」

等と公言していた。

だが現実には、機動部隊も、基地航空隊も、米新鋭戦艦を仕留めることはできず、水上部隊が決死の戦いを挑んでいる。

航空主兵は、幻想だったのではないか。空母と航空機こそが張り子の虎であり、海軍の主力は、やはり圧倒的な火力と強靭な装甲鈑を備えた戦艦なのではないか
――敵戦艦の発砲と、魁偉な艦影を見るたび、花房はそのような思いを抱かずにはいられなかった。

「距離六〇（ロクマル）（六〇〇〇メートル）」

の報告が飛び込んだとき、敵一番艦の艦上に新たな発射炎が閃いた。

「……！」

花房は束の間眼が眩（くら）み、思わず呻き声を上げた。

たった今の閃光は、真正面に見えた。敵戦艦は、左舷側ではなく正面、すなわち「鬼怒」以下の三隻に向けて主砲を放ったのだ。

「司令官……！」

「構わぬ、このまま行け！」

遠山安巳首席参謀の怯えたような声に、田中は有無を言わさぬ声で叫んだ。

今更、避退しても間に合わぬ。敵戦艦の巨弾が「鬼怒」を粉砕するか、その前に「鬼怒」以下の三隻が投雷に成功するか、二つに一つだ――唇を厳しく引き結んだ田中の表情が、無言のうちにそう宣言していた。

「鬼怒」も、「白雪」「初雪」も、撃たれっ放しではいない。

左舷前方に指向可能な一四センチ主砲と一二・七センチ砲が火を噴き、艦上に砲声が駆け抜ける。

ささやかな抵抗を押し潰さんとするかのように、敵弾の飛翔音が迫る。

音は「鬼怒」の頭上を通過し、後方から弾着の水音が伝わり、艦尾から衝撃が伝わる。

「敵弾、後方に落下！」

後部見張員が報告を上げる。

その声に、「鬼怒」の砲声が重なる。

敵駆逐艦との交戦で、四番主砲を破壊されたため、左舷前方に発射できる主砲は一番主砲一門だけだ。後続する二隻の駆逐艦にしても、前方に発射可能な主砲は、各艦二門ずつに過ぎない。

それでも「鬼怒」以下の三隻は、最大戦速で突進しながら、少数の中小口径砲による反撃を試みる。

敵一番艦の艦上に、新たな発射炎がほとばしる。

強烈な閃光の中に艦影が隠れ、巨弾の飛翔音が轟き始める。

結果は、第一射と同じだ。

全弾が「鬼怒」の頭上を飛び越し、後方の海面に落下する。

心なしか、艦尾から伝わる爆圧は、第一射よりも大きいように感じられる。

敵の砲撃も、精度を上げているのだ。

「距離五〇（ゴマル）！」

の報告を受け、花房は両手の拳を握り締めた。

あと一〇〇〇メートル。その距離を進む間に、敵弾を喰らうことがなければ、こちらの勝ちだ。

ひとたびは、米新鋭戦艦の圧倒的な砲火力——主砲に加えて、多数の小口径砲の乱射の前に、雷撃は不可能かと思われた。

だが、「鬼怒」は射点までいま一息だ。敵戦艦に雷撃を見舞う機会が、手の届くところまで迫っている。

何とか保ってくれ、「鬼怒」。投雷まで、被弾しないでくれ——祈りにも似た思いで、花房は艦に呼びかけた。

敵一番艦の艦上に、第三射の閃光がきらめいた。先の二度の砲撃よりも、光量が大きいように感じられた。

距離が近づいたためだろう、弾着までの時間は短かった。

周囲の大気が激しく鳴動(めいどう)した、と感じてから数秒後、「鬼怒」の左舷側海面が大きく盛り上がり、凄まじい勢いで突き上がった。

艦は、左からのすくい投げを喰らった力士のように、右に大きく傾いた。右舷側の海面が大きくせり上がり、波頭までがはっきりと見えた。

花房は束の間、横転から転覆に至る最悪の事態を覚悟した。艦橋に奔入する大量の海水と、それに呑み込まれる自分自身の姿が、ちらと脳裏に浮かんだ。

だが「鬼怒」は、辛うじて踏みとどまった。

右舷側に大きく傾いた艦体は、左舷側に揺り戻され、二度、三度と動揺して、ようやく安定した。

艦が激しく身を震わせ、きしむような音を発する。衝撃に耐えかねた悲鳴というより、怒りの雄叫びのように感じられた。

「鬼だな、まさに」

花房は、艦名の由来を思い出しながら独語した。

「鬼怒」の艦名が取られた鬼怒川は、江戸時代以前はその穏やかな流れが絹を連想させるところから、「絹川」と呼ばれていたという。

氾濫を繰り返す暴れ川を想像させる「鬼怒川」という呼称は、明治以降に定められたものだ。

だが、艦齢二〇年に及ぶ老軽巡が、米新鋭戦艦の繰り返される砲撃に耐え、雷撃を狙って突進する様は、艦名の通り「鬼が怒っている」かのようだった。

「鬼怒」の一番主砲が、咆哮を繰り返す。

艦は、全速航進を続ける。

堀川雄作機関長から、缶室に異常があったとの報告はない。「鬼怒」の心臓は、艦底部からの爆圧に耐え、全力を発揮し続けているのだ。

「距離四七(ヨンナナ)……四六(ヨンロク)……四五(ヨンゴ)……」

報告する声が連続する。

第三戦隊が、礁湖からの砲撃を続けているのだろう、敵戦艦の周囲に噴き上がる弾着の水柱が見える。

四、五戦隊の重巡は、敵の砲撃で散り散りになったのか、二〇センチ砲弾のものらしき水柱は確認できなかった。

「四〇(ヨンマル)！」

見張員の叫び声と同時に、敵一番艦の艦上に、新たな発射炎が閃いた。

「魚雷発射始め！」

「面舵！」

堪えかねていたものをいちどきに吐き出すように花房が下令し、宇佐美航海長が操舵室に命じた。

命令を見越して、予め舵を切っていたのだろう、回頭までの時間は短い。

「鬼怒」の艦首が右舷側に振られ、艦は敵戦艦に左舷側を向けて行く。

「魚雷発射完了！」

宇佐美が弾んだ声で報告を上げた直後、敵の巨弾が落下し、「鬼怒」の左舷側海面に、巨大な水柱を奔騰させた。

弾着位置は、先の射弾より遠い。「鬼怒」が直進するとの前提で、その未来位置目がけて放たれたためだろう。

艦が傾斜するほどの衝撃はなく、艦底部から伝わる爆圧も、さほどではない。

「鬼怒」は雷撃を成功させると同時に、虎口から脱したのだ。

「『白雪』『初雪』より報告。『我、魚雷発射完了』」

通信室から、報告が上げられる。

「鬼怒」が左舷側に発射可能な魚雷は四本、「白雪」「初雪」は各々九本。

合計二二本の魚雷が、敵戦艦目がけて、扇状に放たれたのだ。

「大丈夫でしょうか？」

助川弘道水雷参謀が表情を曇らせた。

敵戦艦の射弾は、「鬼怒」が魚雷を発射した直後に落下している。

折角の魚雷が、敵弾の爆発に巻き込まれて破壊されることを危惧しているようだ。

「本艦の役目は、自身の雷撃よりも、麾下の駆逐艦を射点に導くことだ」

田中が、心配するな、と言いたげに助川の肩を叩いた。

確かに――と、花房は呟いた。

水雷戦隊旗艦の役割は、自らの雷撃よりも、味方駆逐艦の誘導が第一だ。

事実、「白雪」「初雪」は「鬼怒」に従い、二艦合計で、「鬼怒」よりも多くの魚雷を発射している。

二水戦は、各駆逐隊毎にばらばらになり、多数の沈没艦を出しはしたものの、「鬼怒」は自らの役割を果たしたのだ。

花房は、遠ざかりゆく敵戦艦の艦影を見つめて独語した。

「後は、魚雷の命中を祈るだけだ」

6

「左舷前方に敵艦、面舵！　本艦より遠ざかります」

レーダーマンが敵の動きを報せると同時に、キンメルは血相を変え、長官席から立ち上がった。

「『クイーン1、2』針路三〇〇度！」

と、大音声で命じた。

敵が魚雷を発射した、と直感したのだ。

コネチカット級戦艦の巨砲で雷撃を阻止できなかったのは忌々しい限りだが、今は雷撃の回避が最優先だ。

「取舵一杯。針路三〇〇度！」

ウッドワース艦長が下令する声に、

「左後方からも敵駆逐艦！」

レーダーマンの叫び声が重なる。

各駆逐隊毎に、ばらばらになって突っ込んで来た駆逐艦は、一二・七センチ両用砲の猛射や「ワイオミング」の砲撃で一掃したと考えていたが、撃ち漏らしがあったようだ。

「両用砲で掃討しろ！　奴らを近寄らせるな！」

キンメルは、新たな命令を発した。

「コネチカット」の後部に発射炎が閃き、多数の両用砲弾が飛ぶ。「ワイオミング」も、矢継ぎ早に両用砲を撃ち始める。

敵重巡の二〇センチ砲弾をかなり被弾したとはいえ、左舷側に指向可能な一二・七センチ両用砲は、まだ半分以上が健在だ。

駆逐艦の主砲と同等の破壊力を持つ砲が多数、同時に発射炎を閃かせ、思い思いの方角から突進して来る敵駆逐艦に、射弾を浴びせてゆく。

それらの射弾が有効打となるより早く、

「左舷正横の敵駆逐艦、取舵！　本艦より離れます！」

「『ワイオミング』に接近せる敵駆逐艦、取舵！　離脱する模様！」

レーダーマンが、次々と敵艦の動きを報せる。

「連中、逃げ出しましたかな？」

「違います！」

ウィリアム・スミス参謀長の楽観的な言葉を、チャールズ・マックモリス首席参謀が言下に否定した。

「奴らは、同時異方向からの雷撃をかけたのです。本艦や『ワイオミング』がどちらに転舵しても、魚雷が命中するように！」

「まさか、そのような――」

「うろたえるな」

表情を青ざめさせたスミスに、キンメルが言った。

「敵駆逐艦の数は、激減している。少数で雷撃をかけたところで、当たりはせん。左舷前方から雷撃をかけて来た三隻の魚雷にだけ、注意することだ」

この間、「コネチカット」「ワイオミング」は、なお砲撃を続けている。

雷撃を終え、避退に移った駆逐艦の後方から、一二・七センチ砲弾を次々と撃ち込む。

「コネチカット」「ワイオミング」に背を向けて遁走（とんそう）する駆逐艦が一隻ずつ、一二・七センチ砲弾を浴び、炎上する。

火災炎によって、格好の射撃目標を得た一二・七センチ両用砲は、なおも追い打ちをかける。

炎を背負ったまま、避退していた駆逐艦の艦上に、新たな爆発光が次々と閃き、粉砕された上部構造物の残骸や引き裂かれた鋼鈑が、次々と空中に舞い上がり、海面に落下する。

二隻の駆逐艦が相次いで停止したとき、ようやく舵が利き、「コネチカット」「ワイオミング」は、艦首を左に振り始めた。

「間に合った！」

ＣＩＣで艦の回頭を感じながら、キンメルは安堵の息を漏らした。

二隻の戦艦は、魚雷が殺到して来る前に回頭し、対向面積を最小にすることができたのだ。

合衆国の戦艦の中で、最大の重量を持つコネチカット級が突進すれば、魚雷などは軽々と跳ね飛ばすことができる。

もはや日本軍には、コネチカット級を阻止する手段は残っていない。

後は、日本軍の残存部隊――不遜にも世界最強の戦艦に挑んできた日本軍の重巡部隊も、礁湖にこもるコンゴウ・タイプ三隻も、トラックの敵飛行場も、世界最強の艦載砲で一掃するだけだ。

日本艦隊やトラックの敵飛行場が、劫火の中に壊滅してゆく様は、キンメルの脳裏で、もはや確定事項になっていたが――。

全く唐突に、衝撃がCICの床を突き上げた。

CIC内の全員が転倒するような、強烈な一撃ではなかったが、明らかに魚雷の命中であることが分かる衝撃だった。

「喰らった？」

キンメルが思わず腰を浮かせたとき、二度目の衝撃が、CICを突き上げた。

今度は、一本目の魚雷よりも近い場所に命中したらしく、立っていた者の何人かがよろめき、レーダーをはじめとする電子機器の幾つかが激しく明滅した。

「大丈夫……大丈夫です」

ウッドワースが言った。「本艦は、水線下の防御も万全です。魚雷の一本や二本で、戦闘力を失うことはありません」

その言葉を嘲笑うかのように、三度目の衝撃が「コネチカット」を襲った。

どこに命中し、どのような被害が生じたのか、艦全体が痙攣するように震え、金属的な叫喚を発した。複数の魚雷が、同一箇所に命中したら、さもありなんと思うような一撃だった。

艦の振動が収まったとき、

「『ワイオミング』被雷！　左舷側に二本命中との報告です！」

「『ワイオミング』もやられたのか⁉」

新たな悲報に、キンメルは愕然とした声を上げた。

ＴＦ１は、既に四隻の戦艦のうち、「カンサス」と「ルイジアナ」を戦列から失った。残るコネチカット級二隻も、水線下を魚雷に抉られた。

旗艦「コネチカット」の被害状況は不明だが、三本目の魚雷を受けたときの異常な衝撃と振動から考えて、軽微な損害で済んだとは思えない。

「コネチカット」も、「ワイオミング」も、戦闘力を大幅に減殺されたことは確実だ。

「……長官」

キンメルの胸中を読み取ったかのように、スミスが声をかけた。

「ＴＦ１は、作戦目的の達成が不可能になったと判断します。これ以上現海面に留まり続けるのは危険です」

「撤退しろと言うのかね？」

「遺憾ながら……」

「今なら、撤退が可能です」

マックモリス首席参謀も具申した。「コンゴウ・タイプは、トラックの礁湖にこもったまま出て来ません。重巡の残存艦は、ＢＤ１の砲撃によって散り散りになり、水雷戦隊は魚雷を使い果たしています。敵の水上部隊に、追撃の余力はありません。ですが夜が明ければ、トラックの航空部隊が動き出します。その前に撤退し、できるだけトラックから遠ざかるべきです」

「しかし……」

キンメルは迷った。

トラックを無力化できなければ、マーシャルの攻略も中止を余儀なくされる。キンメルも、太平洋艦隊司令部の幕僚たちも、無能の烙印(らくいん)を押され、更迭されることは確実だ。

合衆国最強の戦艦四隻を含む大艦隊を率いて、ろくな戦艦を持たない日本艦隊に敗北を喫したのでは、いかなる抗弁も無力であろう。

「マックモリス大佐が言われる通りです」

ルーカス・ジラード航空参謀も口を添えた。「ベティとケイトが夜間攻撃をかけて来たところから見て、トラックにはまだ相当数の航空機が残っていると判断されます。これ以上トラックの近海に留まり続けるのは、極めて危険です」

「作戦を中止すれば、合衆国の対日戦略自体が足踏みしてしまう」

「どのみち太平洋艦隊は、当分の間動けません」

スミスが言った。「空母、巡洋艦、駆逐艦を多数失ったことに加え、四隻の戦艦も、長期間のドック入りを余儀なくされます。いや、夜明け後にトラックの敵航空部隊が攻撃して来れば、戦艦の喪失すら起こり得ます。今後のためにも、ここは引き揚げ、捲土重来(けんどちょうらい)を期すべきです」

キンメルは、しばし押し黙った。脳裏で、目まぐるしく思考を巡らした。

ややあって口を開き、決定を告げた。

7

「現在位置、トラックより方位九〇度、一五〇浬」

第三航空艦隊旗艦「赤城」艦長青木泰二郎(あおきたいじろう)大佐は、航海長三浦義四郎(みうらよししろう)中佐の報告を受け、壁の時計を見上げた。

時刻は、午前〇時三分。日付が、五月一六日に変わったばかりだ。

「明日の朝には、トラックに入泊できるな」

司令長官小沢治三郎中将が、どこかくつろいだような声と表情で言った。

「鬼瓦（おにがわら）」の異名を取るいかつい顔は、一昨日以来、常に厳しく引き締められていたが、ここへ来て、緊張も少し緩んだようだ。

「少し、お休みになられてはいかがですか？」

と、青木は勧めた。

一昨日の夜明け前から、小沢は休息らしい休息を取っていない。

ほとんどの時間を、艦橋か作戦室のどちらかで過ごしており、昨日の夜明け前に、二時間程度の仮眠を取っただけだ。

小沢は、笑って手を振った。

「今はいい。トラックに着くまでは、何が起こるか分からないからな。艦長こそ、休んだらどうだ？」

「まだ、当直に任せる気にはなれません。太平洋艦隊の脅威がなくなったとはいいましても、潜水艦に襲撃される危険は残っていますから」

と、青木は答えた。

――五月一四日夜、トラックを攻撃した米太平洋艦隊の主力は、一二航艦と二艦隊の奮戦により、辛うじて退けられた。

五月一五日の夜が明けたとき、トラック沖から、米艦隊は綺麗に姿を消していたのだ。

本来であれば、三航艦を含めた連合航空艦隊は、五月一五日中にトラックに戻ることが可能だった。

だが小沢は、連航艦が米艦隊と洋上で遭遇する危険を考慮し、「飛龍」の連航艦司令部に宛て、

「敵艦隊、『トラック』沖ニテ潜伏ノ可能性有リ。洋上ニテ待機ノ要有リト認ム」

との意見具申を行った。

「飛龍」の塚原二四三司令長官は、この具申を容れ、すぐにはトラックに戻らず、様子を見ると決定したのだ。

待機中に、「赤城」の通信室は、何度か友軍の報告電を受信した。

多くは、トラックより出撃した一二航艦隷下の陸攻隊が打電したもので、避退を図る米太平洋艦隊に、追い打ちをかけていることをうかがわせた。

詳細な戦果は不明だったが、報告電は、一四日の夜戦で被害を与えた敵戦艦に更なる打撃を与えたことを伝えていた。

トラック周辺の安全は、五月一五日の午後になって、ようやく確認された。

夏島の一二航艦司令部より、

「一二三〇、『トラック』周辺ニ敵影ナシ。敵ハ『トラック』ヨリ避退セルモノト認ム」

　との報告電が送られたのだ。

　これを受けた連航艦司令部は、トラックへの帰還を決定し、三隊の機動部隊は、針路を西に取ったのだった。

　帰途に就いてから、約半日。連航艦には、何も起こっていない。

　敵機動部隊の残存機による空襲もなければ、潜水艦の襲撃もない。

　三つの機動部隊は、互いに三〇浬ほどの距離を置き、一八ノットの巡航速度で、トラックに向かっている。

　何もなければ、約八時間半でトラックに入れる。

　三航艦の旗艦ということもあって、緊張感に支配されていた「赤城」の艦内にも、ようやく安堵したような空気が流れ始めていた。

　このため、隊列の左舷側に位置する第二駆逐隊の「五月雨」より、

「爆音感知。敵味方不明機接近」

　との信号が送られて来たときには、誰も、敵機だとは思わなかった。

「トラックからの哨戒機じゃないのか？」

青木は、三浦航海長と顔を見合わせて言った。

トラックからの距離一五〇浬は、長大な航続距離を持つ九七式大艇は言うに及ばず、零式水上偵察機でも、充分哨戒が可能な距離だ。

トラックの一二航艦が、連航艦のために夜間哨戒を実施してくれたのだろうと考えたのだ。

「赤城」の艦橋でも、爆音が聞こえ始める。

爆音は、上空を通過したかと思うと、「赤城」の頭上に戻って来る。すぐに飛去る様子はなく、何かを確認するように、二度、三度と旋回する。

「上空の哨戒機に信号。『我、〝赤城〟』」

青木は、信号員に命じた。

哨戒機の搭乗員は、トラック近海に敵艦隊がいると考え、艦形を確認しようとしているのかもしれない。味方撃ちなどという愚行を避けるためには、下にいるのが味方だと報せてやることだ。

「赤城」の艦橋から、上空の機体に向けて、発光信号が送られる。

「我、『赤城』」と、二回繰り返して送信される。

次の瞬間、誰も想像していなかったことが起きた。

上空から、青白い光が「赤城」に降り注ぎ始めたのだ。

月光を思わせるおぼろげな光ではあったが、「赤城」の艦橋からは、自艦の広々とした飛行甲板や、その両脇に据え付けられている高角砲、機銃、起倒式クレーン等が、はっきりと認められた。

まさか！　――その叫びが、青木の口から出かかった。

それが声になるよりも早く、左舷側の海面にめくるめく閃光がきらめき、夜空と海の境界を、これ以上はないほど鮮明に浮かび上がらせた。

「いかん、敵だっ！」

第三航空艦隊参謀長長谷川喜一少将が血相を変えて叫び、「赤城」の艦橋はたちまち騒然となった。

第二駆逐隊の司令駆逐艦「村雨」より、

「敵艦隊見ユ。位置、左九〇度、一八〇〇（一万八〇〇〇メートル）」

の緊急信が送られる。

その間にも、敵弾の飛翔音が聞こえ始め、急速に「赤城」へと迫る。

ほとんどの三航艦将兵が、生涯で初めて聞く音――戦艦の巨弾が、夜気を裂いて迫る轟音だ。

「いったい、何故……」

首席参謀泊満義大佐が、呆然とした口調で呟く。

敵艦隊は、避退したはずではなかったのか。何故、トラックまで一五〇浬の海域に、敵艦隊——それも戦艦を含む水上砲戦部隊がいるのか。

うろたえたような泊の表情は、無言のうちにそう問いかけていた。

「三航艦針路〇度！　全速で避退する！」

小沢が仁王立ちとなり、大音声で叫んだ。

一時見せていたくつろぎの表情は、今や完全に吹っ飛び、「鬼瓦」と呼ばれる異相が、本物の赤鬼を思わせる色に染まっている。

敵が現海面にいる理由など、問題にしているときではない。戦艦に襲われては、空母などひとたまりもない。今は、この場から逃れるのが先だ。

「面舵一杯。針路〇度！」

青木が三浦に命じたとき、敵弾の飛翔音がその声をかき消した。

直後、「赤城」の左舷側海面が凄まじい勢いで盛り上がり、巨大な海水の柱がそそり立った。

爆圧が艦底部を突き上げ、「赤城」の巨体を激しく震わせた。

「赤城」は、もともと巡洋戦艦として建造が始まった艦を、空母に転用したという経緯がある。

基準排水量は三万六五〇〇トン。帝国海軍の現用主力空母雲龍型の倍以上だ。

それほどの重量を持つ巨艦が、嵐の中の小舟さながらに揺さぶられていた。

「面舵一杯。針路〇度！」

「面舵一杯。針路〇度！」

青木はいま一度三浦に命じ、三浦が操舵室に下令した。

直後、左舷側の水平線に再び閃光が走った。敵戦艦が、第二射を放ったのだ。

「連航艦司令部宛、緊急信！『我、敵水上部隊ト交戦中。敵ノ位置、当隊ヨリノ方位一八〇度、一〇浬。敵ハ戦艦ヲ伴ウ』」

小沢が大音声で、第二の命令を発する。

通信参謀庄野吾郎（しょうのごろう）少佐が、電文を「赤城」の通信室に伝える。

その間に、敵弾の飛翔音が聞こえ始める。

「赤城」は、まだ回頭を始めない。

何分にも、戦艦に匹敵する巨艦だけに、舵が利き始めるまでには時間がかかるのだ。

「『白鳳』面舵。続いて『天鳳』『瑞鳳』面舵！」

見張員が、僚艦の動きを報告する。

祥鳳型の小型空母は、「赤城」より身が軽い。いち早く舵を切り、避退にかかっている。「巡洋艦や駆逐艦は――」

小沢が言いかけたとき、敵の第二射弾が轟音を上げて落下した。

今度は「赤城」の後方に落下したらしく、水柱を視認することはできない。ただ、艦尾方向から伝わって来る衝撃により、はっきりそれと分かる。

「九戦隊、一三戦隊、定位置に留まっています！」

先の小沢の問いに、長谷川参謀長が答えた。

第九戦隊は、利根型軽巡の三、四番艦「鳴瀬（なるせ）」「久慈（くじ）」で編成された部隊、第一三戦隊は、軽巡「長良（ながら）」と駆逐艦一二隻から成る水雷戦隊だ。

敵艦から、空母を守るつもりらしい。

「さっさと逃げるように、各戦隊に言え！」

「ですが、九戦隊や一三戦隊の任務は、空母の護衛です」

激しい口調で命じた小沢に、長谷川が言葉を返した。彼らは、自らの任務を果たそうとしているだけです、と言いたげだった。

「いいから避退させろ。九戦隊や一三戦隊が太刀打ちできる相手ではない！」

小沢が怒鳴ったとき、またも左舷側海面に閃光が走り、敵弾の飛翔音が迫った。

「赤城」の通信室から、

「全艦、避退急ゲ」

の命令電が飛んだ直後、新たな衝撃が「赤城」を襲った。

飛行甲板の後部に巨大な孔が穿たれると同時に、艦の左右両舷に、巨大な水柱が奔騰した。

「……！」

青木は、声にならない呻きを発した。

「赤城」は、早くも直撃弾を受けた。

飛行甲板に一発を喰らった上、完全に挟叉されたのだ。

ただ、恐れていた爆発は起こらない。飛行甲板の後部には、黒々とした孔が開いているものの、そこから炎や黒煙が噴き出して来る様子はない。

「後甲板に直撃弾。不発弾の模様！」

応急指揮官を務める副長鈴木忠良中佐が報告を上げ、青木は額の汗を拭った。

不発弾なら、被害は軽い。不幸中の幸いだ。

ただ、それは死刑の執行を、少しだけ先に延ばしただけとも言える。次からは、間違いなく斉射弾が飛んで来るからだ。

「『紅龍』面舵。避退します！」

の報告と同時に、左舷側海面に、これまでのものよりも強烈な閃光がほとばしった。

（万事休す……！）

青木は、冷たい手で心臓を摑まれたような気がした。たった今の光が、死神が振り上げた鎌(かま)の光のように感じられた。

敵戦艦が、斉射に移行したことは分かっている。今度は、確実に直撃弾を喰らう。米新鋭戦艦の四〇センチ砲弾が、「赤城」の艦体を直撃し、引き裂くことになる……。

不意に青木は、自身の身体が見えない手によって、左に引っ張られるのを感じた。

「よし……！」

小沢が青木に顔を向け、大きく頷いた。

「赤城」の舵がようやく利き始め、死地から脱出するための第一歩を踏み出したのだ。

一旦舵が利き始めれば、以後の動きは速い。

「赤城」は見えない手で引っ張られるように、右へ右へと回ってゆく。

　急速に回頭する「赤城」の頭上から、敵弾の飛翔音が迫る。獲物を逃がすまいとする、敵の咆哮だ。

「赤城」が完全に真北を向き、直進に戻った直後、敵戦艦の第一斉射弾が、唸りを上げて落下して来た。

　凄まじい轟音が、「赤城」の巨体を包み込んだ。

　第三航空艦隊を襲ったのは、ＴＦ１より分離した第一・二任務群（ＴＧ１・２）だった。

　二隻のコネチカット級戦艦のうち、被害が小さかった「ワイオミング」に、軽巡洋艦「サヴァンナ」「ボイス」と駆逐艦六隻という編成だ。

　キンメル太平洋艦隊司令長官は、

「ＴＦ１の残存兵力では、トラック環礁の無力化は不可。作戦の失敗を認め、撤退する」

　と決めたが、ＴＦ１の全将兵が、敗北を潔（いさぎよ）しとしたわけではなかった。

「マーシャルからトラックに帰還して来る日本軍の機動部隊を狙ってはどうか」

　との声が、太平洋艦隊司令部の一部から上がったため、ＴＦ１は五月一五日の午後に入ってから変針し、予想される日本艦隊の帰路と交叉するように、航路を定めたのだ。

日本軍の機動部隊は、太平洋艦隊への攻撃終了後、艦上機のほとんどをトラックに降ろしたと推定されるため、無力な存在となっている。

空母を護衛する艦艇は、巡洋艦、駆逐艦のみであるため、ＴＦ１の敵ではない。捕捉しさえすれば、空母の一、二隻は必ず撃沈できる。

ただ、ＴＦ１は損傷艦が多く、速力が大幅に低下している。高速の空母に逃げられては、まず捕捉できない。

このため太平洋艦隊司令部は、艦数が少なく、身軽に動けるＴＧ１・２を編成し、日本艦隊を叩かせると決定した。

この作戦は図に当たり、ＴＧ１・２は、日本艦隊の一群を捕捉することに成功した。

攻撃開始に先立って発進させた観測機からの報告では、敵は空母四隻、巡洋艦三隻ないし、駆逐艦一〇隻前後。

五月一四日の昼間、ＴＦ１の戦艦やＴＦ15、16の空母をさんざん痛めつけてくれた日本軍の機動部隊を、コネチカット級の射程内に捉えたのだ。

しかも観測機は、空母のうち一隻は「アカギ」だと報告している。

現在、日本海軍の主力となっているウンリュウ・タイプの空母より一回り大きく、搭載機数も多い。

この艦を沈めれば、日本海軍に大打撃を与えられるはずだ。

何があっても、逃がすものではない。

ＴＧ１・２の指揮を委ねられた戦艦「ワイオミング」艦長リチャード・クレス大佐は、一切の躊躇なく、

「全軍突撃（オール・アタック）せよ！」

を命じたのだった。

攻撃開始の号砲となったのは、「ワイオミング」の第一射――各砲塔の奇数番砲から放った六発の四〇センチ砲弾だが、その成果に、クレスは満足感を覚えている。

目標に定めた「アカギ」が直進し、未来位置の計算が容易だったとはいえ、夜間に二万ヤード近い遠距離での砲撃を行って、弾着修正二回だけで、挟叉弾を得たのだ。

一昨日の夜戦では、敵艦の素早い動きに翻弄され、なかなか直撃弾を得られなかったことが嘘のようだ。

通算四回目の砲撃は、斉射になる。

この一撃で、「アカギ」に止めを刺し、続けて二隻目の敵空母を葬ってやる。

そう考え、クレスは弾着を待ったが――。

「目標、〇度に変針。全弾、近！」

の報告が上げられ、クレスは舌打ちした。

敵空母は、「ワイオミング」の第一斉射の直後に変針し、一二発の四〇センチ砲弾に空を切らせたのだ。

「敵全艦、針路〇度。遁走します！」

新たな報告が、「ワイオミング」のCICに上げられ、クレスは大声で下令する。

「逃がすな！　砲撃を続行しろ！」

「ワイオミング」は一昨日の夜戦で、魚雷二本を喰らい、速力が大幅に低下している。

ダメージ・コントロール・チームの奮闘によって浸水を食い止めるとともに、傾斜を復元し、射撃精度も確保したが、速力は最大で二一ノットが限界だ。

敵に逃げられたら、到底追い切れない。

水上砲戦となれば無敵のコネチカット級戦艦も、手負いの状態では、自ずと限界があった。

　ＣＩＣの前方で砲声が轟き、「ワイオミング」の巨体が身震いする。

　全主砲を前方に向けて撃っているためか、艦に急制動がかけられたように感じる。

　反動の大きさは、先の第一斉射と同じだ。

　目標の転舵により、相対位置が変わったため、交互撃ち方による弾着修正に戻す必要があるが、砲術長アレクサンダー・シモンズ中佐は、敢えて斉射を続行すると決めたらしい。

　長砲身の四〇センチ砲から、秒速七六三メートルの初速で撃ち出された重量一トンの巨弾一二発が、「アカギ」目がけて飛翔する。

　ＣＩＣからは、艦外を直接目視することはできない。ただ、新たな情報が届くのを待つだけだ。

「弾着。全弾遠！」

の報告が上げられ、クレスは失望の吐息を漏らす。

　シモンズは敵を逃がすまいとして、仰角を取り過ぎたようだ。

「ワイオミング」は、この日三度目の斉射を放つ。

　四〇センチ砲一二門の強烈な砲声はＣＩＣにまで伝わり、発射の反動が六万トンの巨体を前から後ろに貫き、艦全体が急制動をかけられたように震える。

「弾着。全弾遠！」

の報告が再び届き、クレスは絶望の呻きを発する。

砲撃を開始した直後には、第三射で挟叉弾を得たというのに、いったいどうしたわけか。このようなことを繰り返していては、折角の大物を取り逃がしてしまう……。

だが数秒後、思いがけない報告が、レーダーマンより上げられた。

「『アカギ』速力低下！　現在の速力一九ノット！」

「速力低下だと？　確かか？」

半ば反射的に、クレスは聞き返した。

「確かです。第二斉射の弾着直後より、速力が落ち始めた模様です」

「よし……！」

クレスは、好機の到来を悟った。

「ワイオミング」は、いたずらに空振りを繰り返していたわけではなかった。至近弾の爆圧が、「アカギ」の缶室に故障を引き起こしたのだ。

とはいえ、「ワイオミング」の速力は二一ノット。「アカギ」との間には、二ノットの差しかない。

距離を詰めるまでには、まだ少し時間がかかる。

クレスは断を下し、通信室に命じた。

「巡洋艦と駆逐艦に突撃命令を出せ。高速で肉迫し、叩きのめしてやれ、と！」

「敵巡洋艦、駆逐艦、接近して来ます！」

「赤城」の艦橋に、見張員が切迫した声で報告を上げた。

「これまでか……！」

青木泰二郎艦長は、こみ上げて来る絶望に喘いだ。

「五、七番缶室損傷！」

の報告が、機関長反保慶文（そりやすよしふみ）中佐から上げられたのは、敵の第二斉射弾が落下した直後だ。

敵戦艦の巨弾は、直撃こそしなかったものの、爆圧によって、五、七番缶室を機能停止に追い込んだのだ。

続く第三斉射では、前部の二番缶室、および後部の一〇、一二番缶室が停止し、

「赤城」の速力は、一九ノットまで低下した。

この状況で、足の速い巡洋艦、駆逐艦に襲われたのでは、助かる道はない。「赤城」の運命も、旦夕に迫ったか――と、覚悟を決めざるを得なかった。

「いや、まだだ」

力のこもった小沢治三郎司令長官の声に、青木は目を見張った。

「針路を二七〇度に取れ。左砲戦」

「砲戦ですか、長官？」

長谷川喜一参謀長が、驚いて聞き返した。

「赤城」は水上艦艇に対する自衛用の火器として、左右両舷に二〇センチ単装砲三基ずつを搭載している。また、一二・七センチ連装高角砲は、駆逐艦の主砲と同じ火力を持ち、水上砲戦でも役に立つ。

だが、それらは申し訳程度の火器でしかない。水上砲戦専門に造られた巡洋艦や駆逐艦と、正面から撃ち合える火器ではないのだ。

「左砲戦だ」

小沢は、一切の迷いを見せずに答えた。

どれほど絶望的な状況であろうと、命ある限り戦う。それが、帝国海軍軍人の使命だ――小沢の引き締まった表情は、無言のうちにそう語っていた。

「取舵一杯。針路二七〇度！」

「左砲戦！」

　青木は、大音声で下令した。

「取舵一杯。針路二七〇度！」

　三浦義四郎航海長が、操舵室に下令する。

　左舷側の高角砲が旋回・俯仰（ふぎょう）し、発砲準備を整える。艦橋からは目視できないが、艦の後部に設けられている二〇センチ単装砲三基も、砲戦準備にかかったはずだ。

　絶望的な状況ながらも、「赤城」は戦いを断念していない。後方から迫り来る敵艦と一戦を交えるべく、戦闘準備を整えている。

　いつの間にか、敵戦艦の砲撃は止んでいる。

　三万トンを超える大艦とはいえ、水上砲戦用に造られているわけではない空母に、四〇センチの巨砲を用いるまでもないと考えたのか、あるいは巡洋艦以下の艦艇に手柄を立てさせるつもりなのか。

「敵距離一二〇（ヒトフタマル）（一万二〇〇〇メートル）！」

　の報告で、青木の思考は中断される。

　数秒後に舵が利き始め、「赤城」は左舷側に回頭を始める。

遁走ではなく立ち向かうため、左舷側を敵に向けてゆく。

敵巡洋艦、駆逐艦からの発砲は、まだない。距離を充分詰めてから、撃つつもりであろう。

砲撃を開始したのは、「赤城」ではなかった。

出し抜けに、艦の後方から砲声が届いたのだ。

「本艦の後方に九戦隊！『鳴瀬』『久慈』、撃ち方始めました！」

見張員の歓喜の声が、艦橋に飛び込んだ。

「馬鹿な！　避退を命じたはずだ」

「命令だからといって、おめおめと逃げ出すわけにはいきますまい」

血相を変えて叫んだ小沢に、青木は言った。

九戦隊の司令官や、「鳴瀬」「久慈」艦長の気持ちが、青木にはよく分かる。

避退を命じられたからといって、傷ついた「赤城」を放り出して逃げ出せば、卑怯者のそしりは免れない。

彼らは、自身の安全よりも名誉を選んだのだ。

後方から、新たな砲声が届く。「鳴瀬」「久慈」が第二射を放ったのだ。

利根型軽巡の三、四番艦として建造された航空巡洋艦が、前部に集中配置された一五・五センチ三連装砲四基を振りかざし、迫る敵艦に射弾を浴びせる。

「こちらも撃て！」

青木は射撃指揮所を呼び出し、けしかけるように命じた。

数秒後、「赤城」の左舷側に発射炎が閃き、殷々たる砲声が聞こえ始めた。

左舷側に指向可能な二〇センチ単装砲三基三門、一二・七センチ連装高角砲三基六門が、砲撃を開始したのだ。

敵の艦上にも、発射炎が閃く。

甲高い飛翔音が響き、「赤城」の左舷側海面に弾着の飛沫が上がる。いずれも、駆逐艦の小口径砲弾のようだ。

米艦隊は、巡洋艦で「鳴瀬」「久慈」を、駆逐艦で「赤城」を、それぞれ相手取るつもりらしい。

「舐めやがって！」

青木は、思わず罵声を漏らした。

火力が小さいとはいえ、元は巡洋戦艦として建造が始まった巨艦だ。そのような艦に駆逐艦を向けて来るとは、馬鹿にするにもほどがある。

「砲術、敵に思い知らせてやれ！　撃ちまくれ！」

青木は腹立ちの余り、砲術教範にない命令を発した。

その声に触発されたかのように、「赤城」の砲撃が激しさを増した。

左舷側に閃光がほとばしり、砲声が轟く。

直径二〇センチと一二・七センチ、大小二種類の砲弾が夜気を裂いて宙を飛び、敵駆逐艦に殺到する。

最初に直撃弾を得たのは「赤城」だった。

左舷側海面に巨大な火焔が躍り、敵駆逐艦の艦影が瞬間的に浮かび上がった。

爆発の規模はかなりのものだったらしく、敵駆逐艦は炎上したまま、その場に停止する。一二・七センチ高角砲弾ではなく、二〇センチ砲弾が命中したのかもしれない。

「敵一番艦、行き足止まりました！」

報告が入ったときには、「赤城」の二〇センチ砲、高角砲は、新たな目標に狙いを定めている。

再び左舷側に発射炎が閃き、砲声が轟く。

直撃弾を得るまでの時間は短い。三回ほど空振りを繰り返すが、四回目の砲撃で、二隻目の敵艦の艦上に爆発光が閃く。

（本艦が当初の予定通り、巡戦として竣工していたら、さぞ活躍できたろうな）

妙に緊張感を欠いた想念が、青木の脳裏をかすめて消えた。

このときには、第九戦隊の軽巡二隻も、敵巡洋艦二隻と互角以上に渡り合っている。

敵一番艦は前部に火災を起こして落伍しかかっており、「鳴瀬」「久慈」の射弾は、二番艦に集中している。

「赤城」の艦上から、「鳴瀬」と「久慈」は見えないが、見張員の報告がないところから見て、損害らしい損害は受けていないようだ。

「これほどやれるとは……」

小沢が、感嘆した声で呟いた。

「赤城」は空母であり、水上砲戦のための艦ではない。「鳴瀬」「久慈」は、竣工以来、一貫して機動部隊の直衛に就いていたため、水上砲戦の経験はない。

それらの艦が、優勢な敵を相手に奮戦し、撃退しそうな勢いだ。

追いつめられた状況で、「赤城」「鳴瀬」「久慈」の乗員は、本来の実力を上回る力を発揮していた。

だが、それは長くは続かなかった。

この日、既に三回目撃した強烈な閃光が、左舷側の海面にきらめいた。

雷鳴を思わせる飛翔音が急速に迫り、それが消えた——と思った瞬間、「赤城」の巨体は大地震さながらに激しく揺れた。

「敵弾、艦尾至近に落下！」

見張員の報告に、

「これまでだな」

小沢が艦橋内を見渡し、微笑した。

敵戦艦は、巡洋艦、駆逐艦の思いがけない苦戦を見て、砲撃を再開したのだ。

「鳴瀬」と「久慈」では、到底歯が立たない。「赤城」の運命は、これで決まった——と、小沢は悟ったようだった。

「九戦隊に改めて命令。『支援ニ深謝ス。我ヲ顧(かえり)ミズ避退セヨ。貴隊ノ武運長久ヲ祈ル』」

何人かの参謀が、息を呑んだ。

もういいから逃げろ——小沢は、九戦隊にそう命じようとしているのだ。

「赤城」一隻を犠牲にして、九戦隊を含む三航艦の全艦を逃がすという決意の表明であり、「赤城」の全乗員に対する、非情の通告でもあった。

「『支援ニ深謝ス。我ヲ顧ミズ避退セヨ。貴隊ノ武運長久ヲ祈ル』。九戦隊宛、打電します」

庄野吾郎通信参謀が命令を復唱し、「赤城」の通信室を呼び出す。

その間に、敵戦艦は新たな発射炎を閃かせる。通算五回目の斉射だ。

今度は全弾が「赤城」の頭上を飛び越え、右舷側海面に巨大な水柱を奔騰させる。

もうお前に逃げ道はない――そう、宣告しているかのようだった。

「『鳴瀬』面舵。避退します。続いて『久慈』面舵！」

見張員が報告を上げた。九戦隊の避退が何を意味するか悟ったのだろう。声が震えている。

「すまぬな、諸君。貧乏くじを引かせてしまって。だが、判断の誤りを償う方法は、他になかった」

頭を下げながら言った小沢の言葉で、青木はその意図を悟った。

敵の水上部隊がトラック付近に留まっている可能性を危惧し、「洋上ニテ待機ノ要有リト認ム」と連航艦司令部に具申したのは小沢だ。

その判断は、裏目に出た。

敵は連航艦の帰路を予想して待ち伏せをかけ、三航艦が捕捉されてしまった。

連航艦にあのような具申をせず、トラックへの帰還を急いでいれば、敵に遭遇せず、無事に帰還を果たしたかもしれないのだ。

その意味では、小沢は判断を誤ったと言える。

それを償うため、小沢は自ら囮の役を買って出た。

自身の旗艦「赤城」に敵の注意を引きつけ、他の艦艇を逃がしたのだ。

「赤城」を除いた三航艦の艦艇は避退できたが、「赤城」と二〇〇〇名の乗組員、および長谷川参謀長以下の三航艦司令部幕僚は犠牲になる。

大勢の部下を道連れにすることは、小沢にとっても、不本意極まりないことに違いなかった。

左舷側の海面に、新たな発射炎が閃いた。敵戦艦の第六斉射だ。

敵弾の飛翔音が、「赤城」の艦橋に届き始める。

今度は直撃を受ける――青木は、そう直感した。

「長官――」

青木は小沢に呼びかけたが、それに続く言葉が出て来なかった。

何か言わねばならないことがあるのだが、それがどうしても出て来なかった。

敵弾の飛翔音が更に拡大し、「赤城」の周囲の大気が激しく鳴動した。

　それが極大に達する直前、青木は「赤城」自身の砲声を聞いた。左舷側の二〇センチ単装砲と一二・七センチ連装高角砲、各三基の砲声だ。

「赤城」は、まだ戦っている。最後まで戦う軍艦として、生を終えようとしている──そう青木が悟ったとき、「赤城」の全乗員が生涯で初めて感じる、凄まじい衝撃が襲って来た。

第六章　脅威の胎動

1

「戦艦が必要だというのかね?」

　連合艦隊司令長官住山徳太郎大将は、驚きの声で聞き返した。

　柱島泊地に在泊している連合艦隊旗艦「長門」の作戦室だ。

　参謀長竹中龍造少将をはじめとする連合艦隊司令部の幕僚の他、連合航空艦隊司令長官塚原二四三中将、同参謀長大森仙太郎少将、第二艦隊司令長官三川軍一中将ら、主だった実動部隊の指揮官が顔を揃えている。

　住山の前には、去る五月一四日から一六日にかけて戦われたトラック環礁の防衛戦——大本営の公称「ミクロネシア海戦」の戦闘詳報と、喪失艦、損傷艦のリストが置かれていた。

「左様であります」

塚原が、実動部隊の指揮官を代表する形で答えた。住山は、訝るような表情を向けた。

「航空戦の専門家たる貴官が、戦艦の必要性を主張するとは、思ってもみなかったことだ」

「航空戦の専門家だからこそ、です」

塚原は、悲痛さと力強さが混じった口調で言った。

「ひとたび戦艦に襲われたら、空母はひとたまりもありません。航空機の発着艦ができない夜間は、特に――です。我々は、先の海戦の終盤、そのことをはっきりと思い知らされたのです。米国と艦隊決戦を、とは言いませんが、空母を守るためにも戦艦は必要なのです」

（小沢を死なせたことに、相当な責任を感じているようだな）

喪失艦、損傷艦のリストに視線を落としながら、住山は胸中で呟いた。

ミクロネシア海戦における喪失艦は、空母「赤城」、重巡洋艦「妙高」「那智」、駆逐艦「吹雪」「叢雲」「東雲」「白雲」「黒潮」「親潮」「早潮」「初風」「時津風」。

損傷艦は、空母「白龍」、重巡「摩耶」「足柄」、軽巡「鳴瀬」「鬼怒」、駆逐艦「白雪」「天津風」。

巡洋艦、駆逐艦の被害が、異常なまでに多い。

特に第二水雷戦隊は、所属していた駆逐艦一四隻のうち、実に九隻を失っている。

旗艦「鬼怒」にしても、至近弾を何度も受けたために艦底部や缶室を痛めつけられ、修理に三ヶ月はかかるとの見通しだ。

無傷の艦が、「初雪」「夏潮」「雪風」だけという状態では、二水戦は事実上壊滅したと言っていい。

重巡部隊にしても、その重兵装で世界の海軍関係者を瞠目(どうもく)させた妙高型重巡四隻のうち二隻が失われ、高雄型、妙高型各一隻が、至近弾による被害を受け、長期のドック入りを余儀なくされている。

第五戦隊は一旦解隊となり、残された「羽黒」は、第四戦隊の「鳥海」、東シナ海海戦での修理を終えた「高雄」と、臨時に戦隊を組まねばならない有様だ。

戦力の中核たる機動部隊の被害も大きい。

第二航空艦隊の空母「白龍」は、マロエラップ環礁の西方海上で敵潜水艦の雷撃を受け、魚雷二本が命中した。

沈没は辛くも食い止められたものの、戦列復帰までにはかなり時間がかかりそうだ。

　だが、何よりも大きな痛手は、正規空母「赤城」の喪失と、同艦に将旗を掲げていた第三航空艦隊司令長官小沢治三郎中将の戦死であろう。

　三航艦がマーシャルからの帰路、米軍の水上砲戦部隊に襲われたとき、小沢は自らの旗艦「赤城」を楯にして、他の艦を逃がしたのだ。

　その結果、「赤城」を除く三航艦の各艦は脱出に成功したが、「赤城」は敵戦艦の容赦ない砲撃を浴び、撃沈された。

　戦闘終了後、第一三戦隊旗艦「長良」と駆逐艦四隻が戦場に戻り、「赤城」の生存者三二八名を救助したが、その中には小沢も、青木泰二郎「赤城」艦長も含まれていなかった。

　救助された「赤城」乗員の報告では、「赤城」を襲った直撃弾の一発は、艦橋を基部から爆砕し、跡形もなく吹き飛ばしたという。

　小沢は帝国海軍の中でも知将の誉れが高く、航空戦にも通暁している。

「小沢に、連合艦隊の指揮を委ねてみたい」

と、住山自身も考えていたほどの人物だ。その小沢が旗艦の艦上で、壮烈な戦死を遂げたのだ。

帝国海軍は、正規空母一隻と共に、将来の芽を引き抜かれたことになる。

トラックに来寇した米軍の撃退に成功し、外地における最重要の基地を守れたとはいえ、傷は大きく、そして深かった。

「三航艦に戦艦がついていれば、『赤城』の悲劇も、小沢の戦死もありませんでした」

塚原は言葉を続け、ちらと三川二艦隊長官を見やった。

「また、第二艦隊に有力な戦艦があれば、二水戦の損害も、もう少し軽減できたと考えます。犠牲と引き替えに得られた貴重な戦訓を、なにとぞお酌み取りいただきたいと考えます」

「戦艦の新規建造を推進してほしい、ということかね？　GF司令部からの意見として、軍令部や海軍省に要望を出せと？」

「はい。海軍中央には、米国のデラウェア級を凌ぐ大戦艦の構想があったと聞き及びます。主砲の口径は四六センチとされ、呉工廠の砲熕部にも、検討が命じられたとか。今からでも、その構想を復活させることはできないものでしょうか？」

「手遅れだ」

住山はかぶりを振った。「戦艦の新造には、最低でも四年はかかる。それまで、今の戦争が続いているとは思えぬ。仮に、我が軍が強力な戦艦を新たに建造しても、米国は更に強力な戦艦を竣工させ、我が国を引き離すだろう。残念だが、戦艦の建造では、我が国は周回遅れ――それも、三周も四周も引き離されてしまった。大艦巨砲を放棄し、航空主兵に戦術思想を切り替えた時点で、我が帝国海軍は踏み切ってしまったんだ。敢えて戦艦を機動部隊に、ということであれば、既存の一〇隻の戦艦を有効活用するか、欧州諸国から買い入れるしかない」

「ですが、長官――」

「よろしいでしょうか？」

竹中連合艦隊参謀長が、発言許可を求めた。

「連航艦長官は、三航艦に起きたようなことが、今後も頻繁に生じるとお考えでしょうか？」

「どういうことかね？」

「空母艦上機の航続距離は、戦艦の主砲が持つ射程距離の一〇倍にも及びます。事実上、戦艦の一〇倍の射程距離を持っているのと同じことです。その空母が、戦艦に捕捉されるというのは、極めて特殊なケースではないか、と私は考えるのです」

「『赤城』の沈没や小沢三航艦長官の戦死は、不幸な偶然だったと言うのかね？」

「現時点で、そこまで断言することはできません。ですが、空母は戦艦よりも優速です。『赤城』は、雲龍型よりも若干鈍足ですが、それでも最高速度は三一・二ノットです。敵戦隊を早期に発見できれば、振り切ることは可能だったと考えます」

塚原は口を閉ざし、しきりに首を捻った。

小沢ほどの指揮官が、見張りをいい加減にやっていたとは考え難い——と言いたげだった。

「三航艦と敵戦艦の交戦については、もう少し入念な調査と、戦訓分析が必要だろう」

今日のところは、それを結論としたい——その意を込め、住山は言った。「何故、三航艦が敵艦隊に捕捉されたのか。見張りをしくじったのか、それとも他の原因があるのか。同種の失敗を繰り返さぬためには、今後どのような対策を取るべきか。今は、それらを明確にすることが何よりも必要だと考える」

「敵戦艦には、あくまで戦術によって対抗すべきだ、とお考えでしょうか？」

今度は、大森連航艦参謀が聞いた。

「現実問題として、それ以外の策は採れない。先に言ったように、今更戦艦を新規に建造しても、間に合わないからだ」

住山が答え、竹中が後を引き取った。

「戦術による対抗は、充分可能なはずです。先に申し上げたように、機動部隊は戦艦の一〇倍の射程を持っているのですから。機動部隊が、敵戦艦の射程内に踏み込まぬための戦術を確立しさえすれば、三航艦の悲劇を繰り返さずに済みます。亡くなられた小沢長官も、それを何より望んでおいでではないでしょうか？」

「航空主兵で行く、という基本方針には、これからも変更はないということですな？」

塚原の問いに、住山は頷いた。

「我々に、それ以外の選択肢はない」

「分かりました」

深々と、塚原は頷いた。最初に見せていた、思いつめたような表情が消えている。航空の専門家であるにも関わらず、戦艦が欲しいなどと口走ったのは、一時の気の迷いだったようだ。

指揮下にあった三航艦の悲劇と、小沢治三郎の戦死が、それほど堪えていたのだろう。

住山は、改まった口調で言った。

「この戦争は、二つの相反する戦術思想――すなわち航空主兵主義と大艦巨砲主義の戦いだが、同時に貧者と富者の戦いでもある。貧者に富者の戦い方ができぬ以上、我々は貧者の戦い方で、富者に一泡も二泡も吹かせなければならない。雲龍型と祥鳳型は、戦艦の半分以下の工期と数分の一の予算で建造できる、典型的な貧者のための武器なのだ。国力が劣る我が国が、海軍力で米国に対抗するには、これ以外にはないと私は信じている」

2

フィラデルフィア海軍工廠のドックの中に、その巨体は横たわっていた。

溶接機が火花を散らす音や巨大なガントリー・クレーンの動作音、作業員のやり取り等、造船所に特有の音が渾然一体となり、巨大な喧噪をつくり出している。

新任のアメリカ合衆国太平洋艦隊司令長官ウィリアム・パイ大将は、艦首から艦尾までを舐めるように見渡しながら、何度も満足の声を漏らした。

一見すると、デラウェア級戦艦の後期建造型と大差がないように見える。

艦橋の形状は、今や合衆国戦艦の標準といえる塔型だし、二本の煙突のうち、前方にある一番煙突が、艦橋とほぼ一体化している配置も、デラウェア級と同じだ。

三連装四基の主砲塔を二基ずつ背負い式にして、前後に配置しているのも、デラウェア級と共通している。

ただし、全長、全幅は、デラウェア級より一回り大きい。

主砲塔のサイズや形状、砲身の太さもだ。

両用砲、機銃の据え付けは、まだ始まっていないため、艦橋や煙突の左右はまっさらの状態だが、これだけのサイズを持つ艦であれば、対空火器も相当数積めるであろうことをうかがわせる。

デラウェア級、コネチカット級の後を継ぎ、合衆国海軍の新たな主力となる新鋭戦艦は、今、竣工に向けて急ピッチで艤装が進められていた。

「コネチカット級に比べると、オーソドックスな主砲配置だな」

傍らに控える工廠長のグレゴリー・カーン少将に、パイは言った。

「コネチカット級は、四〇センチ四連装砲塔三基を、前部に集中配置していた。しかしこの艦は、三連装砲塔を前部と後部に二基ずつだ」

「コネチカット級は、多分に実験的な要素が強い艦でした」

と、カーンは答えた。「第一に、敵にT字戦法を取られても回頭することなく全主砲を目標に向けられること、第二にイギリスのネルソン級戦艦への対抗。この二つが、コネチカット級建造の主目的でした。ですが、対英戦争の可能性はまずありません。加えて合衆国海軍には、艦の前後に主砲を搭載することにこだわりがあります。コネチカット級に続く新鋭戦艦の主砲配置が、前後に二基ずつとなったのは、必然だったと言えるでしょう」

「竣工は、いつ頃になる？」

「年末、と見ております」

「年末か」

パイは、傍らの参謀長ダニエル・キャラハン少将と顔を見合わせ、頷き合った。

パイは太平洋艦隊司令長官に任ぜられたとき、本国の作戦本部と話し合い、

「新たな対日攻勢は、キューブ作戦で損傷した艦の修理が終わり、かつ新鋭艦が一定数揃ってからとしたい。具体的な作戦時期は、来年後半以降」

との合意を得た。

そのことは、キャラハン以下の司令部幕僚にも、既に伝えている。

来年後半であれば、新鋭戦艦の慣熟訓練も、損傷艦の修理も終わっているはずだし、新鋭戦艦を支える補助戦力——空母、巡洋艦、駆逐艦も、数が揃っている。

それまでは守りを固めるとともに、潜水艦による通商破壊戦を実施し、日本軍を少しでも弱らせておくことだ、とパイは考えていた。

「対日攻勢を来年後半以降にする、という戦略構想に異論はありませんが、艦隊の構成には疑問を感じますな」

キャラハンが、新鋭戦艦を眺め渡しながら言った。

「確かに頼もしげな戦艦ですが、大艦巨砲主義を堅守するのはどんなものですか。ヨークタウン級の空母なら、この艦一隻の予算と資材で、四、五隻は建造できますぞ」

「私とて、航空兵力を軽視してはいないさ。ただ、先のキューブ作戦で、戦艦が絶大な攻撃力と防御力を発揮したこともまた事実だ。特にコネチカット級は、損傷を受けた後、見事に戦闘力を回復し、日本軍の空母を撃沈している。航空機の性能が向上していることは認めざるを得ないが、まだまだ戦艦に代わる存在にはなるまい」

――去る五月一四日から一六日にかけて戦われたキューブ作戦で、太平洋艦隊は宮古島沖海戦に続く敗北を喫した。

トラック環礁の無力化に失敗したため、マーシャル諸島の攻略も断念せざるを得ず、太平洋艦隊は虚しく真珠湾に引き揚げざるを得なかった。

沈没艦だけでも、空母「レキシントン」「サラトガ」、重巡「ニュー・オーリンズ」「クインシー」、「ペンサコラ」「ソルトレーク・シティ」、軽巡「フィラデルフィア」、駆逐艦一一隻に及ぶ。

主力の戦艦四隻は、沈没こそ免れたが、いずれも大きな損傷を受けており、長期のドック入りを免れない。

合衆国海軍は敗北の責任を厳しく追及し、ハズバンド・E・キンメル大将以下、太平洋艦隊司令部の全幕僚を更迭し、閑職への左遷か予備役への編入という処分を下した。

パイも第二任務部隊（TF2）――旧式戦艦を中心とした部隊の司令官として、同作戦に参加したが、TF2は後方で輸送船団の護衛に当たっていたため、敗北の責任を問われることはなかった。のみならず、TF2がよく船団を守り、一隻の沈没艦も出さなかったこと、およびマロエラップ環礁に対する陽動作戦の成功を評価され、キンメルの後任に任じられたのだ。

ただ、宮古島沖海戦とは異なり、今回は戦艦の中に、沈没艦が一隻も出なかった。

デラウェア級戦艦の前期建造型である「ルイジアナ」は、敵の航空攻撃によって射撃指揮所が全壊する被害を受け、戦場からの離脱を余儀なくされたものの、致命傷は受けていない。

キンメル司令長官の旗艦「コネチカット」と姉妹艦「ワイオミング」、デラウェア級戦艦の「カンサス」は、いずれも複数の魚雷が命中しながらも、戦場からの脱出に成功している。

日本軍は五月一五日の夜明け後、TF1に執拗な航空攻撃を加えて来たが、生き残った三隻の空母――「ワスプ」「インデペンデンス」「プリンストン」から発進したF4FがTF1の頭上を守ったこともあり、どの艦も沈没には至らず、真珠湾への生還を果たした。

それだけではない。

「ワイオミング」は作戦の最終局面において、日本海軍の空母「アカギ」を捕捉し、撃沈するという武勲を立てている。

空母など、ひとたび戦艦が射程距離に捉えれば、たやすく撃沈できることを実証したのだ。

大艦巨砲主義は、やはり間違っていなかった。パナマ海峡の誕生により、戦艦を中心とした大艦隊を整備したフランクリン・デラノ・ルーズベルト前大統領は、やはり慧眼(けいがん)の士だった。

キューブ作戦における戦艦四隻の生還と、終盤における「ワイオミング」の活躍は、パイに改めてその認識を抱かせたのだった。

（そして、もう一隻――）

パイは、少し離れた場所に位置する、もう一つのドックに視線を向けた。

目下、新鋭戦艦を建造しているドックの、倍以上の容積を持ち、デラウェア級戦艦であれば、三隻をいちどきに建造できるとの触れ込みだ。

目の前の戦艦よりも更に新しく、大きく、強力な戦艦が、そのドックで建造されている。

完成の暁(あかつき)には、一九〇六年に竣工した「ドレッドノート」――革新的な設計で、それ以前の戦艦を、一挙に旧式化してしまったイギリス海軍の戦艦を上回る、強烈なインパクトを、全世界の海軍に与えることは確実だ。

この艦が、日本近海に出現し、東京に主砲を向けたとき、日本海軍は自分たちの選択の誤りと、自身の無力さを思い知ることになるだろう……。

「勝利の美酒を味わっておくがいい、日本人。それはあくまで、今だけに過ぎぬのだからな」

パイは敵国にそう呼びかけながら、まだ見ぬ最新鋭戦艦が東京湾に侵入し、日本の城下の盟を迫る姿を思い描いていた。

（次巻に続く）

コスミック文庫

鋼鉄の航空要塞
強撃の群龍 2

【著 者】
横山信義

【発行者】
杉原葉子

【発 行】
株式会社コスミック出版
〒154-0002 東京都世田谷区下馬 6-15-4
代表 TEL.03(5432)7081
営業 TEL.03(5432)7084
FAX.03(5432)7088
編集 TEL.03(5432)7086
FAX.03(5432)7090

【ホームページ】
http://www.cosmicpub.com/

【振替口座】
00110-8-611382

【印刷／製本】
中央精版印刷株式会社

乱丁・落丁本は、小社へ直接お送り下さい。郵送料小社負担にて
お取り替え致します。定価はカバーに表示してあります。

ISBN978-4-7747-6169-5 C0193